小説

魔法使いの嫁

＝銀糸篇＝

The Ancient Magus Bride

The Silver Yarn

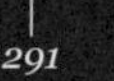

ウォルシュ家攻防戦

東出祐一郎

「家というのはね、人によっては帰るべき場所。そして守るべき場所だ」

エリアスはいつものように、唐突に少女へ向けて講義（レクチャー）を開始した。

「そう、ですね」

少女——羽鳥智世（チセ）はこくん、と頷いた。確かに、かつて自分にとって家は数少ない安心できる場所だった。だがいつしか帰るべき場所だった家は、帰れない場所へと変わってしまった。

とはいえ、それは遠い遠い彼方の記憶。

今は帰るべき場所、守るべき場所がきちんとある。帰りを待ってくれている人もいる。共に『ただいま』を言うべき人もいる。

まあ、もっとも。帰るべき場所であるのは確実だが、守るべきとなるとちょっと自分では自信がなかったりするのだけど。

「家は外と内を区分けする、一種の結界なんだ。人間は一人では生きられず、しかして一人でいられる場所を欲す、だったっけ？」

ああ、とチセは納得したように頷く。一人で生きるのは寂しく、繋(つな)がりを求めて生きるのが人間だ。ところが同時に、誰も干渉しない空間を求めるのもまた人間だ。

個人の部屋、一人で過ごすことを許される領域。

「だから、家の内側と外側は大袈裟(おおげさ)に言うのであれば法則(ルール)が異なる。法則が異なれば、そこで生まれ育つ存在も枝分かれしていく」

さっ、さっ、とエリアスが小瓶の液水を横に注いで線を作る。

「ここには、かつて家があった」

「家……ですか」

チセは首を傾げて、周囲を見回した。なるほど、よくよく見れば視界の片隅に石の壁らしきものがある。それに草の生長も微妙に異なっている。昔々、この草むらには何か大きなものが置いてあった、というように。

だが言われて注意深く目を凝らさねば、やはりただの草むらにしか見えない。

「その、何か……」

ここに住んでいた人間は、良くないものに出くわしたのだろうか。

「いや、違うよ？　ここは普通に、住む者がいなくなっただけさ」

例えばの話であるが。ここに六人の家族がいるとしよう、祖父祖母父母兄妹。祖父と祖母はここを終(つい)の棲家(すみか)とするつもりで、父と母もそれと同じ。だが、兄と妹はここではなく外に出ることを求めていた。その願いが叶（かな）い、兄と妹は世界に飛び出す。

　祖父と祖母が消えれば、父と母もいつかいなくなる。そうなれば、ここに住まうべき人間は一人としていなくなる。兄と妹は話し合って私物だけを確保し、家は売り払うことにする。だが、辺鄙（へんぴ）な場所と悪い間取りのせいで買い手がつかず、家は加速度的に朽ちていく――そして、兄と妹は共にそんなことに関心などない。

　そんな条件が揃（そろ）えば、家は加速度的に壊れていく。

「でも……人が住まなくなっただけで、家って壊れちゃうんですか？」

「壊れる家もあるんだよ。特にここには、家事妖精……ブラウニーがいたからね」

「銀の君のような？」

「あれは、僕たちの家の家事妖精。さっきも言っただろう。家によって法則は異なるし、住みつくものも異なるんだって」

「はぁ……」

　曖昧な返答になるのも無理はない。チセにとって、家事妖精とは即ちシルキーのことだ。無論、他にも様々な家事妖精がいるのだろう。

「彼らは人に憑（つ）くのではなく、家に憑く。悪戯（いたずら）をして困らせ、それこそ家事の手伝いをしてくれることもある。だけど――」

　近くの残骸から、適当な小石を拾いあげるとこつんと額に当てた。

「家から人がいなくなれば、悪戯にも手伝いにも意味がなくなる。意味がなくなってしまえば、彼らは彼らではなくなる」

水と砂が入り混じって、土となった。境界線のようなその土は、まるで「ここを玄関とする」と定めているようにも見えた。

「この家の……妖精は、もう違うものになった……ということですか？」

「そう」

エリアスは立ちあがって砂を払った。

「話は戻るけど、家の内側と外側ではルールは異なる。それが他所の家であれば尚更だ。言ってしまえば、他所の家とは極小の異界であるとも言える」

異界、というエリアスの言葉にチセは幾度となく訪れた様々な異界を思い出した。

「だから、他人の家に入るという行為には気をつけた方がいい。家の法則は僕たちが決めるのではなく、家の主が決めるものだからね」

「は、はい」

「ともかくこれでよし、と。いずれ、ここにも正しく家が建てられるだろう」

「呪われていたんですか？」

「呪いでは……いや、似たようなものかな？　ここにあるのは、単なる無念の残滓。かつて住んでいた者以外を拒もうとする、かつていたブラウニーの声だ」

――誰も入ってくるな。

――誰も踏み込んでくるな。

――ここは、我々の領域である。

「残滓……」

「興味ある？」

不意打ちのように、エリアスの声が響く。

「少し……」

エリアスとチセの家には、一人のブラウニーがいる。恐らく、自分たちの帰りを辛抱強く待っていることだろう。だから、他の家事妖精がどのようなものなのか。まして、呪いのようなものを土地に刻むほどの家事妖精とは、果たしてどんな存在なのか。

知りたくない、といえばウソになった。

「確かに。君も他所の家に踏み込むことの恐ろしさを、少しは自覚していいかもしれない」

エリアスの指が、そっとチセの額に押し当てられた。

「心配しなくていいよ。意識を過去に飛ばすだけ。この土地の記録を、少し閲覧させてもらうようなものだ」

「わかりました」

瞼（まぶた）を閉じる。途端、ひゅっと落下にも似た感覚。チセは驚きこそしたものの、悲鳴はあげなかった。エリアスが心配しなくていい、と言ったのであればきっと心配はないのだろう、とチセは思う。

——それは遠い遠い、彼方の記憶。

——大地に染み込んだ、あるブラウニーたちの話。

§§§

ブラウニーたちに名前はない。だが、個々の人格が形成されていれば、必然的にただの家事妖精ではなく、何かしらの呼称が作られることもある。

ウォルシュ家のブラウニーは、〝灰壁(はいかべ)〟と呼ばれることが多かった。大きな家を、ぐるりと灰色の石壁が取り囲んでいたからだ。

とはいえ、彼の名が呼ばれるのはあまり良いこととは言えなかった。彼の名が呼ばれるときは、決まって人間の誰かがひどいイタズラで大怪我を負ったか、それを他のブラウニーたちに噂(うわさ)されているかのどちらかだ。

「〝灰壁〟のやつが、またやってらぁ」

人間と妖精はそもそも、生存目的も、生存理由も、何もかもが異なる存在だ。関わり合えば、酷い目に遭うこともあるし、幸運に巡り合うこともある。共存できるものもいるし、できないものもいる。

ブラウニーたちは、共存できる妖精の側だ。

家事を手伝い、イタズラを行う。

どちらが欠けたとしても、ブラウニーは最早ブラウニーではない。だから、〝灰壁〟は他のブラウニーからすると、どうしようもなく異常（エラー）な存在だといえた。

人間が憎いのではない。

憎いのではないのだが、ひどいイタズラをする。床を汚すとか、皿が割れるとか、そんな類のものではない。

床に釘（くぎ）を突き立てる。階段を脆（もろ）くする。風呂場を滑りやすくする。それはイタズラというよりは悪意そのものであり、住人にとっては最早災厄でしかない。

……そして。〝灰壁〟にとってのイタズラは、住人に致命的な不幸をもたらした。

――この屋敷は、おぞましい。

ウォルシュ家当主は、そう言い残して失踪した。その後には、誰一人として残らなかった。通常、売り払われて次の誰かに引き継がれるはずなのに、当主は頑として売り渡すことを拒絶した。

それは、ブラウニーに対する復讐（ふくしゅう）だったのかもしれない。

――お前が、それほどまでに人を忌み嫌うのなら。

――お前の存在理由を踏みにじろう。


今となっては、ウォルシュ家当主が何を考えてそうしたのかはわからない。家は、ただひたすらに朽ち果てていくだけ。

当主はある日突然、何の前触れもなく飛び出したのだ。家具の一切も、衣服も、食料すらも、全て置き去りだった。

だから〝灰壁〟も当主は単に出かけただけで、いずれすぐに戻ってくるものだろうと思っていた。次のイタズラを仕掛けるのに、ちょうど良い時間ができたのだと思った。


一週間が過ぎて、長い旅行だなと〝灰壁〟は思った。

一カ月が過ぎて、何か大病でも患ったのではないかと〝灰壁〟は思った。

一年が過ぎて、周りの妖精がくすくす笑いながら囁（ささや）いているのを知った。

ああ哀れな哀れな〝灰壁〟よ！　ブラウニーのくせに、家事もやらずに逃げられた！

逃げられた、という言葉に〝灰壁〟は首をひねる。

そんなはずはない、逃げたはずはない。だって、家具も何もかも置きっ放しだ。これだけの未練を残して、人が出ていくはずがない――。

十年が過ぎても、
屋敷に誰が住んでいたのか、周囲が忘れてしまっても、
〝灰壁〟の由来がわからなくなるほど石壁が崩れ去ってすらも、

辛抱強く、辛抱強く、〝灰壁〟は待ち続けた。

いつか、新しい住人が住みつくはず。そうすればきっと、またイタズラができるのだと。

それは最早、執念を通り越して妄念に近しいものがあった。

妖精たちは、彼のその類い希なる異常さを怖がって噂をやめた。誰も彼を構わなくなった、誰も彼に干渉しなくなった――ただ一人の、ブラウニーを除いて。

§§§

そのブラウニーは、〝錆眼(さびめ)〟と呼ばれていた。

妖精の基準において美醜は関係ないが、それでも人間からすれば空気の精(エアリアル)や水妖(ヴォジャノーイ)に比べれば、背筋が寒くなるほどの異形であるには違いない。

鉄が錆びたような眼球は、見えているのかいないのかもわからない。節くれ立った長い片腕は、家事手伝いを行うというよりは、錬鉄を担う怪物にも見えるだろう。

実際の話、〝錆眼〟と呼ばれるのも住みついたエルガー家が鍛冶(かじ)を生業(なりわい)としていたからであろう。

基本的に、ドワーフなどを除いて妖精は鉄を好まない。だから、余程の変わり者でなければ鍛冶屋にブラウニーが居着くことはない。

〝錆眼〟はそんな変わり者の一人だった。ブラウニーの性格は様々だが、〝錆眼〟の性格を一言で表すのであれば、生真面目と呼ぶべきであろう。

妖精に生真面目ほど相性の悪い言葉はないように思えるが、ともかくこのブラウニーは他と性質が異なっていたのだ。

家事手伝いをまめにこなす一方、イタズラはイタズラと呼べるような代物ではなかった。イタズラがされるのは常に食器棚。積まれた陶器製の皿を一枚一枚丁寧に、逆に積み重ねる。

エルガー家にとっては微笑ましい振る舞いが、彼にとってのイタズラであり、その習慣は何十年経っても変わることがなかった。

それ故にエルガー家に生まれた子で、更に妖精を見ることができてしまうような者にとって、ブラウニーとは生真面目で家事を手伝ってくれる優しい同居人であった。

その認識を変えようと、〝錆眼〟は思うことはない。〝錆眼〟にとっては、何もかもが四角四面に収まってなければ気が済まないだけだ。

エルガー家が幸を受け取ろうが、不幸を受け入れようが、〝錆眼〟にとっては関係のない話であった。エルガー家で赤子が肺炎を併発して亡くなったときも、彼は皿を逆さにした。結婚した少女がいても、彼は皿を逆さにした。

人間の不幸にも、人間の幸福にも同調する気はない。

そんな意志が、食器棚で逆さになった皿に刻まれているような気がした。

時間は緩慢と流れ、昨日と同じ一日、明日と同じ一日の繰り返し。しかし、世代が変わるごとに、その日常も少しずつ変化していった。

だが、〝錆眼〟は変化を拒む。昨日と同じ明日でなければ、とても我慢はできない。

「いつも、かんしゃしています」

その認識は、皿を反対にして積みあげたものの上に手紙が置かれていても変わることはない。

拙い文字で、仰々しく感謝の言葉が述べられていたそれは、エルガー家の一人娘が書いたものだった。

人間の間では、ブラウニーは身近な妖精ではなく伝説になりつつある——と、〝錆眼〟は彼女からの手紙で知った。近代化していく家、妖精に関心を持たない人間たち、エゴイズムを喰(く)らいながら、ただひたすらに発展していく都市。

だから普段何げなく家を綺麗(きれい)にしてくれる妖精に、お礼を言いたかったのだと。

手紙はそんなことを訴えていた。〝錆眼〟はそれを、屋根裏の宝箱にそっとしまい込んだ。別に、こんな手紙があったからといって手を抜く訳でも力を入れる訳でもない。

彼にとっては、法則(ルール)が何より重要だった。部屋を綺麗にしたなら、イタズラとして食器の皿を逆さにする。それが〝錆眼〟が己に課したルールであり、それを守ることを何よりの喜びとしたのだ。

故に、手紙が送られた後も彼の行動は変わることがなかったし、それ以降、近況や学校の出来事が綴(つづ)られた手紙が、度々皿の上に載せられるようになっても、やはり〝錆眼〟の行動に変化はなかった。

ただ、手紙は読んだ。

贈られたものであるからには、読まなくてはならないと思ったから読み続けた。内容は退屈で、どうでもよい話題が針小棒大にされた代物(食べ物を突然吐き出した少年に、どうして彼女は二十行にわたってその衝撃を語るほど、驚いたのだろうか)だが、それでも〝錆眼〟はもらったものを粗末にはしなかった。

そして〝錆眼〟は人間だけでなく、妖精たちへもほぼ完全な無視を貫いた。そもそも、鉄を扱う家である以上、妖精がエルガー家に干渉することはそう多くはない。それは〝錆眼〟に対しても同じだ。

妖精のくせに、鉄を弄くる変わり者くらいの認識はあるかもしれないが、それが限界。

それ故に〝錆眼〟もまた、縄張り以外の関心はない。

ただ隣家であるウォルシュ家、今では見る影もなく朽ち果てたその家にも、〝灰壁〟と呼ばれるブラウニーがいるのは知っていた。

度を過ぎたイタズラと、それにより招いた惨劇も、当主の心がとうとう折れたことも。

なのにブラウニーは今もなお、帰りを待ち続けていることも。

……それは、異常な行為であると言える。〝錆眼〟はブラウニーの中でも変わり者であるが、それでも妖精としての基盤からは決してはみ出てはいない。

〝灰壁〟の妄念は、妖精からはみ出つつある——と、〝錆眼〟は思う。

イタズラにも限度があるように、待つにしても限度がある。

契約に縛られている訳でも、鉄の鎖で召使いにされている訳でもあるまいに。〝灰壁〟はただひたすら、主を待ち続けている。あれだけひどいイタズラをしでかしておいて、当主がちゃんと戻ってくると確信しているのも、薄気味が悪い。

〝錆眼〟は一年に二度か三度、彼の姿を視界に捉えたことがある。

関わり合いになりたくなかったたし、先方もそうであろうから務めて〝錆眼〟は彼を無視した。

――振り返ってみれば。彼の姿を視界に捉えること自体がおかしいことだった。

淡々と続く〝錆眼〟の日常に、その事件はあまりに唐突に起きた。

彼に手紙を送り続けていたエルガー家の一人娘、ペトラが行方知れずになったのである。

§§§

ペトラ・エルガーが自分の家にはブラウニーがいることを、母親に知らされたのは五歳のときだった。

それは一種の警告であった。妖精を相手に驚いてはいけない、馴れ馴れしく話しかけてもいけない、危害を加えるなど以ての外。

彼ら彼女らは、同じ世界で違う法則で生きている。妖精に干渉するということは、他人の家で好き放題に振る舞うのと同じこと。

ペトラも、自分の部屋のベッドで誰かが泥だらけで暴れたら嫌な気分になるでしょう？　と、母親は妖精に対する対処をわかりやすく説明した。

ペトラは外では、そのように振る舞った。妖精を見ても無視し、彼らの囁きに耳を傾けることもしなかった。だが、それでは我慢ならないのが子供というものである。

家に住みついている妖精は、ブラウニーという。

彼は（あるいは彼女は）人前に出ることは好まないが、家の手伝いをしてくれる。

実際、ペトラも幾度となく誰も片づけてないのに片づけられた部屋を見たことがある。なくしたと思って落胆していたものが、机の上へ何の気なしに置かれていたことがある。

母親がその度に、温かなミルクを暖炉の上に置いた。

「これは感謝の気持ちだから、あなたが飲んじゃダメよ？」

そう言って、くすくすと母親は楽しそうに笑う。一度、そのミルクがあまりに美味しそうなので、我慢しきれずこっそり飲んだ。

翌日、家中のゴミがベッドの上に載せられていたので、以降ミルクを飲むことは絶対にやめようと思った。それでも、ベッドのゴミは乾いた埃や紙屑といった代物で、生ゴミは載せられていなかったので、やはりうちのブラウニーは優しいのだ、とペトラは確信した。

……隣の家にも、ブラウニーがいると聞いたのはいつだったろう。

自分が物心ついたときには、既に屋敷は廃墟だった。そこに何かがいるということも、何となく知っていた。

祖父か、祖母か、父か、母か、ともかく誰かに（あるいは全員に）「あの屋敷に入ってはいけない」と、念入りに念入りに念入りに忠告された。

十歳になってペトラの精神構造は物事の分別と、好奇心と、世間の常識という三つの要素が危ういバランスを保つような状態となっていた。

分別——〝他人の屋敷に勝手に入ってはいけない〟。

好奇心——〝廃屋の屋敷に、自分が会ったことのない何かがいる〟。

常識——〝妖精なんて、本当はいないのかもしれない〟。

ペトラの好奇心と常識が合わさり、分別を凌駕した。

せめて、かつて屋敷を取り囲んでいた灰色の壁が健在であれば、ペトラの分別は働いたであろう。

だが、壁という名の結界は既に壊れていた。壁は三分の二まで崩れ去り、ペトラはひょいと、壁をまたいで屋敷に潜入することができたのだ。

きっと廃屋には何もない。でも好奇心は満足するだろう。

リュックサックに密かに溜め込んだチョコレート、クッキー、干し肉、革袋に詰めた水、そして蠟燭とマッチ。準備は万端で、両親は彼女の様子に気付きもしなかった。

繰り返しになるが、〝錆眼〟は外界に関心がない。決まったことを決まった手順でやることを喜びとするブラウニーだ。

しかし、その性質ゆえか。ペトラのその行動の不可解さに気付いたのも、唯一〝錆眼〟だけであった。ペトラが普段と違う行動を取る。人間の行動のランダムさを加味しても、彼女が鼻歌交じりでリュックサックにチョコレートや干し肉を入れている様は、明らかに異様と呼べるものだった。

——ピクニックではない、家族間でそんな話題は出ていない。

——あの荷物を、あの子は家族に隠匿している。

——チョコレートのような菓子を、あの子が我慢できるほどの強い動機。

——多分、この家族にとってあまり良くないことだ。

だが、そこまで考えたところで〝錆眼〟は思考を打ち切った。もとより、人間の行動に必要以上の関心もないし干渉もしないのが、彼にとっての規範だった。

その翌日、朝から張り切って少女が出かけるのを〝錆眼〟は家から見送った。

その日、ペトラは一日中帰ってくることはなく——暖炉の上に、温かなミルクが置かれることもなかった。

§§§

ウォルシュ家のブラウニー、〝灰壁〟は妄(おも)った。

この家を、守らなくてはならない。誰かが住みついて、この家を自分の家と認めなければならないと。

ブラウニーは家事妖精、家の事をするには人間が必要なのだ。

そして何より——こちらの方が、〝灰壁〟にとっては遥かに遥かに遥かに重要であったが。

人間がいなければイタズラができない。

それはおぞましい等価交換。否、等価でもなければ交換でもない。

むしろ一方的な掠奪(りゃくだつ)と呼ぶに相応しい行為だろう。

〝灰壁〟がこの厭(いと)わしき思考に到達して三年目。破れた結界は、近隣の子供たちの好奇心を呼び起こした。

「あの、壊れた屋敷にはきっと何かがあるぞ」

誰かがそう言って、誰かがそれを肯定した。あの屋敷の由来を知る大人たちはこぞって子供たちを叱りつけたが、好奇心は抑えきれない。

そして遂に、ウォルシュ家の隣家であるエルガー家の一人娘がその先陣を切ってしまった。


その日は、生憎（あいにく）の曇り空。リュックサックを背負ったペトラは、いつも横目に見るだけの屋敷を前に、ごくんと唾を飲んだ。

遠目で見たときにはそれほどでもなかったが、近付くにつれて奇妙な重圧があった。

「入るな」と言っているのではない、「入れ」と言っている……そんな気がしてならない。そして、だからこそ怖い。


この廃墟で、何かが自分を誘っている――。

それはきっと、恐ろしいものだ。

……だが、ペトラの余分な知識がそこへ介入する。家事妖精ブラウニーは、イタズラをする。でも、家事は手伝ってくれるしミルクがあれば、ご機嫌の大人しい妖精だ。

だから、この怖いのはきっと気のせい。

あるいは、ブラウニーはもういないのかもしれない。物心ついたときから、父が子供の頃から、ずっとずっとここは廃墟だった。ならば、ブラウニーはとうの昔に引っ越している。

安全なはずだ、とペトラは壁の内側に踏み込んだ。

「こんにちはー」

屋敷の表玄関は固く施錠されていた。両開きの扉には鎖が幾重にも巻き付けられていて、開かないというよりは開かせない、という雰囲気が漂っていた。

とてとてと、ペトラは裏口へと回る。だが、そちらも鎖が雁字搦めに巻かれていた。早々に頓挫しかかった、少女の計画は――

「あれ？」

そうはさ・せ・な・い・という、〝灰壁〟が立てた音で破綻を免れてしまった。

音がしたのは、屋敷の内側。そして、ペトラの目の前にはガラスが綺麗に取り除かれた窓。

「入っても、いいのかな」

いいのだろう、とペトラは思う。そしてちょっとだけ嬉しくなる。だって、これは歓迎だ。

この屋敷に住んでいたブラウニーが、自分のことを歓迎してくれているのだ。

少女がそう夢見るのも無理はない。十歳の子供に、悪意を感じ取れという方が無理難題だ。

それでも人間は生きていく以上、いつか、どこかで、人間かあるいは妖精か、それ以外の何者かによって、悪意に晒される。

そして、時に悪意は砂糖菓子のような甘さで無垢な子供を引き寄せるのだ。

窓から入ったペトラは、その埃の多さに面食らった。

ブラウニーがいる、ということは掃除が行き届いているのではないか、と想像していたのだが、違ったらしい。

「こんにちはー」

もう一度、挨拶した。

しぃん、と静寂だけが応じる。ペトラはブラウニーの返答に期待などしていなかったので、ともかく屋敷を探索することにした。

古い屋敷だった。埃は山のように降り積もり、見ているだけでむず痒い。じめじめと湿った空気は、ペトラにひたすら不快さを抱かせた。

一通り、屋敷を探検してみたが埃が積もっているだけで面白いものは何もない。すぐにでも帰りたくなったが、もう少しだけ探索を続けなければ臆病者だ、とペトラは自分を鼓舞する。屋敷は二階建て、もしかしたら二階には何かがあるかもしれない。

二階に上がると、三つの扉の内一つがきぃきぃと音を立てていた。ペトラは気付くことがなかったが、風もないのに音を立てて扉が揺れ動いている。

誘われるように、ペトラはその扉を開いた。

……ペトラは、悪意を感じたことがなかった。周囲の目線は温かく、友人関係も概ね良好。

家は古いが、大金持ちという訳ではない。周囲の人間関係は、ともすれば監視体制とも取れるほどに濃いものであったが、平凡である彼女は誰かを妬んだりすることも、妬まれたりすることもない。

だから。

この屋敷の、この部屋の、自分とは無関係のはずの、その凄惨な場所に。

ペトラは悪意を感じて、へたり込んだ。

「何、これ……」

その部屋は、かつて当主が書斎として使っていた部屋。自慢の蔵書もそのままに、大きな樫(かし)の木の机が自慢だったその部屋は、滅茶苦茶に壊されていた。

大振りの爪で切り裂かれたような痕が壁にあった。本は一冊残らず本棚から引き抜かれ、ぐちゃぐちゃに破かれていた。机はとても作業ができるとは思えないほどの傷が無数についていて、部屋の中央にはコート掛けが立っていて、そこに本が一冊一冊突き刺さっていた。

丁寧に丁寧に。

まるで生き物を突き刺したように得意げに。

ペトラは、そのおぞましさを上手く言語化することができない。

できなかったが、できないなりに理解した。

これは、ダメだ。

この所業をやってのけた者が人間であれ妖精であれ関係ない、それは社会の規範から外れた者、そして絶対に寄り添えない存在だ。

恐怖が膨らみ、爆発寸前でペトラは口を押さえた。絶叫すれば、何かに気付かれてしまいそうなのが恐ろしかった。

食欲も失せた。ペトラはどうにか気力を振り絞って立ちあがる。そして階段を下りようとした寸前で、足を止めた。

階段のあちこちが壊れ、木の尖(とが)った部分が突き出ている。まるで足に突き刺して欲しい、というように。

……いや、その通りだ。先ほどの悪意に晒された今のペトラなら、理解できる。

これは、悪意(イタズラ)だ。この家のブラウニーはまだ生きていて、自分にイタズラを仕掛けているのだ。

「うぅ……」

慎重に、慎重に歩く。階段が壊れぬように祈りながら、ひたすら慎重に。

ぎぃぎぃと階段が軋(きし)むのが、やけに不安だった。階段が丸ごと壊れたりしないだろうか。

神様に祈りたくなった、誰かに助けを求めたくなった、そして何よりペトラの頭を占めている大部分は、後悔と恐怖だった。

もう寝坊したりしない、家の手伝いだってちゃんとする、近所の赤ちゃんだって、ご褒美のお菓子がなくても面倒を見る――。

祈りながら階段の半分まで差し掛かった瞬間、

「⁉」

足首をがっちりと、何者かに掴(つか)まれた。当然のようにバランスが崩れ、ペトラの体は前へと倒れ込む。

その先には誂(あつら)えたように、先の尖った木。

反射的に体を捻(ひね)ったことが、功を奏した。リュックサックは重く、大きく、お菓子や干し肉が彼女の体をガードした。

「きゃぁ‼」

転げ落ちたが、最悪の負傷は免れた。階段も途中まで下りていたせいで、大した怪我ではない。足首を掴まれた際の精神的な衝撃の方が遥かに大きかった。

どっ、どっ、どっ、と少女の小さな心臓が加速する。

掴まれた、今、確実に足首を何かに握り締められた。ペトラは急いで、侵入口である窓へと向かう。

――窓、窓、外に繋がる窓！　一秒でも一瞬でも早く、そこへ辿(たど)りつかないと！

だが、その全力疾走はすぐに停止した。覚えている。窓から入った瞬間、目の前にあったのは食器棚。埃の積もった皿が、気持ち悪かったのをちゃんと覚えている。

しかし、ならば、あったはずの窓は、どこに消えた。

いや、ある。確かに窓はある。だが……塞がっていた。木板が完全にその窓を塞いでいる。

閉じ込められた。

単純にして、おぞましい事実にペトラは絶叫した。

§§§

その日の夜。

いつもなら既に帰宅しているはずの一人娘がいない。父親と母親は、それぞれ心当たりの場所へと奔走している。

友人の家、親しい家、猫を飼っている家、その他、彼女が立ち寄りそうな場所を全て。

だが、少女はどこにもいなかったし今日は誰も姿を見ていなかった。となると、早朝に出かけてから今の今まで、ずっと行方不明だったということになる。

どうすればいい、と嘆く二人を〝錆眼〟は見ていた。いつものイタズラをしたが、二人はそれに気付いてもいない。

……まあ、無理もない。と、〝錆眼〟は思う。

一人娘が行方知れず、誰が攫ったのか、どこへ消えたのか、ぐるぐるぐると両親の思考は嫌な方向へと突き進む。

ペトラの様子が、昨日おかしかったのを知っているのは〝錆眼〟一人。

森に行ったのであれば、さすがに誰かが気付くだろう。今の時期には、特に何かが沸いて出る訳でもない。妖精の誰かが彼女を誘い込む——ということも、まずない。

ペトラの体には、鉄の臭いが染みついている。

致命的ではないが、妖精にとっては嫌悪感のようなものを抱かせる臭いだ。一部の妖精には、言葉を掛けることすら億劫だろう。

だから、その可能性も低いと〝錆眼〟は見た。

だが、そうなると。

そうなると、最悪の選択肢しか残らない。〝錆眼〟はそっと暖炉から煙突へと上ると、屋根で隣家を観察した。

ひっそりと静寂を保つ、〝灰壁〟のブラウニーが住む屋敷。

だが、ブラウニーである〝錆眼〟にはわかった。屋敷の内側にいるブラウニーが、喜びを爆発させている。

やっときてくれた、お前のお陰で、またイタズラができる。

そうはしゃいでいるのが、〝錆眼〟には見えてしまう。たとえ人の眼には見えずとも、ブラウニーの眼は誤魔化せない。

――ペトラは、ウォルシュ家の虜囚となった。

〝錆眼〟はそう確信した。

§§§

しばらくの間、窓を叩(たた)いた。扉を叩いた。叫んで、叫んで、叫びまくった。

それでも扉も窓も頑として開かず、応答する者も一人としていない。

べそをかきながらしゃがみ込んだペトラの視界に、先ほどまで見当たらなかったものが唐突に出現した。

箒(ほうき)だ。まるで童話の魔女が使うような大きな箒が、足元にある。

ペトラは最大限、知恵を働かせる。箒がある、ということは要するに掃除をして欲しい、ということではないか。

立ちあがったペトラは、涙を袖でぐいぐいと拭いて箒を手に取った。掃除をすれば、許される。掃除をすれば、外に出られるはず。

そう、信じるしかなくて。

リュックサックからハンカチを取り出して、口と鼻を守りながら彼女は床を掃いた。

汗が滲み出る。屋敷は広く、箒は重い。

それでも、掃除をする以外に自分が外へ抜け出せる方法はない。

途中でチョコレートを食べて水を飲み、大広間を隅から隅まで掃いた。

「……次は……」

次は、この家の寝室だろうか。うんざりした思いに駆られながら、隣の部屋に踏み入った。その直後。音がした。ペトラは振り返って、その光景に啞然とする。

元に戻っている。屑籠に集めて捨てたはずの埃が、満遍なく撒き散らされていた。

怒った、とか癇癪を起こした、とかそういうものではなく、限りなく意図的な行為なのが見て取れる。

「────あ」

ペトラは遂に、この屋敷の家事妖精……ブラウニーの真意を理解した。

ブラウニーは、家を綺麗にして欲しいのではない。家を汚すために綺麗にして欲しいのだ。それは、彼にとって等価交換のイタズラなのだ。

つまり、逆に言うと。

「……出られ……ないの……？」

ペトラ・エルガーは、この屋敷から一生出られない。

握りしめる気力もなく、ペトラの箒は音を立てて床に転がった。

§§§

エルガー家にとって、眠れぬ夜が明けた。近くの森にはいない、家にもいない、川に浮かびあがってもいない。

完全に、姿を消した。妖精に攫われたんじゃないかという人間もいるにはいたが、エルガー家の当主はそれを否定した。自分の娘は、攫われる体質ではないのだと。

一日が経ち、〝錆眼〟は胸のざわめき、苛立ちのようなものを抑えきれないことに気付く。

……規則正しい一日ではない。

ミルクが出ない、イタズラをしても気付かれない、泣き女（バンシー）のような啜（すす）り泣きが、いつまでもいつまでも止まらない。

それは、母親の涙。

そして、父親の慟哭（どうこく）だった。

妖精か、あるいは別の何かか。ともかく、少女は消えてしまった。不意に、落とし穴にでも落ちたかのように、姿を消してしまったのだ。

〝錆眼〟は思う。多分、この一族は遠からず絶える。この二人が、また子を為すとは思えない。この深い悲しみを抱いたまま、この家で滅びるのだろう。

……つまり、自分の規律は搔き消える。

別に、それはいい。

家事妖精としての存在意義は消え失せ、ここより別の家へと向かわねばならない。

零からまた規律を構築するのも、一つの選択だ。しかし、彼ら彼女らは必ずミルクを与えてくれた。見て見ぬ振りをしてくれた。襤褸を着た自分に、服を渡そうともしなかった。

こんな家を見つけられる幸運が、また己に巡ってくるだろうか？

〝錆眼〟は、その可能性は低いと考える。

ならばどうする。

お前は、お前の領分から出て、そして何をしようと考えている。

――考えている、考えているとも。オレは、ある突拍子もないことを考えている。そのために必要なものが何かを考えている。必要な行動を考えている。必要な計画を練りあげようとしている。だから後は、決意だけ。

一歩、その一歩は重要だった。

もしかすると、もしかすると思っていた以上に何もかも上手くいくかもしれない。あるいは、思っていた以上に最悪で、自分が自分ではなくなるかもしれない。

〝錆眼〟は思う。

鉄は嫌いだ、鋼は嫌いだ、人間などどうでもよい。

だが、この家は悪くないと思う。悪くないと思うのだから、その一歩を踏み出すに足る理由はあるのだ。あってしまうのだ。

よろしい。

何かのためにではない。己のために、一つ〝灰壁〟の下へと向かおうじゃないか。

〝錆眼〟は思うことをやめて、その一歩を踏み出した。

§§§

掃いた、イタズラされた、また掃いた、イタズラされた、また掃いた、イタズラされた、また掃いた、イタズラされた、また掃いた、イタズラされた、また掃いた、イタズラされた、また掃いた、イタズラされた、また掃いた、イタズラされた、また掃いた、イタズラされた、また掃いた、イタズラされた、また掃いた、イタズラされた。

終わりがない。

進展もない。未来もない。希望もない。助けてくれる人は、誰もいない。

寝室の埃を取り除いて、疲れ切った体でベッドに倒れ込む。なのに、不思議と眠たくもならなかった。そういえばお腹も空かないし、喉も渇かない。それが何より、恐ろしい。ここにいるブラウニーにとって、自分はこの家の備品の一つにすぎないのかもしれない。

「……？」

ごろごろと転がっていると、ベッドとナイトテーブルの隙間に、何かを見つけた。手を伸ばして、それを拾いあげる。

メモ帳だ。紙は黄ばんで皺(しわ)がついているが、文字は読めなくはない。

書斎の、凄惨な風景をふと思い出す。

ペトラは恐る恐る、メモを読み始めた。

『この屋敷にいるのはブラウニーではなく、悪魔と呼ぶべきだ』

『私の息子は、二度と走れない。彼のイタズラで階段から落ちて、それきりだ。滑った訳ではない。足首を摑まれ、転がされたのだ』

『妻は二度と表に出ることはないだろう。暖炉の火が、突然彼女に燃え移ったためだ』

『私は知っている。これは妖精の、あの、忌々しいブラウニーのイタズラだ』

『我々はこの家とこの国を捨てる。未練などない。あってたまるものか。忌々しい妖精め。ここで死ぬまで、見つからない主を待っていろ』

『くたばれ、くたばれ、くたばれ、くたばれ、くたばれ、くたばれ……!!』


先ほどのブラウニーのそれが、とびきりの悪意であるならば。

こちらのメモには、人の憎悪と無念が滲み出ていた。そして、イタズラとは最早呼べない、恐ろしい行為。

先ほど泣いたばかりなのに、ペトラの目尻に再び涙が浮かんだ。

恐ろしかった、そして辛く、悲しかった。胸も張り裂けんばかりの悲しみとは、多分こういうものなのだ、とペトラはメモを読んで思う。

この人は、どれほど悲しかっただろう。イタズラで人生を滅茶苦茶にされて、そしてこの国を、この村を出ていったのだ。

そして、自分も遠からずそういうことになる。

足を失うのは、痛いだろうか。

手を失うのは、辛いだろうか。

青い空を見られないのは、多分きっと悲しい。

魔法使いがいて欲しかった、何でも願いを叶えてくれる素敵な魔法使いが。そして、自分を空に飛び立たせてくれるのだ。

妖精がいるのなら、そんな存在がいたっていいじゃないか――。

カタン、と音が鳴る。

扉の方へとペトラは顔を向ける。微かな期待は、即座に絶望に取って代わる。そこにあるのは、濡れた雑巾と箒だった。

どうやら今度は、隅から隅まで綺麗にしろということらしい。

「……やだ」

ぽつりと、ペトラが呟く。

「やだやだやだ！　もうやだ、やだよう……！」

その言葉に応じるように、天井から音がした。苛立って蹴りつけたような音。

だが、十歳のペトラは最早激情を抑えることができなかった。もういやだ、と泣き叫ぶ少女に〝灰壁〟は花瓶を投げつけようとして――。

「そこまでだ。〝灰壁〟」

その恐ろしいほど低く静かな声に、総毛立った。

§§§

外に出るのはどれほどぶりか、覚えていない。そもそも、〝錆眼〟に時間の感覚などあってないようなもの。同じ一日を繰り返し続けていることを苦痛ではなく安堵に変換する彼にとって、今回はさながら三日目のようなものだった。

一日目に新しい主を見つけ、

二日目に日常を過ごし、

三日目にこうして日常を守ろうとする。

変わり者の妖精、ここに極まれり。〝錆眼〟は笑えるものなら、笑いたいと思うがあまり笑えはしなかった。

窓を開けたのではなく、窓を破壊した。打ち破られた結界は、さながら真空のように外の空気を吸い込んでいる。人は既に寝入っていて、滅びたように静かな夜。

「……何しに来やがった」

〝灰壁〟が〝錆眼〟に問い掛ける。唸るような言葉は威嚇の証。

〝錆眼〟の服は己と変わらず襤褸。それが夜風にマントのようにはためいていた。〝錆眼〟の由来である、錆色に濁った眼球。他のブラウニーと比較して、やけに長い片腕。その手には、堅い木製の槍（やり）。

それはつまり、彼が持ち込んだ武器だった。

淡々と、〝錆眼〟は告げる。

「こちらの家の子供を帰してもらうぞ、〝灰壁〟の」

その言葉に、〝灰壁〟は即座に激昂（げっこう）した。

「ふざけるんじゃねェぞ〝錆眼〟の。コイツは、この家の主だ。いいか、新しい主だ」

「……適切とは言えないな」

〝錆眼〟は階段の手すりにしゃがみ込んでこちらを睨（にら）む〝灰壁〟を弾劾する。

「十になったばかりの子供に、お前は何を期待している？　この家の主として、この家を綺麗に建て直すことか？　それは不可能だ、その子は壊れて使い物にならなくなる」

「それが？」

ぞっとするほど、無関心な声。〝灰壁〟にとって、少女は主だ。主である以上、全力を尽くして部屋を綺麗にしてもらう。そして、自分がイタズラをする。

その過程が全てであり、壊れて使い物にならなくなるかどうかは別の問題だ。

「……そうか、お前はそういう奴だな」

「さっきから、うるせぇぞ〝錆眼〟の。お前こそ、俺たち（ブラウニー）の領分をはみ出しているだろうが！」

「それが？」

先ほどの声が無関心さなら、今度の声はあからさまな嘲弄だった。

「てめぇ！」

「俺の縄張りを荒らしたのは、お前が先だ。〝灰壁〟。だから俺はお前の縄張りを荒らしに来たんだよ。あの子をこちらに返却しろ」

「黙れッ‼」

吼えた〝灰壁〟に、ペトラが悲鳴を上げる。〝錆眼〟が叫んだ。

「ドアを閉めろ！」

少ししてばたん、と寝室のドアが閉まった。視線が気になっていた〝錆眼〟は安堵する。さて、これでもう後戻りはできないし、する気もない。

「〝錆眼〟の……てめぇ……」

「……元より、お前が素直に帰してくれるとは期待していない。だから、持ち込んだのだ」

長い片腕が、槍をしっかと握り締める。


一般的に家事妖精同士が争うことは滅多にない。彼らは縄張りを守ることが役割である。そそも、優劣を競い合う殺し合いは人間が行うもの。彼らにその必要はない。

されど互いの主張がかち合ったなら話は別だ。

守るために破壊を肯定し、護るために打倒を目指す。

その体は精々が一メートル、だがその有様は凶暴な獣のようでもある。尖って硬質化した爪は人の肌なら容易に引き裂くだろうし、その牙は骨をも嚙み砕くだろう。

獣と違うところは、体毛がなく、肌の色が露になっているところか。

〝灰壁〟の肌はその名の通りに濁った灰の色、〝錆眼〟の肌は錆びた鉄のような色。

そして、〝錆眼〟の手には凶器がある。家の木材を削り出して作った槍は、まるで鉄のように鋭く、冷たかった。

「この家で……俺に勝てると思ってんのか⁉」

「思っているから来たんだよ」

さらりと答えた〝錆眼〟に、〝灰壁〟の怒りが爆発する。

そしてここに。

「――捻り潰す！」

「できるものならな！」

最小にして凄烈な戦争が開始された。

ブラウニーの爪は鋭く、硬く、ささくれ立っている。

〝灰壁〟は迷わず、〝錆眼〟の肉を引き裂こうとした。だが、その大きく開いた手は木の槍であっさりと貫かれる。

「ガ……………ギィッ！」

泣き女もかくやとばかりに悲鳴を上げる。血が滴る、苦痛が迸る。絶叫が屋敷に轟き、ペトラが閉じ籠もった寝室からくぐもった叫びが聞こえた。

〝錆眼〟は彼女が混乱して飛び出してこなければいいが、と思う。

大広間を縦横無尽に、二匹のブラウニーが飛び回る。

木の槍にもかかわらず、〝灰壁〟の爪を二撃三撃と捌くその様はさながら小さな騎士のようである。

壁を翔る、天井を走る。

激突と離脱を繰り返しながら、〝錆眼〟は〝灰壁〟を挑発するように笑う。

「あの人間は、まだ十歳だぞ〝灰壁〟。お前の主になれる訳がない」

「五月蝿えっ！」

再びの一撃。今度は〝灰壁〟の怒りが勝った。

だが流れる血に見向きもせずに、〝錆眼〟は更に襲い掛かる。止まらない、と判断した〝灰壁〟は爪の一撃で朽ちかけのシャンデリアを落下させた。

その下には、飛びかかろうとした〝錆眼〟がいる。

「クッ……!!」

回避しきることができず、片腕が挟み込まれた。好機と見た〝灰壁〟が、〝錆眼〟の首を引き裂こうとする。

やむを得まい、と〝錆眼〟は木の槍を投擲して、〝灰壁〟がそれを回避した一瞬で、腕を勢いよく引き抜いた。これでもう片腕は使い物になりそうにないし木の槍も半分に折れた、だが自由は取り戻せたので、よしとする。

怒りに唸りながら木の槍をヘシ折った〝灰壁〟は絶叫した。

「お前に何がわかる！　数十年ぶりの主だ！　この家にやってきたなら、それは俺の所有物だ！」

「人間みたいなモノの言い方だな。ねじ曲がりすぎだ、お前は」

再びの激突。

拾った木の槍を棍棒のように扱い、〝錆眼〟が〝灰壁〟の腕を叩きのめす。だが、〝灰壁〟が一歩後退すると振り回した槍が燭台に直撃した。さすがに〝灰壁〟はこの屋敷で暮らし続けてきただけあり、どこに何があるのかもよく覚えているらしい。

「チッ……」

舌打ちする〝錆眼〟の肩口が、ざくりと裂けた。致命傷ではないが、その二歩手前というところだろうか、と〝錆眼〟は思う。

「この屋敷だってそうだ！　俺は綺麗にした！　綺麗にしたんだぞ！　この屋敷は俺の誇り、俺の全てだった！　なのに連中は俺を見て、可哀想にと顔を顰めやがった！」

ああ、なるほど。

〝錆眼〟はようやく、合点がいったように頷いた。

ブラウニーは人間からの憐憫を嫌う。同情を厭う。自身でも理解できぬ激情を抱き、ほとんどの場合は家から立ち去ることになる。

……何とはなしに、〝錆眼〟は理解している。それは、どうしようもない劣等感だ。家とは人間が作るもの。妖精が作れるのは、ただの住処だ。

住まわせてもらっている、と認識したくないしされたくない。だからせめてもの手助けを。

それで対等なのに、連中はこちらを憐れんでくる。

悪戯に憤慨するのはいい、さりげない感謝をもらうのは当然の理。だが、憐憫だけはダメだ。

その眼差しは、妖精にとって毒であり刺激物だ。

だからほとんどは立ち去る、だが極稀に、〝灰壁〟のような者もいる。

あの蔑んだ目つき、冷え切った視線、ふざけるな。

怒り、どうしようもなく身を震わせる怒り、怒り、怒り――！

「……でもやはり、それは間違っている。お前だってわかっているくせに」

「黙れェエエエッ！」

次の行動は、〝灰壁〟にとって予想もつかない代物だった。

裂けた肩口から流れる血も意に介さず、既に蠟燭などない重たい鉄の燭台を摑んで〝灰壁〟の頭に振り下ろしたのだ。

「な……!?」

冷えた鉄の感触に、〝錆眼〟は不快極まる気分を抱いたがどうにか堪えた。

ぐしゃり、と側頭部が歪む。〝灰壁〟が壁に叩きつけられ、嗚咽するように呻いた。

「う……うぅ……うぅぅぅぅ……」


この屋敷から出たくはない。

人間たちに蔑まれたくはない。

苛烈な悪戯は、〝灰壁〟の心中に奇妙な喜悦を抱かせた。

傷つけられた相手を傷つけることは、どうして、こんなに、愉しいのだろう——。

「悪いとは思うぜ、〝灰壁〟の。だがな、こちらにも守らなきゃならない、通さなきゃならない筋合いってものがあるんだよ」

家事を手伝ってくれる、小さくてすばしっこい妖精。

お礼には一杯の温かなミルクを。

襤褸を着ているからといって、服を与えてはなりません。

「じゃあ、俺は、一体、俺は、何なんだ……!!」

家から離れることもできず、人間たちと共生することもできないのであれば。それは最早ブラウニーではない、だが他の妖精でもない。

誰のものでもない特異性を獲得した〝灰壁〟は、代償として誰にも顧みられることはないのだから。

「お前はもう、誰でもないんだろうさ」

振り上げた燭台を、くるりと回す。蠟燭を立てるための鋭利な針が鈍い光を帯びていた。

その光を眺めながら、〝灰壁〟はどこか寂しげに呟いた。

「ない、のか」

「〝灰壁〟は、もう、ないのか」

〝錆眼〟は頷き、燭台を迷わず振り下ろした。

§§§

がちゃり、とドアが開く。

シーツを被って震えていたペトラは顔を上げた。大きな広間は暗闇で何も見えない。ただ、何かがいるのは理解できた。

じっとりとした沈黙の中、ペトラがぼそりと呟いた。

「……いるの？」

「……いる」

優しくはない、どちらかといえばぶっきらぼうな声。けれど、直感で理解できた。彼はきっと、自分をこの屋敷に閉じ込めた何者かではない。

「あの、出ていいですか？」

沈黙。それを肯定と信じて、ペトラは床へそっと足を下ろした。少しよろめく——どうにか堪えた。萎えきった足を、ゆっくりと動かして寝室を出た。

先ほどとは異なる奇妙な解放感、そして冷気すら感じる風。

「あ……」

玄関の大きな扉が、開かれていた。幾つも縛りつけられていた鎖は引き千切られていて、外と内を遮るものは、もう何もなかった。

外はどこまで行っても暗闇で。遠くへ微かに見える灯りはそう、自分の家だ。

「玄関は開いている。好きにしろ」

その言葉に、ペトラは大広間を振り返った。

いる。

でも、大広間の片隅の更に影になった部分に隠れていて。いるのに、姿だけは人間の目では捉えられなかった。

「……あの、ありがとうございます！　本当に……！」

「いい」

素っ気ない言葉。関わりたくない、というニュアンスをペトラは感じ取った。だけど、何故だろうか。その言葉が、その声色が、本当に、どうしようもなく温かい気がするのは。

「この屋敷にはもう来るな」

続けて、部屋の片隅にいる何かはそう告げる。

こくりとペトラは頷いた。言われずとも、この屋敷を訪れることはないだろう。

探検ごっこなど、二度とするものか。

「あの……」

けれど、一つだけ懸念がある。

「あの、妖精は——？」

自分を閉じ込めたあの妖精は、一体どこへ？

「お前の家には、行かないよ」

その言葉には、真実の響きがあった。どうしようもなく虚ろな寂しさも。

死んだのか、消えたのか、いずれにせよ、彼が言うならばそうなのだろうと思う。

「行け」

ペトラは言われずとも、既に走り出していた。

「お父さん！　お母さん！」

そう泣き叫びながら走る彼女の声を聞きつけた家族が、慌てて外へと飛び出す。

泣きじゃくる少女が両親の胸へと飛び込む。

人間が見たなら美しい光景なのだろうな、と〝錆眼〟は思う。〝灰壁〟は姿を消した。〝錆眼〟の指摘で、彼はもうブラウニーではいられなくなった。何処に行ったかは知らない。消えてしまった妖精の行き先など、考えても無駄だと知っている。

……鉄を握ったときの、あの薄気味悪い感触がまだ手に残っている。

人間と妖精が理解し合えることはない、人間が妖精の本質を理解できないように。

妖精も、人間を真に理解することなどできはしない。だが、ブラウニーは人間と共に生きることで、ブラウニーとなる。

それを自らの手で破壊した〝灰壁〟も。そして己もきっと、もうブラウニーではない別の何かなのだろう。

少女の冒険譚も、妖精の小さな戦いも、全てが終わった。

後にはただ、虚ろになった屋敷が残っただけ。

そして一際強い風が吹いて、何もかもが消えてしまい――。

§§§

瞬きすると、柔らかな陽差しが目に飛び込んでくらりときた。

「おかえり」

作業が終わったのだろう。エリアスがいつものように佇んでいた。あの小さな〝錆眼〟のブラウニーと、自分よりずっと背の高い彼が重なって見える……不思議なことだ。

「見てきました」

「そう。どうだった？」

エリアスの家にいる絹女給を思い出す。無口だが、いつでも帰りを待ってくれている彼女もまた、ブラウニーだという。

姿は違っているし、何より彼女は極々当たり前のように自分の前に出てくれる。

それは、もしかしたらひどく奇跡的なことなのかもしれない。本来、妖精と人間は寄り添えるものでなく、姿が見えるものでもなく。

大多数の人間は、存在することも知らずにただ生きていく。

「……あの、呪いは解けたんですか？　ウォルシュ家の呪いは」

エリアスは小首を傾げて、ふるふると首を横に振った。

「ウォルシュ家も、〝灰壁〟も、とっくの昔に消えているよ。〝錆眼〟が完全に崩落させたのを見せただろう？」

「……えっ」

虚を衝かれた気がして、チセは愕然(がくぜん)とした。と同時に、瞬間的に納得できてもいた。

「これは、エ・ル・ガ・ー・家・と・そ・の・ブ・ラ・ウ・ニ・ー・の・呪・い・だよ。滅んだと同時に発動した」

――強く、護ってきたのだ。

――穏やかに、過ごしてきたのだ。

だが、その想念はあまりに強すぎ、頑なだった。さながら、鍛えあげられた鋼のように。

「エリアス。私が見た風景は、どのくらい前なんですか？」

問われたエリアスはぼんやりと空を見上げて答えた。

「……多分、百年以上は前だろうね。覚えてはいないけど」

「そうですか……」

そういえば、〝錆眼〟がぼんやりと見ていた鍛冶屋の風景——鉄の鍋や鍬を叩いて鍛える光景は、現代では珍しいだろう。

あれはもう、とうの昔に失われた光景で。

でも、まさか家そのものも消えてなくなっているとは思わなかった。

「何があったんですか？」

チセのその問い掛けには、エリアスは答えられなかった。それもそうか、と彼女は理解する。

彼は呪いがあるから消しに来ただけ。あの温かで穏やかな家が、一体何があればこんな空虚なものに変わるのか……そんな歴史を、知るはずもない。

「……きっと、何もなかったんじゃないかな」

ただ、エリアスはそうぼそりと呟いた。

何もなかった。きっと、破天荒なことも奇妙なことも衝撃的なことも悲劇的なことも何も起こらず、ただただ緩やかに絶えていっただけ。

それを〝錆眼〟はきっと見ていたのだろう。

穏やかな日常が、少しずつ壊れていく様を。

無念だったのだろうか、それとも諦観して受け入れたのだろうか。残滓はあくまで残滓にすぎず、残した者が本当はどう結論付けていたのかまでは定かではない。

「君はどう思う？」

エリアスの問い掛けに、チセは少し考えて……独り言のように答えた。

「きっと、半分だけ受け入れたのだと思います」


仕方がない、と滅びを受け入れた。

そんなはずがない、と無念を刻んだ。


何もかも半分ずつ。

それが錆びた眼をした妖精の、選んだ道だった。


〈了〉

ナチュラル・カラーズ
真園めぐみ

初夏の庭は、白やピンクのバラであふれていた。

花びらが多く、ずっしりと重量感のある花々は、丸いシルエットのものがほとんどで、芳しい香りが周囲にただよっている。

その小さな前庭の奥に、灰色の石造りの家が見えた。

（ここだよな）

低い生垣の前に立つと、憂鬱な気分に襲われて、キリドはため息をついた。

事の起こりは、二週間ほど前にさかのぼる。久しぶりに師匠であるカイのもとを訪れ、頼みごとをしたのがそもそもの始まりだった。

キリドが魔法機構（マギウス・クラフト）の技師として、自分の工房をかまえてから、もうすぐ二年になる。

「僕もそろそろオリジナルの道具を完成させて、名を上げたいんです。協力してください」

熱っぽく語ってみせると、カイはさも物わかりの良い好人物のようにうなずいた。熟練の魔法使いである彼は、かなりの年齢を重ねているに違いないのだが、どう見ても二十代半ばにしか見えない。金髪碧眼、派手な容貌の美男子だ。

「君の話はよくわかった」

「じゃあ、引き受けてくれるんですね」

だが、期待をこめて確認すると、カイはあいまいな笑みを浮かべた。長い付き合いだから、キリドにはわかる。彼がこういう顔をするのは、断る理由を探しているときだと。

交通事故で両親を亡くした直後、キリドのもとを訪ねてきたのがカイだった。父の友人だというが、それまでキリドは会ったことがなかった。しかし、両親は以前から、彼に息子のことを相談していたらしい。カイはキリドのことをよく知っていて、

「君には魔法使いの資質があるから、私の弟子にならないか？」

と誘ってきた。なぜ、彼について行く気になったのかわからない。ただそのときは、深く考えもせずにうなずいていた。今にして思えば、この世界にたったひとりだけ取り残されたという、絶望感にさいなまれていたから、カイの明るさが、闇を照らす太陽の光のように感じられたのだろう。それから独立するまで、十年以上、ともに暮らしてきた。彼の性格はかなり把握しているつもりだ。案の定、しばし考え込んだ後で、カイはキリドに告げた。

「僕よりも、もっと適任な人がいるよ」

師匠の言葉を無視するわけにもいかず、彼が紹介してくれた人物を訪ねて、ここまでやってきたというわけだ。

いやいやながら、バラの間の小道を通って、玄関へと向かう。

キリドの足を鈍らせている理由はいくつかある。まずひとつは、これから訪ねるのがまったく面識のない人物であるということ。あまり人づきあいが得手ではないキリドにとって、初対面の相手を訪ねるというのは、この上なく気の重いことだ。しかも、それが女性であるというから、なおさらだ。キリドは今まで、女性の魔法使いにはいちども会ったことがなかった。

扉の前に立ったが、呼び鈴らしきものは見当たらない。

（ノックをすればいいのかな？）

勝手がわからず、キリドはいらいらした。今さらながら、弟子である自分の頼みを、あっさりと断ったカイに腹が立つ。

（だいたい、あの人は昔から面倒くさがりで、事あるごとに自分の仕事を他人に押しつけようとするんだ）

八つ当たりだということはわかっているが、それでも、そう思わずにいられなかった。

なかなか一歩を踏み出す勇気が出ない。むだに時間を過ごしていると、いきなり目の前で扉が開いた。

ドアの陰からぬっと首を出すようにしてあらわれたのは、褐色の髪と薄茶色の目をした女性だった。年の頃は三十歳前後で、ふわふわした長い髪を後ろでひとつにまとめている。

表情はにこやかだったが、向けられたまなざしは射るように鋭い。何のためらいもなく相手をみつめるその瞳からは、意思の強さが感じられた。

いきなりの対面で、キリドはとっさにふさわしい言葉が思い浮かばない。だが、その女性はこちらが口を開くのを待ってはくれなかった。

「いつまでそこに立っているつもり？」

あいさつもなく、いきなり彼女はそう言った。

「用があるなら、さっさと言いなさい」

高飛車な物言いにむっとしたが、自分がぐずぐずしていたのは確かだ。

「初めまして。僕はキリド・フェーンといいます」

高圧的な相手にも丁重に接しろというのは、常にカイから言われていたことだ。礼儀にはあまりこだわらない人だったが、このことだけはうるさいほど何度も口にしていた。

「カイの紹介で来ました。エルダさんはいらっしゃいますか？」

「わたしがそうよ」

エルダは笑みを浮かべたまま、じろじろとキリドを見た。だが、小柄な彼女はキリドの肩のあたりに頭があるので、どうしても見上げる形になる。

「あなた、大きいのね」

エルダが非難めいた口調で言う。

「それほどでもありませんよ」

そちらが小さいのだと思ったが、さすがにそんな失礼なことは口にできなかった。

「どうぞ」

気がすんだのか、ようやくエルダは入り口をふさいでいた体をずらして、中へ入れてくれた。

家の中でも、バラの香りは消えるどころか、さらに強くなったような気がする。居間に通されて、ソファーに向き合って座ると、エルダはすぐにしゃべり出した。

「カイから手紙をもらったのは昨日よ。自分の弟子がそちらに行くから、協力してやってほしいって。だけど、何をどうすればいいのか、具体的なことはまったく書いてなかったわ」

「え？　昨日ですか？」

キリドは驚いた。カイに話をしてから二週間近く経つというのに、いったい彼は何をしていたのだろうと思う。

「つまり、あなたから直接、話を聞けということなのだろうけど、もしわたしが嫌だと思ったら、断ってくれて構わないそうよ」

エルダはにこにこしている。わざとそういう言い方をして、キリドの反応を試しているかのようだ。

(紹介したくせに、どうして先方に話を通してないんだ？)

キリドの怒りは全面的に師匠に向けられた。自分と違い、カイは明るく陽気で、人あたりも良い。だが、女性に甘いうえに、言葉と行動が一致しない無責任なところが多分にあった。キリドが頼みごとをしても素直に聞いてくれたためしがなく、いつも後回しにするか、すっかり忘れてしまうかのどちらかだ。今回は覚えていてくれただけ、まだましだと言えるのかもしれないが、相手の了承も得ていないのでは話にならない。彼の適当さには、腹立ちを通り越して、もはやあきれるしかなかった。わざわざここまでやってきて、追い返されるのも不本意だ。だが、そこでふと思いついた。

（待てよ。ここで断られたら、それを口実に、師匠に引き受けさせるという手もあるぞ）

そう考えると、途端に気持ちが楽になった。

「僕は最初、師匠に協力を頼みました。でも、あなたのほうが適任だからと言われて、ここに来たんです」

（そうだ、ありのままを正直に話せばいいだけだ）

心を決めると、言葉が次々と浮かんできた。

「僕は魔法機構（マギウス・クラフト）の技師です。今、ある道具を製作しているのですが、ようやく試作品を完成させました。それがうまく作動するか確認するために、その道具のあるところで、魔法を使っていただきたいのです」

「何の道具を作っているの？」

シニカルな態度が見え隠れするものの、エルダはきちんと話を聞いてくれているようだ。

「僕が作りたいのは、魔法を使った際に、どれだけの魔力が使われているのか測る道具です」

キリドは小さめのトランクから、ダークブラウンの革袋を取り出した。中に入っていたのは、縦が二十センチ、横幅が四十センチほどの茶色い木製の箱だった。

「まだ試作品なので、僕は単に〝計測器〟と呼んでいます」

箱のふたを開けると、同じ革で作られた、ふたまわりほど小さい袋が入っている。キリドはその中身を取り出して、テーブルの上にそっと並べた。

それらは半透明の石で作られた、細長い棒のようなものだった。

全部で五本あったが、すべて円柱状で、先端が丸くなっている。形は皆同じだが、長さと太さがそれぞれ異なっている。五センチぐらいのものから順に長くなっていき、最も長いものは十センチほどあった。短いものほど細く、長くなるにつれて太くなっている。

「これは、僕が何種類かの鉱物を削り、その粉を調合して作り上げたものです。〝震晶石(しんしょうせき)〟と名づけました。この石は魔法の力に反応して、震えたり、光を放ったりします。五本あるうちのどれが、どのように反応したかで、魔力の大きさを測ります。震晶石が魔力に対して、きちんと反応するということが証明できたら、いずれはもっと精巧なものを作ろうと思っています。そのためには、魔法が使われる現場に居合わせ、何度か実験を重ねてデータを取らなければならないんです」

「あなたも魔法使いなのだから、自分の魔法で試せばいいんじゃない？」

「もちろん何度かやってみました。けれど、いつも五本のうち三本の石が震えるという、同じような結果になるんです。僕の力量の問題なのか、それとも道具に欠陥があるのか、それを確かめるためにも、できれば熟練した魔法使いの方に協力していただきたいんです」

「どうしてまた、そんなものを作ろうと思ったの？」

　エルダが不思議そうに聞いた。

「使う魔法によって、どれだけの魔力が放出されるか明らかになれば、いろいろ便利だと考えたからです。魔力を使い過ぎるという心配もなくなるんじゃないかと」

「わたしたちには、あまり必要がないような気がするわね。そういったおそれがあるのは、どちらかといえば、魔術師のほうじゃないかしら」

　キリドはぎくりとした。まるで、自分の本当の目的を見透かされているような気がしたのだ。

「あなたぐらいの魔法使いになれば、必要ないかもしれませんが、修行中の者には役に立つんじゃないでしょうか」

「そうなのかしら」

　エルダは首をかしげた。

「やっぱり自分が使うようなものじゃないと、興味がもてないわね」

（計測器の必要性をわかってもらえなかったみたいだな）

　キリドは失望した。きちんと説明して、それでも自分の作った道具に関心を持ってもらえなかったということに、少なからず傷ついてもいる。

だが、エルダの顔に浮かんでいた、からかうようないたずらっぽい笑みは、ずっと柔和な微笑へと変わっていた。

「あなたはとても美しい目をしているのね。そんな深い青を見たのは、ずいぶんと久しぶりだわ」

「え？」

いきなりそんなことを言われ、キリドは戸惑った。

「わたしは、きれいな色のものが好きなの」

エルダはそれがさも重要なことであるかのように、おごそかな口調で言った。

「話はわかったわ。古いなじみの頼みだし、好きなだけここにいなさい。でも、わたしにはあまり期待しないで」

「あの、それはどういう意味ですか？」

「つまり、あなたに協力すると言っても、わたしは自分のペースを変えるつもりはないの。それでもいいいなら、好きにしなさいってこと」

「わかりました。ありがとうございます」

そう答えたものの、キリドは複雑な気持ちだった。追い返されなくて良かったという安堵感と、いっそ断られて、カイに手伝ってもらったほうが気楽だったのではという思いが相半（あいなか）ばしている。

なぜエルダが適任なのか、カイははぐらかしたまま、ついに答えてはくれなかった。こうして本人に会ってみても、よくわからない。とくに世話好きというわけでもないようだし、要領の良いカイに、面倒をおしつけられてしまうというタイプにも見えない。

彼女があてがってくれた寝室は快適だったが、その夜はなかなか寝つかれなかった。


翌朝、目覚めるとまず、見慣れぬ天井が目に入った。

「うーん」

うなりながら、枕元の目覚まし時計を手に取って見ると、すでに正午に近かった。

(しまった)

キリドはあわてて飛び起きた。

カーテンを開けると、ここ数日の曇天が嘘のように、空はからりと晴れあがっていた。

(まずいなあ)

もともと夜型の生活を送っているので、朝が弱く、なかなか起きられない。他人の家であるにもかかわらず、いつものごとく、セットしておいた目覚ましを知らぬ間に止めて、また眠ってしまったらしい。あせって部屋を出ようとして、まだ寝間着のままだったことを思い出した。

(とにかく落ち着こう)

ゆっくりと深呼吸してから、自分にそう言い聞かせ、手早く着替えをすませた。

廊下に出ると、昨日よりさらに強いバラの香りがした。それに導かれるようにして進んでいくと、キッチンにたどりついた。

クリーム色の膝丈までのワンピースに、若草色のエプロン。長い髪を後ろでまとめたエルダが、火にかけた鍋をじっと見守っている。鍋の中には水と、濃淡さまざまなピンクと、白いバラの花びらが、たっぷりと入っていた。

声をかけようとして、キリドははっとした。

火を止めたエルダが、鍋の上に両手をかざし、呪文を唱え始めたからだ。

（あーあ、失敗した）

キリドは舌打ちした。あわてていたので、計測器を持ってくるのを忘れていたのだ。今から取りに行っても間に合わない。せっかくのチャンスだったが、黙って見ているしかなかった。

エルダが両方の手のひらを向かい合わせると、その間から、濃いピンク色の細い糸のようなものが、ちらちらと見えた。

数本の糸はどんどん長く伸びて、彼女の細い体にからみつくようにくるくると回りながら重なっていき、二十センチほどの幅の細長い布の形状を取った。幾筋もの糸が一枚の布になることで、さらに色を増したピンク色が、あざやかに目に映る。ふわりとまとわりつく、軽やかな薄物の布は、さながらエルダがまとったショールのようだ。

（これは何だ？）

キリドは驚いた。魔法を使うときに、こんなふうに色があらわれるのを見たのは初めてだ。よく目をこらして見ようとしたが、それらはすぐにあとかたもなく、すっと消えてしまった。

するとようやくエルダは鍋の前から離れて、戸口に立っているキリドのほうを向いた。

「おはよう」

「おはようございます」

「と言っても、もうすぐ昼だけれど」

からかうように笑顔で言われ、さすがにきまりが悪かったが、今は恥ずかしいと思う気持ちよりも、好奇心のほうが勝った。

「たった今、魔法を使いましたよね？」

「ええ、頼まれたものを作っていたの。ローズウォーターを使ったローションよ」

「そのときに、ピンク色の布のようなものが見えたんですけど」

「ああ、魔法使いには見えるみたいね」

エルダはそっけなく答えたが、物問いたげなキリドの表情を見て、肩をすくめた。

「知りたいのなら教えてあげるけど、わたしが魔法を使うときはなるべく、その場にふさわしいと思った色を選ぶの。いろんな色の糸の中から、一本ずつより分ける感じかしら。その糸を次々と、何本も引き寄せていくと、だんだん織ったように一枚の布になっていくのよ。それが衣（ころも）のように見えるとかで、わたしのことを〝彩りの衣（ころも）〟とか〝カラーズ〟とか呼ぶ人もいるわ」

「そうなんですか」

これなら、エルダが魔法を使い始めるときも、それがいつ終わったのかも、そばで見ていればすぐにわかる。

（カイが彼女を適任だと言ったのは、このわかりやすさが理由かもしれないな）

だが、それを測定できなかったのは、なんとも残念だ。

「もう一度、魔法を使ってもらえませんか？」

「嫌よ。今日はもう、ほかに魔法を使うような仕事はないもの」

試しに頼んでみたものの、あっさりと断られ、キリドはがっかりした。

「あの、エルダさんはいつも、何時に起きるんですか？」

「そうね、だいたい五時ぐらいかしら」

「わかりました」

（五時かあ……）

うなずいたものの、キリドはいっぺんに憂鬱な気分になった。だが、計測器を完成させるためには、我慢するしかない。

その思いが露骨に顔に出ていたらしく、エルダは笑いをこらえるような表情になった。

「無理して、わたしと同じように行動しなくてもいいんじゃない？」

「僕はあなたが魔法を使う瞬間に、そばにいなければならないんです」

キリドは断固として宣言した。

「ここにいる間は、あなたの生活に合わせます。だから、明日からは同じ時間に起きます」

「そう」

おかしくてたまらないというようにひとしきり笑ってから、エルダはようやく思い出したように言った。

「テーブルにつきなさい。お昼にするわ」

彼女はバゲットを切って、チーズとトマトのサンドイッチを作ってくれた。だが、キリドがいるので、これでは足りないと思ったのか、さらに山型のブレッドに、エッグマヨネーズをはさんだものを追加した。

「紅茶？　それともハーブティー？」

「紅茶をお願いします」

キリドが答えると、エルダは大きめのティーポットに茶葉とお湯をいれて、テーブルの上に置いた。

「わたしはいつも食事を簡単なものですませてしまうけれど、もし足りなかったら、正直に言いなさい」

気を使ってくれているのはわかるのだが、彼女の言い方はいくぶん高圧的で、こちらが委縮してしまう。返事をするのも忘れて、つい様子をうかがうようにエルダをみつめてしまった。

「なに？」

「いえ、もしかして怒ってるのかなって」

　すると、エルダは驚いたように、目を大きく見開いた。

「いいえ。どうして、そう思うの？」

「なんか、命令されているというか、叱られているような気がするというか」

「そんなに偉そうに聞こえるのね」

　エルダは苦笑したが、すぐに納得したように大きくうなずいた。

「そうか。村の人たちがわたしと話してる最中に、時々、顔をしかめたりしていたのは、そのせいかもしれない。わかった、これから気をつけるわ」

「いえ、僕のほうこそ、失礼なことを言ってすみません」

「あら、はっきり言ってくれる人のほうが、気を使わなくてすむから、安心できるのよ。あなたとは気楽に話せそうだわ」

　エルダが怒っていないようなので、キリドはほっとしたが、これ以上、失言をしないように、いそいでバゲットのサンドイッチにかじりついた。

　すると、ほぼ同時に、せわしなく扉を叩く音がした。あまりにも近くで聞こえたので、キリドはびくりとして、パンを落としそうになった。

　廊下に出るのとは別に、キッチンにはもうひとつドアがあった。どうやら裏庭に通じているようだが、誰かがその扉をノックしている。

「はい、いるわよ。どなた？」

　エルダが立ち上がるのと同時に、ドアが開いて、若い女性が駆け込んできた。

　栗色の髪をショートヘアにした、目の大きな可愛らしい人だった。だが、青ざめた顔に思いつめたような表情が浮かんでおり、ただならぬ様子だ。彼女は後ろ手にドアを閉めると、か細い声で言った。

「エルダ、お願い。わたしの指輪を捜して」

　エメラルドグリーンの瞳からは、今にも涙があふれ出しそうだ。

「どうしたの？　クレア」

　エルダは彼女の肩を抱き、今まで自分が腰掛けていた椅子に座らせた。そして、棚から小さなポットを取り出して、お茶をいれた。甘く、それでいて、すっと鼻にぬけるような清涼感のある香りが、クレアの前に置かれたカップから漂ってくる。

「まず、これを飲みなさい。少しは気持ちが落ち着くと思うわ」

　エルダにうながされ、クレアはカップに口をつけた。

「おいしい」

　ぽつりとつぶやくように言うと、彼女はようやく向かいに座っているキリドに目を向け、傍らに立っているエルダにたずねた。

「あの、こちらの方はどなた？」

「知り合いの弟子よ。仕事で数日ここにいるけど、あまり気にしないで。それより、指輪をどこでなくしたの？」

エルダの問いかけに、クレアは目を潤ませながら、小さな声で答えた。

「森の中よ。ほら、わたしが以前、よく行ってた川のほとり」

「あの辺りは危険だから、行くのはよしなさいと言ったはずよ？」

「でも、あそこなら、誰もいないと思って……」

クレアはこみあげてくるものをこらえるように、両手で口元をおおった。

エルダは部屋の隅に置いてあった椅子を持ってきて、彼女の隣に座った。

「その指輪は大事な物なのね？」

「先月、わたしがロンドンに会いに行ったときに、ジョンが贈ってくれたの。わたしたち、婚約したのよ。でも、まだ両親には言ってないわ。今度、彼が長期休暇でこちらに戻ったら、ふたりそろって報告するつもりなの。それで、指輪も誰にも見せないようにしていたのだけど、やっぱりうれしくて、ひとりで森へ行って、こっそり指にはめてみたの。光にかざすと、よけいにきれいに見えて、本当にうれしかった。でも、そんなことしなければよかったんだわ」

クレアは唇をかんでうつむいた。

「指輪をはずして箱に戻そうとしたら、急に大きな水音がしたのよ。驚いて、川べりに近づいたら、いきなり何かに足をとられて転んだの。その拍子に握っていたはずの指輪が、どこかへいってしまって、どれだけ捜してもみつからないの。もしかしたら、川の中に落ちたのかもしれないわ」

クレアの目から、大粒の涙がこぼれ落ちる。

「もうどうしたらいいのか、わからない。よりによって婚約指輪をなくすなんて。わたし、もう二度とジョンに会えないわ」

ついに、クレアはテーブルに突っ伏して、声を上げて泣き出した。

「森の中、しかも川のほとりとは。また、やっかいな場所でなくしたものね」

エルダは困ったような表情を浮かべたが、それでも優しく、クレアの背中をさすった。

「もう泣くのはよしなさい。大丈夫だから」

すると、クレアは顔をあげて、エルダの腕をしっかりとつかんだ。

「お願いよ、エルダ。指輪を捜して」

「そうね……」

エルダが考え込むと、クレアは必死の面持ちで、たたみかけるように言った。

「もちろん、報酬はちゃんと支払うわ。こういうトラブルの場合はお金じゃないんでしょう？　あなたの好みはわかってる。まだ早いけど、時季がきたら、叔父の農園のいちごとラズベリーを毎週、シーズンが終わるまでここに届けるわ。だから、お願い、引き受けると言って」

あふれる涙をぬぐおうともせず、すがるような視線を向けるクレアを、エルダはどこか悲しげな瞳で、じっとみつめた。それから、しばしの沈黙の後、つかまれた腕をそっとはずし、彼女の両手を包み込むように握った。

「わかったわ。やってみましょう」

それを聞いて、クレアの表情がぱっと明るくなった。

「本当に？　ありがとう」

「礼を言うのは、まだ早いわよ。うまくいくかどうか、わからないんだから。それより、ひとつ教えてほしいわ。その指輪に宝石はついてる？」

「ええ、サファイアよ。わたしの好きな石なの」

そう答えると、クレアはハンカチを持ったまま、立ち上がった。

「わたし、仕事をぬけてきたから、もう戻らないと」

彼女を送り出した後、エルダは体中から何かを吐き出そうとでもいうように、大きなため息をついた。

「たいへんなことを引き受けたみたいですね」

思わず声をかけると、エルダははっと我に返ったように、キリドを見た。

「ああ、違うのよ。そういうことではないの。考えていたのはまったく別のことよ」

疑問符がキリドの顔にありありと浮かんでいたらしい。エルダは苦笑しながら言った。

「わたしはここに住むようになって、もう五年ほど経つのだけれど、時折、今日のように、ほかの人に知られたくないという依頼がくるわ。もちろん、すべて引き受けるわけではないけれど、そのたびに考えてしまうの。わたしがいることで、物事が本来あるべき姿とは別の方向に動いてしまうのじゃないかって」

「あの、難しくて、よくわからないんですけど、それはどういうことですか？」

「うまく言えないんだけど、もし、わたしみたいな魔法使いがいなかったら、クレアは指輪を捜してほしいなんて、誰にも頼まなかったのじゃないかしら。自分で何度も捜してみて、どうしてもみつからなかったら、彼に打ち明けて謝ると思うわ。秘密裏に処理しようとするより、そちらのほうが正しい選択のような気がするの。そんなふうに考えるくらいなら、断ればいいのだけれど、つい気の毒になっちゃって。引き受けてから、少しばかり悔んだりするのよ」

「困っている人を助けるのに、どうして後悔なんかするんですか？」

キリドには彼女の言っていることが、あまり理解できなかった。

「婚約指輪をなくしたなんて言われたら、きっと相手もすごくショックを受けますよ。それじゃあ、ふたりともかわいそうです。あなたがみつけてあげるほうが良いと思いますけど」

「そうかしら」

「そうですよ。助けてあげられるかもしれないのに断るなんて、そっちのほうがよっぽど冷たいです」

「ああ、なるほど。そのことはあまり考えてなかったわ」

エルダはうなずいてから、照れたように笑った。

「ずっとひとりで旅をしていたから、人との接し方がわからなくなっているのかもしれない。やっぱり、たまには誰かの意見を聞いてみなくちゃだめね。ありがとう、助かったわ」

「いえ、べつに、たいしたことは言ってないですが……」

ただ思ったことを口にしただけだったのに、礼を言われて、キリドのほうが恐縮した。

「じゃあ、準備をしないとね」

そう言うと、エルダはキッチンから出ていった。

しばらくして戻ったときには、すでに着替えをすませていて、白のシャツに青いカーディガンをはおり、ジーンズのボトムという出で立ちだった。

「早いほうがいいから、これからすぐに森へ行くわ。あなたはどうする？」

「僕も行きます。ちょっとだけ、待っててください」

キリドは寝室へ駆け込むと、計測器をリュックに入れて背負った。

エルダは玄関にはまわらず、キッチンのドアから出たが、やはりそれは裏庭に通じていた。

前庭よりもずっと広く、さまざまな草花が植えられている。家の壁に、小さな八重咲きの黄色いバラが、いくつもの花をつけているが、それ以外こちらにバラはないようだ。

隅のほうにある、細かな白い花を咲かせている木が、ニワトコだというのはわかる。だが、知っているのはそれだけだ。園芸の趣味のないキリドにとって、庭の植物たちは馴染みのないものばかりだった。低い灌木(かんぼく)でできた生け垣の向こうには、柔らかな緑色の草におおわれた、なだらかな丘が広がっている。

(なんか、まぶしいな)

そこまで陽射しは強くなかったが、キリドは軽いめまいにおそわれた。明るい太陽の光を戸外で浴びるのは、ずいぶんと久しぶりのような気がする。ここ数か月は、試作品を作るために、ずっと工房にこもりきりだった。たまに買い出しに出るくらいで、外出などほとんどしていなかったのだ。

エルダは庭を通り抜けて、生け垣の間に作られた小さな木の扉から外へ出た。そして、ぐるりとまわって、家の脇にある木立ちの中へと入っていった。

ブナとオークが混在する森は、木々のすき間から光が射し込んで、思ったよりもずっと明るかった。丈の低い下草が青々と茂っていたが、人がよく行き来しているのか、細い通り道ができていた。

エルダは早い足取りで、どんどん進んでいく。キリドはついていくのがやっとで、時々、小走りにならなければ追いつけないほどだ。しばらく歩くと、木立ちの合間から、川の流れが見えてきた。エルダは小道をはずれ、下草を踏みながら、川べりへと出た。川幅は五メートルほどで、向こう岸にも森が広がっている。水量はたいしてして多くはないが、澄んだ水が勢いよく流れていた。

そこでエルダが足を止めたので、キリドはようやく一息つくことができた。

「だらしないわね、これぐらいで。たいして歩いてもいないわよ？」

息を切らしているキリドを見て、エルダはあきれたように言った。

「ちょっと、運動不足なもので。それより、ここなんですか？」

「そうよ。クレアはこの場所が好きで、よくひとりで来ていたらしいの。それにしても、きれいな宝石のついた指輪を高く掲げるなんて、見せびらかしていると思われても仕方がないわ。もしかしたら〝隣人〟たちに、いたずらされたのかもしれないわね」

そう言うと、エルダは小さな声で、呪文を唱え始めた。すると、彼女のカーディガンよりもっと濃い色をした、青い糸が何本か、エルダの体にからみつくのが見えた。

キリドはあわてて、背負っていたリュックから、計測器を出した。万が一、落としたりしないように、太い革バンドを木箱に取り付け、首から下げる。

ふたを開けて、震晶石の入った袋を取り出してから、はめ込み式の箱の底板をはずして、裏返す。底板には五つのフックがついていたが、はめかえることで、それらが箱の底に下向きに並ぶことになる。そのフックに、紐で結んだ震晶石を小さいものから順に引っ掛ければ、準備完了だ。石は紐の先にぶらさがっているので、時折、風に吹かれてゆらゆらと揺れる。だが、魔力を感知した場合の反応とはまったく異なるので、とくに問題はない。

エルダの体を取り巻く細い糸は、初めて見たときと同じように、何本も重なり、やがて一枚の青い布になった。

(おかしいな)

彼女の様子と計測器を交互に見比べながら、キリドは首をかしげた。エルダが魔法を使っているのに、震晶石がまったく反応していない。

(もしかして、遠過ぎるのか?)

屋外で計測器を使うのは初めてだ。なるべくエルダの邪魔をしないようにと、二、三メートル離れた場所にいたのだが、それが原因なのかもしれない。

キリドは背後から彼女に近づき、少しずつ距離を詰めていった。すると、小さなものから順に、ふたつの震晶石が、ぶるぶると小刻みに震え始めた。さらに、どちらもぼんやりとした淡い光を放ち、ゆっくりとした点滅をくり返した。震晶石の反応にも段階があって、さらに大きな魔力を感じると、石は震えるだけでなく、全体が光り始める。光を保つ時間が長いほど、より強い魔力を感知しているということになるのだ。最も少ない魔力で反応するのはいちばん小さな震晶石で、計測器の最高値は、すべての石が震え、なおかつ少しも点滅することなく、明るく輝く場合だ。

エルダを取り巻いていたショールのような衣は、彼女から離れ、ふわふわと宙に浮かんでいる。まるで、風に吹かれて舞っているかのようだ。

やがて、青い布は吸い込まれるように、川の中へと消えていった。

その数秒後に、岸から一メートルも離れていない川面から、深い青色の光が、空に向かって細い柱のように、まっすぐに伸びた。だが、それはわずかな間のことで、瞬くうちに消え失せてしまった。

エルダの魔法が消え、すべての震晶石が動かなくなったところで、キリドはポケットから手帳を出して、計測した結果を書きつけた。今は自分の目で見たものでしかないが、この石で魔力を測れるということが証明できれば、いずれはメーターにつないで正確な数値を出せるものにしたいと考えている。

「やはり、川の中に落ちてしまったみたいだわ。そっちはどう？　今度はちゃんと測れた？」

エルダが振り向いて、キリドに聞いた。

「はい、ありがとうございます。今のは何の魔法ですか？」

「指輪についている石に呼びかけたの。そうしたら、精霊が応えて、場所を教えてくれたわ。あとは、どうやって取り戻すか、なのだけれど」

エルダは腕を組み、じっと水面をみつめて考え込んだ。キリドも良い方法が思い浮かばず、黙って彼女を見守るしかなかった。

すると、いきなり計測器の震晶石が五つとも、そろって激しく震え出した。さらに、それらが光を放ち、フラッシュのように何度も瞬く。だが、今回はそれだけでなく、互いにぶつからんばかりに、大きく弧を描いてぐるぐると回り始めた。こんな動きを見るのは、キリドも初めてだ。

「なんだ、これ？　魔法も使ってないのに、どうしてこうなるんだ？」

「静かにしなさい」

エルダは厳しい口調で言うと、かばうようにキリドの前に立った。

何事かと思い、顔を上げると、目の前に灰色の馬が立っている。ずっと計測器に気を取られていたので、気づくのが遅れたのだ。

馬はたった今、水から上がってきたばかりのように、全身が濡れそぼっていた。たてがみや、長い尾からも滴がしたたり落ちている。それが普通の馬でないことは、キリドにもすぐにわかった。明らかに明確な意思を持った目で、じっとこちらをみつめている。

「ケルピーよ。この川に住んでいて、めったに姿をあらわさないのだけれど、今日は何か目的があるみたいね。危険な奴だから、刺激しないように、あなたは後ろに下がっていて。できれば、その騒がしい道具もなんとかしてもらいたいわね」

「そう言われても……」

相変わらず、震晶石は五つとも派手に点滅をくり返して、ぶんぶんと音を立てんばかりに大きく回転し続けている。

（この石は〝隣人〟たちにも反応してしまうのか？）

ケルピーがなんらかの魔力を使っているのか、それとも、その存在自体に石が反応しているのかはわからない。困ったことに、反応し続ける石を止める方法など、キリドはまったく考えていなかった。

（そうだ。ここから離れればいいんだ）

先ほど、計測器がエルダの魔法に反応しなかったことを思い出し、キリドは革ベルトを首からはずすと、計測器を背中にまわして後ろ手に持ち、少しずつ後退しようとした。だが、それをけん制するようにケルピーがぶるっと全身を震わせ、後ろ足で何度か、地面を蹴った。

今にも襲いかかってくるような気がして、キリドは思わず足を止め、その場に立ちすくんだ。さらに威嚇のつもりなのか、ケルピーは歯をむき出してみせてから、大きくいないた。そして、キリドの動きが完全に止まったのを見ると、ようやく満足したように、エルダのほうを向いた。

「指輪を取りに行きたいんだろう。背中に乗せてやろうか？」

ぞっとするほど冷たく、地の底から響いてくるような低い声だった。

エルダが黙っていると、ケルピーはたたみかけるように言った。

「それとも、私が取ってきてやろうか。べつにおまえでなくとも良い。そちらの人間を背中に乗せてもらえば、すぐにでも行ってやるぞ」

実際に会うのは初めてだが、この水棲馬のことはキリドも知っている。背中に乗せた者をそのまま水の中に引きずり込んで、おぼれさせてしまうのだという。

「お気づかいなく。自分でなんとかしますから」

やんわりとエルダが断っても、ケルピーは引き下がらなかった。

「この川の妖精たちが、やすやすと手放すと思うのか。彼らは美しいものが大好きだからな」

「美しいもの、ね。だったら、とりあえずやってみる価値はあるかも」

エルダは小声でつぶやくと、今度はケルピーに向かって、はっきりと答えた。

「何度言われても、取り引きはしないわ。わたしには、あなたの望むものはあげられないの」

ケルピーは腹立たしげに、前足で地面を叩いた。それ以上、話しかけてはこなかったが、この場を立ち去るつもりはないようだ。

「こちらが魔法使いだと知っているし、話しかけてきたぐらいだから、襲ってはこないと思うけれど、用心しなさい。彼から目を離してはだめよ」

キリドにそうささやいてから、エルダは再び川べりに立った。そして、腕を前方に伸ばし、手のひらを向かい合わせ、朗々と呪文を唱え始めた。

彼女が両手の指を交互に動かし、何かを手繰り寄せるような動きをすると、細い糸のようなものが次々とあらわれた。

真紅のバラのような赤や、沈みゆく夕陽の橙色。春に咲く菜の花の黄色と、夏に花開くラベンダーの紫。晴れた日の空の青に、深い海の藍。そして、萌え出づる若芽の緑と、さまざまな色の糸が、エルダの体を取り巻いていく。

細い糸はおのおのが生き物のように、くるくると宙を舞う。それらは何本も重なって、互いに絡み合い、やがて、エルダの全身をおおうほど大きな一枚の布となった。

それは光沢のある、真珠色の美しい布だったが、光の当たる角度によって、さまざまに色を変えた。最初は銀色に見えたものが、黄色を帯びて金色になったかと思うと、淡いピンクの交じった、優しい色合いにも変化する。

七色に輝く衣をまとったエルダは、全身が淡い光に包まれたように、神々しく見えた。

（なんてきれいなんだ……）

キリドはその姿に見惚(みと)れた。

だが、いつまでもそうしてはいられなかった。

エルダの魔法が始まると、震晶石の震えが激しさを増した。しっかりと持っていなければ、落としてしまいそうだ。仕方なく、キリドは再び革バンドをつけて、計測器を首からかけた。両手で木箱を支えたが、今まで経験したことのないほどの振動が伝わってきて、腕までもがぶるぶると震えてしまう。ずっと点滅をくり返していたのが、今では五本ともが強い光を放ったままで、回転もいっこうに止まらない。さすがにこれでは、紐が切れてしまいそうだ。

少しでも震晶石の反応を止めようと、キリドはエルダとの間に距離を取ろうとした。だが、エルダをじっと見ていたケルピーが、キリドが動こうとした途端、すぐに視線をこちらに移したので、ほとんどその場を動くことができなかった。こうなっては、魔法が終わるのを待つしかない。

エルダが川面に向かって、すっと右手を伸ばした。すると、真珠色の衣が彼女の体から離れ、ふわふわと空間を漂ってから、川へと落ちていった。きらきら光りながら、水の流れに乗った衣は、やがて水に溶け込むように消えてなくなった。

（ああ……）

キリドは思わずため息をついた。あらわれた色彩のすべてが美しかった。それらが皆、消えてしまったことに、深い喪失感を覚えたのだ。

そのとき、ちょうど衣が消えたあたりの川の流れが変わり、水面が渦を巻き始めた。直径が一メートルほどの大きさになると、渦は速度を増した。そして、周囲に水の壁を作りながら、地面を掘るドリルのように、中心部だけがどんどん水底に向かっていく。

エルダは川岸にひざまずくと、両手をそろえ、その渦に向けてまっすぐに伸ばした。すると、渦の中央から、弾かれたように指輪が飛んできて、水滴をまき散らしながら、彼女の手のひらに収まった。

次の瞬間にはもう、渦は消え失せ、川は何事もなかったように、元の流れを取り戻していた。

エルダはハンカチを取り出して、ていねいに指輪を拭いた。そして、確かめるかのように、しげしげとみつめた後で、そのままハンカチにくるんで、ポケットに入れた。

「彼らが味方してくれたようだな、〝彩りの衣（カラーズ）〟よ」

一部始終を見守っていたケルピーが、おもむろに口を開いた。淡々とした物言いで、彼がどのような感情を抱いているのか、うかがい知ることはできなかった。

「ええ。これでもう、あなた方をわずらわせることもないでしょう」

エルダが慎重に答える。

彼女の魔法が消えると、震晶石の動きは多少弱まり、光もふたたびゆっくりとした点滅を始めた。だが、それでも石は回り続けている。

（やっぱり、ケルピーがいなくならないと、止まらないんだな）

そう思いながら顔を上げると、彼と目が合った。ずっと、エルダのほうを見ているとばかり思っていたのに、いつのまにか、キリドが観察されていたらしい。

すると、じっと動かなかった灰色の馬が、カッとひずめの音を響かせて、いきなりこちらをめがけて駆けてきた。

あまりにも突然のことで、逃げることもできず、キリドはその場に立ち尽くした。

「キリド!!」

エルダが叫びながら駆け寄ってくるのが、スローモーションのように見える。それほど、ケルピーの動きは早かった。

もうだめだと思った、まさにそのとき。

キリドの目の前で、ケルピーは地面を蹴って、高く飛び上がった。そして、軽々とキリドの頭上を越えてから、わざわざ振り向いて言った。

「たまたまうまくいったからとて、いい気になるな。我らがいつも、このように甘いと思うなよ。これは警告だ。おまえたちなど、いつでも襲える」

「あなた方をあなどったことなどないわ。でも、わたしたちに危害を加えるというのなら、こちらにも身を守る術があるということを忘れないで」

エルダの言葉に対し、ケルピーは馬鹿にしたようにふんと鼻を鳴らすと、川の中へと消えていった。

「はあ」

キリドは肩の力を抜いて、大きく息を吐いた。やはり、ケルピーの存在に反応していたらしく、彼がいなくなった途端、震晶石も静かになった。

だが、ほっとしたのもつかの間だった。

ぱあんという甲高い、遠くまで響くような音を立てて、いちばん小さな震晶石が砕け、ぱらぱらと地面に落ちた。

「ああっ」

キリドは自分の唇から悲鳴に似た声がもれるのを、まるで他人が発したもののように聞いた。

それが合図だったかのように、震晶石は小さいものから順に壊れていき、ついには最も大きい石にまで、無数の亀裂が走った。せめてこれだけはというキリドの願いもむなしく、最後のひとつも粉々になり、無情にも、破片が踏みしだかれた草の上に散らばった。

　全身から力が抜けていく。キリドはへなへなとその場に座りこんだ。

「こんな、こんなことって……」

　エルダの手がそっと肩に置かれたのを感じたが、それ以外、何も言葉が出てこなかった。ただ、緑の草の上にある、砂粒のような残骸に目を落とすだけだ。

　エルダはじっとその様子を見ていたが、そっとキリドの首から革ベルトをはずし、木箱を受け取った。ふたを開けて、震晶石の入っていた革袋をみつけると、彼女は壊れた震晶石のかけらをかき集め、その中に入れた。

　キリドは何も考えることができず、ぼんやりとそれを眺めていた。

　あまりにも破片が細かいので、自力で集めるのは無理だと判断したらしく、エルダは小声で呪文を唱えた。すると、白い糸が何本かあらわれて、紐のように細い布きれになった。それは布の形状を取ると、すぐに消えてしまったが、同時に半透明の細かなかけらが、風に吹かれたように舞い上がり、列をなして袋の中に入っていった。

　エルダは革袋を木箱に収めると、それを自分の首に下げた。そして、キリドの腕を取って、ゆっくりと立ち上がらせた。

「家に帰りましょう」

キリドは彼女に手を引かれ、ふらふらと歩き出した。

森の中を歩くうちに、呆然自失の状態から脱け出し、少しずつ頭が働くようになってきた。そうすると、今度は猛烈に、くやしさと情けなさがこみあげてきた。もし口を開けば、感情が爆発して、大声で叫び出してしまいそうだ。

そんな気配を察してか、エルダも何も言おうとはしなかった。

自分の気持ちを抑えるのにせいいっぱいで、どうやって帰ってきたのか、あまり覚えていない。気がつくと、リビングのソファーに座っていた。

エルダはしばらく姿を消していたが、戻ってきたときには、右手にマグカップを持っていた。

「匂いが嫌じゃなかったら、飲んでみて。落ち着くと思うから」

差し出されたカップからは、さわやかなミントの香りがする。すすめられるまま、ひと口飲んでみると、はちみつが入っているようで、ほんのり甘い。どんなハーブが使われているのかはわからないが、胃のあたりが温かくなってきたような気がする。

「まだ顔色が悪いから、それを飲んだら、少し眠りなさい」

「すみません、いろいろとお世話をかけて」

「あまり干渉するつもりはなかったんだけど、なんか、ほっとけないのよね。危なっかしくて」

そんなことはないと否定したかったが、今は反論する気力も残っていなかった。

向かいに腰掛けたエルダは、それきり口をつぐみ、どこか遠くを見たまま、物思いにふけっているようだ。

キリドはカップを置き、計測器の木箱から革袋を取り出した。なかにはエルダが集めてくれた、霞晶石の破片が入っている。手のひらに少しだけ出してみたが、とても見ていられなくて、すぐに袋に戻した。

（これでは、どうにもならないな）

まったく原形を留めないほど粉々になった石は、自分の抱いていた夢や、希望が失われてしまったことを、体現しているように思える。完成までのビジョンを明確に思い描いていただけに、落胆は大きかった。耐久性というものを考慮に入れていなかったのは自分の失敗なのだが、もうひとつの大きな問題は、姿をあらわした妖精たちにも反応してしまうという点だ。これでは、正確に魔力を測るということはできないだろう。

「また、最初からやり直すのか……」

問題点ばかりが、頭の中で堂々巡りをする。すっかり嫌気がさし、キリドが投げやりな気分でつぶやくと、それを聞きつけたエルダが、宙をさまよわせていた視線を、彼に戻した。

「まだ試作品なのだから、失敗することもあるわ。ずいぶん、完成を急いでいるように見えるけれど、何か理由でもあるの？」

「急いでる？　僕が？」

意外だった。依頼されたものと違って、納期のある仕事ではない。それほど焦って作業していたつもりはなかった。だが、あらためて思い返してみると、一刻も早く完成させたいと、心が急いていたのかもしれない。そう考えてしまう理由は、確かに存在している。

話そうかどうか、迷った。目の前の人物は、質問してきたくせに、答えは期待していないようだ。まるで自分は関係ないと言わんばかりの、悠然とした態度でこちらを眺めている。それでも、なぜか心配してくれていると思えるのは、先ほどいれてもらったお茶に、彼女の気づかいとぬくもりを感じたからかもしれない。

「この計測器は、魔術師の友人のためのものです」

思い切って口に出してしまうと、胸につかえていたものがなくなって、すっと楽になったような気がした。

魔術師であるクリスはキリドの幼なじみで、もっとも親しい友人でもあった。だが、クリスが魔術学院に入学してからは、年にいちど会うか会わないかで、ずっと疎遠になっていた。その彼がふらりと工房にやってきたのは、キリドがカイのもとから独立して、まだ間もないころだった。

「工房をかまえたと聞いたから、ちょっと寄ってみたんだ」

久しぶりに会った彼は、ずいぶんとやつれて見えた。目の下に、隈が色濃く浮き出ている。

「どうしたの、クリス？　とても疲れているみたいだけど」

「そうか？　はた目にもわかるほどっていうのは、かなり重症だな」

クリスは苦笑しながら、自嘲気味に言った。

「研究なんていうのは、理論と実験のくり返しだからな。気をつけてはいるんだが、知らぬうちに魔力を使い過ぎているようだ。自分でこれぐらいだと思って使っているものと、実際に消費されている魔力の間にずれができているのかもしれない」

「何言ってるんだ、そんなわけないだろう。君は学院でも成績優秀だったじゃないか。あんまり無理するな、体を壊すぞ」

「ああ。おまえも独り立ちしたからって、がんばり過ぎるなよ」

クリスとはお互い笑顔で別れたが、そのときの言葉がずっと心に引っかかっていた。彼の弱音を聞いたのが、初めてだったからかもしれない。そのとき、ふとひらめいた。魔力の大きさを測る道具を作ってみようと。独立したばかりで、ちょうど何かオリジナルの道具を開発したいと思っていたし、自分が製作したもので、彼が抱いている自らへの疑いを払拭できるかもしれないと考えたのだ。

学院の優等生であったクリスに比べて、自分はずっと劣っていると思っていた。とても対等な友人とは言い切れないという思いを、長い間、胸に抱いてきた。しかし、この道具を完成させれば、クリスも他の同業者たちも、自分を優秀な技師として認めてくれるに違いない。それに何より、彼の役に立つことができる。

だが、友人のために作っているなどと、押しつけがましいような気がしたし、照れくさくもあって、誰にも言いたくなかった。それに、道具の製作に没頭しているうちに、だんだんと怖くなってきたのだ。クリスは負けず嫌いで、人の手を借りるのを良しとしない性分だ。彼のために作っていると話しても、そんなものは必要ないと言われてしまうかもしれない。それが不安で、それからずっと彼には会っていなかった。

(できあがった道具を見せれば、クリスも試してみようと思ってくれるはずだ)

そう考えることで、自分を納得させてきた。

「でも、きっと、僕が完成を急いだのはクリスのためじゃありません。一刻も早く成功して、称賛されたいという思いからです」

キリドは唇をかんだ。震晶石が壊れた瞬間、最初に浮かんだのは友人のことではなく、喜びにあふれた自分自身の姿が遠ざかっていくシーンだった。そのことを自覚したとき、どうしようもなくみじめな気持ちになった。

「心の問題だけじゃない。肉体的にも、僕は技師として失格です。ここ数か月、ずっと計測器の製作に打ち込んできました。でも、最近とても疲れやすくて、無性に眠くなるんです。思うように作業が進まなくて、いつも情けない気持ちでした。震晶石がここまでひどく壊れてしまったのも、僕が集中力を欠いていたのが原因かもしれません」

キリドはうつむいて、視線を手元に落とした。すると、今までのおだやかな調子とは打って変わって、凛(りん)としたエルダの声が響いた。

「自分を責めるのはやめなさい。壊れたものなら、新しく作り直せばいい。でも、人間はそういうわけにはいかないのよ」

はっとして、キリドが顔を上げると、気づかわしげな表情をしたエルダと目が合った。

「あなたは今日、とてもひどいショックを受けたわ。だから、心身ともに参っているの。まず、それを自覚して、自分自身をいたわってあげないと」

「そんなこと言われても、どうしたらいいのか……」

「今はさっさと寝室に行くのよ。あなたはきっと、とても疲れているんだわ。眠れなくてもいいから、横になりなさい。食事はあとで運んであげるから」

「はい」

エルダに追い出されるようにして、キリドは寝室に向かった。

ひとりになると、疲労感は倍増した。クリスのことを話すうちに、友人のために作っていると言えなかった、もうひとつの理由に気づいたからだ。それはこの道具を作るのが、じつは自分自身のためではないかという疑念が、いつも自らの心の内にあったということだ。

「僕もそろそろオリジナルの道具を完成させて、名を上げたいんです」

そうカイに告げたのは、本当のことを言いたくなかったからだと思っていた。だが、これこそが、自分の本心だったのかもしれない。

(もう嫌だ。何も考えたくない)

のろのろと着替え、ベッドに横たわると、知らぬうちに寝入っていた。途中で何度か目が覚めたものの、起き上がる気にはなれずにそのままでいると、いつしか、深い眠りに落ちていた。

まどろみの中で、誰かが部屋に入ってくる気配を感じた。それでも、まぶたを閉じたままでいると、カーテンを開ける音がして、いきなり明るい光が射し込んだ。

（まぶしいな）

ゆっくりと目を開けると、枕元にエルダが立っていた。

「具合はどう？」

キリドはあわてて起き上がった。

（ん？　寝たのは午後のはずなのに、まだ明るい？）

とても長く眠った後のような気がしたので、キリドは首をかしげた。そんな彼を見て、エルダがあきれたように肩をすくめる。

「まさか、朝まで起きないとは思わなかったわ」

「え？　朝って、今、何時ですか？」

「七時よ。さすがに心配したけど、大丈夫そうね。お腹すいたでしょう。キッチンに来なさい」

（そんなに寝てたのか）

自分でも驚いたが、頭はすっきりしていて、昨日に比べれば、ずっと気分が良かった。数か月をかけてようやく形にしたものが、すべて壊れてしまったというのに、こんなに眠れる自分自身にあきれてしまう。何もかもがばかばかしく、空しくて笑い出したくなった。

着替えてキッチンに行くと、朝食が用意されていた。まったく食欲がなかったが、エルダがじっと見ているので、無理やり口に押し込んだ。

「そういえば、指輪はどうしたんですか？」

「どうにも待っていられなかったみたいで、あれからすぐにクレアが来たの。それで、指輪を返したんだけど、安心したんでしょうね、急に大声で泣き出すからびっくりしたわ」

「とてもうれしかったんですよ、きっと。やっぱり、引き受けて良かったですね」

「まあ、そうね。それはあなたの言うとおりだったわ」

食事を終えると、それを待ちかねていたらしいエルダに、裏庭に連れ出された。

「この庭をどう思う？」

突然の質問に、キリドは面食らった。

「どうって、よく手入れされた庭だな、と」

「そういうことじゃないのよ」

エルダはじれったそうに言った。

「ここにある草花を見て、何か感じない？」

「僕はあまり植物にはくわしくないので。でも、ここでハーブとか、育てているんですよね。とても合理的で、すごいなって思います」

「やっぱり、理論派の人間って、まず頭で考えるのね」

エルダは深々とため息をつき、エプロンのポケットから茶色の遮光瓶を取り出した。

「これはね、ローズマリーやセントジョーンズワート、そのほかにも二、三種類のハーブをブレンドして作ったオイルなの」

エルダは瓶の中の液体を、少しだけ手のひらにのせ、両手でこすりあわせるようにした。そうやって、オイルを塗った手をキリドの目の前で広げた。

「目をつぶって、香りを吸い込んでみて」

言われるままに、キリドは目を閉じて、鼻から大きく息を吸った。すると、わずかにほろ苦い、ミントとはまた違う爽やかさを感じる匂いがした。何度かくり返すうちに、呼吸が楽になっていくような気がする。

エルダが魔法を使っているのかもしれないが、あまりにも心地よくて、わざわざそれを確かめようという気持ちにはならなかった。

やがて、香りが薄らいでくると、エルダの声が聞こえた。

「さあ、目を開けて。もういちど、この庭を見てごらんなさい」

だが、目の前の風景は何も変わらない。

すると、エルダがいちばん手前のゾーンにある植物を指さしながら、呪文のようにその名を呼び始めた。

「ここにあるハーブは、ミントにローズマリー、ヤロウ。赤みがかった紫の花が咲いているのがコモンセージ。それから、中心が緑色で花弁が黄色いのがヘンルーダ。ちょっと珍しい、ピンク色の花が咲くヒソップに、カモミールもあるわ」

彼女は庭を移動しながら、同じことをくり返した。

「たいまつの形で、燃えるように赤い色をしているのがストロベリーキャンドル。レースフラワーの白い花に、藤色や淡いピンクの風鈴草(ふうりんそう)。薄い青で、ふわりとした花びらのブルーポピー」

ひとつひとつ名前を呼びながら、エルダが指をさすたびに、しだいにその花の持つ色が、くっきりと浮かびあがって目に映るようになった。

満開の花をつけたニワトコも、昨日まではなんとなく白いものと思っていたのに、今日はもっと優しいクリーム色を帯びた色合いに見える。

さらに花だけではなく、葉の色もひとつひとつ異なっているのがわかった。それまではただ、緑色の草だとしか認識していなかったが、同じ緑でもそれぞれ濃淡があり、明るい色や暗い色がある。いちどそのことに気づいてしまうと、もうどの植物も、けっして同じには見えなかった。

「ここには、こんなにたくさんの色があったんですね」

「この庭だけじゃないわ。世界はもっと多くの美しい色であふれているのよ」

エルダの言葉に導かれるように、キリドは空を見上げた。久しぶりに見た空の青さに、限りなく懐かしさを覚える。心が震えて、泣き出してしまいそうだ。

風に揺れる木々も草花も、あらゆるものが生き生きと力強く、生命に満ちあふれている。そのパワーを周囲に放って輝いているからこそ、それらの持つ色もこのようにくっきりと鮮明で、美しいのだろう。

「自然がこんなにも色鮮やかだったなんて、どうして、今まで気づかなかったんだろう」

今、目にしている光景に比べれば、これまで自分が見ていた世界はすべてモノクロか、もしくは灰色だったような気がする。こんなにも色彩にあふれた、美しい場所に自分が存在していることを思うと、喜びで胸がいっぱいになった。

「あなたはただ、忘れていただけよ」

「これも魔法ですか？」

「ある意味ではそうかもしれないわね。さっきのオイルが、あなたの感覚を鋭敏にしたの。そこにわたしが注意をうながしたことで、あなた自身がここの植物を通して、あらためて色というものを認識し直した。それがきっかけとなって、あなたは自然の美しさを思い出したのよ。だから、わたしではなくて、草花たちの魔法というべきかしら。本当はね、あなたに会う前に、カイの言っていたことがずっと気になっていたの」

「それって、僕のことですか？」

「そうよ。あなたには、どれだけの魔法を使ったかを数値化して見るだけじゃなく、目の前で起こる事象をこそみつめてほしいって。でも、工房にこもりきりで、自然を感じる力をなくしていたら、それは難しいことだと思ったの。たった今、あなたは世界の美しさを感じて、とても心が動いたでしょう？　その感覚を、どうか忘れないで。計測器を完成させても、魔法というものを数値だけで見るようにならないでほしいというのが、わたしの願いでもあるわ」

「はい」

自分でも驚くほど、エルダの言葉がすんなりと胸に入ってくる。すっかり肩の力が抜けて、体が軽くなった。

エルダはじっとキリドの顔を見てから、口元をほころばせた。

「ずいぶんと明るい顔になったわね、良かった。初めてあなたを見たとき、ちょっと心配になったのよ。顔色は悪いし、表情は暗いし」

「そうですか？」

「やっぱり、自覚はないのね。カイが面倒を嫌って、あなたをここによこしたと思ってる？」

「いえ、あの……」

唐突に聞かれて、キリドは答えにつまった。

「彼の性格からして、そんな気持ちがまったくないとは言い切れないけれど、本当の理由はほかにあるわ。自分では気づかないみたいだけど、ここに来たときのあなたはどこか辛そうで、とても新しいものを作り出そうと希望に燃えている人の顔じゃなかった。カイはね、あなたのことをとても心配しているのよ。根をつめるタイプだから、何かに熱中すると寝食を忘れてしまうって。だから、ここでゆっくり休ませてほしいと頼まれたの」

「師匠が？」

キリドは驚いた。いっしょに暮していたころでさえ、カイからそんな言葉は聞いたことがなかったからだ。

「彼はひねくれてるから、素直に本音を言うわけがないわよ。でも、わたしにそんな頼みごとをするくらいだから、よほど、あなたのことが大切なんだなと思ったわ」

「僕はそんなこと、考えたこともなかった」

師匠が自分を心配してくれていたというれしさよりも、彼の心に気づけなかったことに、たまらなく申し訳ない気持ちになった。

「もし、彼に感謝の気持ちを表したいのなら、あなたが元気な顔を見せてあげるのがいちばんだわ。少しの間でいいから、仕事のことは忘れて、ここでのんびりしていきなさい」

そう言ってから、エルダはしまったというように顔をしかめた。

「これじゃ、また命令してるみたいかしら。ええと、だから、のんびりしていくといいわよ？」

「すみません、僕が悪かったです。言い方のことはそんなに気にしないでください」

キリドは後悔した。エルダの人柄がわかった今なら、あんなことは言わなかったと思う。

「指摘してもらって良かったのよ。そういうこともあるかなって気づけたから。わたしはただ、無理にすすめてるんじゃないって伝えたかったの。あなたが帰りたいと言うなら、止める気はないわ」

壊れた計測器のことを思えば、一刻も早く、自分の仕事場に戻りたいはずだった。でも、なぜか、今はそんな気にならなかった。

「僕がここにいて、邪魔ではないですか？」

「今さら、そんなことを聞く？」

エルダは苦笑しながらも、気にすることはないと言ってくれた。

「ひとりのほうが性に合ってるから、誰かといっしょに暮らそうとは思わないけれど、時折、遊びに来る友人に、宿を貸すのは楽しいわ」

エルダの言葉に甘え、それから五日間ほど、キリドはいっさい、自分の仕事のことは考えないで暮らした。最初のうちは、エルダに庭にひっぱりだされ、バラやニワトコの花の収穫を手伝わされたが、キリドが自ら散歩に出るようになってからは、彼女はまったく干渉しなくなった。さすがに川へは近づかなかったが、森の中を歩きまわって、木々の色や匂いを味わい、幹にふれて、その手ざわりを楽しんだ。

そうして日々を過ごすうちに、再び計測器のことを考えるようになった。

（まずは、強度を高めないと）

それに、妖精たちに反応してしまう点も改善しなければならない。

（まあ、ありていに言えば、一からやり直しだよな）

だが、そう思うことはもう苦痛ではなかった。また始めてみようという気力が、どこからかわいてくるのを感じる。霙晶石が壊れたことで、もういちど道具を作ることの意味を、自身に問い直す機会が与えられたような気がした。

自分が認められたいという気持ちは消せるものではない。けれども、それがすべてではないのだ。友の役に立つような道具を作りたいというのもまた、キリドの心からの願いなのだから。

そして、世界の美しさに気づいた今、恥じることなくここにいられる人間でいたいと思う。

散歩から戻り、いつものように勝手口から入ると、キッチンの棚の上に、ウサギのぬいぐるみが置いてあるのが目に入った。まるで、おとぎ話の登場人物のような、黒の燕尾服を身に着けている。大きさが五十センチほどもあるので、かなり目立っていた。

「あのぬいぐるみは、前から置いてありましたか？」

「いいえ。わたしの部屋から持ってきたばかりよ」

エルダは手を伸ばして、棚からウサギを取った。

「これはね、ずっと昔、あなたの同業者に作ってもらったものよ。名前はフィル。長い間、わたしの家の門番を務めてくれていたのだけれど、ひと月ほど前から動かなくなってしまったの」

「ああ、だから、玄関に呼び鈴がなかったんですね」

エルダはいとおしむように、そっとウサギの耳の間をなでた。

「修理に出そうと思っても、その人はもう亡くなってしまったし、誰に頼んだらいいのかわからなくて」

「それで、僕にやらせようと思ったわけだ」

「そういうことね」

エルダはいたずらっぽく笑った。

「もちろん、気が向いたときで構わないわ。ただ、忘れないうちに頼んでおきたかったの」

「今は道具がないので、彼を僕の工房に預けてもらえますか」

「ええ、お願いするわ」

キリドはフィルを受け取り、その赤い瞳をみつめた。

この白いウサギが、来客を告げるためにキッチンや庭を走り回っていたのだろう。あるいは、お客を居間に案内する。そんな情景が浮かんでくるような気がした。フィルが動かなくなって、エルダはずいぶん寂しい思いをしているに違いない。

今すぐにでも、彼を直したいという思いがこみ上げてきて、心が決まった。

「僕は明日、帰ります」

キリドがそう言っても、エルダは驚かなかった。

「戻って、また計測器を作るの？」

「たぶん、そうすると思います。でも、それだけに専念するのはもうやめます。ほかの仕事もきちんとこなしながら、自分のペースで進めていきます。とても時間がかかるでしょうけど、ここであきらめたくないので」

「それなら、年長者からひとつ、忠告があるわ。あなたのお友だちに協力を仰ぎなさい。うまくいかないことを相談してみるの。問題を解決する方法がみつかるかもしれないわ」

「でも……」

キリドは口ごもった。

「彼に、そんなものは必要ないと言われたら……」

友人からの拒絶。それは今でもキリドがもっとも恐れていることだった。だが、エルダは幼子を見守る母親のように、優しく微笑んだ。

「その友だちは、あなたの願いや努力をまったく理解してくれない相手なの？　あなたの好意をやすやすと踏みにじるような人なの？」

「いいえ、そんな奴じゃありません」

全力で否定してから、キリドははっとした。エルダも大きくうなずく。

「良かった。それなら、大丈夫よ」

自ら抱いた劣等感と恐れに、どれほど自分ががんじがらめになっていたのか、あらためて気づかされる。そのせいで、正常な判断さえできなくなっていたのかもしれない。

うなだれて立ち尽くすキリドを、エルダがそっと抱きしめてくれた。

「何も心配しないで。あなたならできるわ」

キリドは何も言えず、ただ彼女の肩に顔をうずめた。こうして、誰かに頼ることとさえ忘れていた。

「さあ、顔を上げて。旅の準備をしなさいよ」

キリドの背中をぽんぽんとたたいて、エルダは明るく言った。


出発の朝、エルダは前庭の門の外まで見送ってくれた。

「いろいろとお世話になりました。本当にありがとうございます」

言うべきことはもっとほかにもあるはずなのに、胸がいっぱいになって、それ以上、言葉が出てこない。だが、すべてわかっているというように、エルダは笑顔でうなずいた。

「フィルのこと、よろしくね。またいつでも遊びにいらっしゃい。カイといっしょでも構わないわよ」

「はい。師匠にも伝えておきます」

まだ心のどこかに去りがたい思いは残っていたが、それを振り払うように、キリドは背中を向けた。

(これで最後じゃない。いつでも会いに来られるんだから)

自らにそう言い聞かせ、足早に歩きながら、これからのことを考えた。

帰ったら、することは山ほどある。だが、まず何より先に、久しぶりにカイに手紙を書こうと思う。あくまでもさりげなく、感謝の気持ちと、自分がもう大丈夫であることを伝えたい。

「親愛なる師匠へ。僕の世界は色を取り戻しました」

と。

〈了〉

戦場の赤子
吉田親司

『可能な手段だけでは駄目だ。安易な方法やわかりきった措置だけでも満足できない。困難な方法も、まず実行不能な方策も、いや、完全に不可能と判断される手段もすべて講じてもらいたい。全世界の人々の視線は我々に注がれている』

ウィンストン・レナード・スペンサー＝チャーチル

（対独戦争当時のイギリス首相）

1

一九四〇年、夏――。

歴史ある大英帝国は〝栄光ある孤立〟という危機に直面していた。

フランス全土を席巻したナチス・ドイツが、次なる攻撃目標をイギリスに定め、侵略の魔手を伸ばし始めたのだ。尖兵（せんぺい）の役目を担ったのはドイツ空軍（ルフトヴァッフェ）であった。連日のように戦爆連合の飛行編隊が来襲し、軍用飛行場とレーダー基地を猛爆した。

イギリス王立空軍も必死の防空戦を繰り広げていたが、押され気味な現実は否めない。制空権が敵手に渡れば、ドイツ機甲部隊のイギリス上陸は必至であった。

それを食い止める手段は皆無に等しい。

まず兵器が圧倒的に足りなかった。〝ダイナモ作戦〟の成功により、大陸派遣軍（BEF）の大部分はダンケルクから撤退を終えていたが、重装備の大半は放棄せざるを得ず、火力は心許なかった。士気も不充分だ。敗残兵たちは文字どおり打ちひしがれたままであり、急遽組織された国防市民軍に至っては帳簿上の数合わせにすぎず、戦力としてはとてもカウントできない。

軍事力が駄目なら政治力に期待したいところだが、ロンドンはこの劣勢下でも頑ななまでに徹底抗戦を叫ぶばかり。イギリスの運命はもはや風前の灯火であった。

だが、ここに奇想天外な国防案が発動された。神ならぬヒトは、ヒトならぬ者の力を拝借し、梟敵に呪怨を投げかけようと欲していたのだ。初の試み、というわけではない。昔の話ながら前例はある。かのフランス皇帝ナポレオンがイギリス上陸を画策した際、時の小ピット政権は国内の魔法使い、魔女、魔術師を総動員し、怨敵に呪いをかけさせていたではないか。

コルシカの怪物よ。お前にドーバーを渡ることはできぬ、と。

常に歴史は繰り返す。イギリスは藁にもすがる思いで、霊的防衛という禁じ手に着手しようとしていたのである……。

『空襲警報発令！　ドイツ機の大編隊が南南西より急速接近中。迎撃機は全機離陸せよ。繰り返す。空襲警報発令。戦闘機隊は発進を急げ！』

屋上の拡声器から流れた急報で眠りを破られた俺は、反射的に窓から飛び出した。

けたたましいサイレンが鳴り響き、飛行服を着たパイロットたちが右往左往している。昨日までのどかな田舎の飛行場だったそこは、喧噪と焦燥が渦巻く空間に変貌しつつあった。

　緑に萌える原っぱのあちこちにイギリス王立空軍自慢の戦闘機が駐機しており、整備兵が数人ずつ囓りついている。連中は喧嘩腰で怒鳴り合っていた。

「給油は夜のうちに終えたが、機銃弾の積み込みがまだ半分だ。エンジンの具合は？」

「この陽気じゃ暖機運転は不要なんだが、吹き上がりがいまひとつだ！」

「地上でやられるよりはいい。さっさと飛ばせ。誰かパイロットに通訳しろ！」

　員数外の身にやれることはない。ここは邪魔をしないのが最善だ。俺は大きなパラソルを見つけると、大急ぎで近寄った。その下にはパインウッドで作られた安楽椅子が置かれている。奴はそこにいるはずだ。

「やれやれだ。楕円翼の優駿スピットファイアも搭乗員と整備員に恵まれず、駄馬と化すか。スーパーマリン社のメカニックが聞いたらさぞ嘆き悲しむだろうな」

　日本語の独白を聞くまでもない。あいつだ。我が主だ。主従関係を結ぶ前から嫌いな相手だが、無視もできない。俺は安楽椅子の背もたれに片足をかけたまま、話し始めた。

「では輸入の話は立ち消えだな。実戦で実力が実証されれば日本海軍が購入すると、あんたは大見得を切っていたが、こんな体たらくでは赤レンガの連中が納得しないぜ」

「霧島軍曹。勘違いするなよ。スピットファイアは優秀な戦闘機なんだ。僕が指摘しているのは運用方法に難があるという点だけさ。あの機体を持って帰れば、海軍航空本部にとって素晴らしい刺激になるだろう。もっとも液冷式エンジンは補充部品が山のように必要だから、内地では使い難いが。いや、そうでもないか。空母艦載機に限定すれば、まだ活用の道も……」

こうした物言いから理解できるように、我が主は理知的な皮肉屋である。本来なら、ここで彼の本名を明かすべきだろうが、とある事情からそれは差し控えなければならない。

憎まれっ子世にはばかるの喩えどおり、我が主は現在もなお存命中である。その影響力は政財界に深く及んでおり、訪英中のスキャンダルが露呈すれば、国内外の各方面に差し障りが生じよう。彼自身はそこから生じる混沌を期待しているふしさえあるが、巻き込まれるこちらはたまったものではない。よって本稿では単に〝G中佐〟と記すにとどめたい。読者諸兄の御賢察を願うしだいである。

ついでに自己紹介もしておこう。我が名は霧島。ここ数十年はそう名乗っている。荒行で心身を鍛えた火山群の呼び名を頂戴しただけだが、自分ではお気に入りだ。G中佐は軍曹と呼んでいるが、これはただの渾名である。俺は軍属ではないし、そもそも日本海軍には軍曹という階級自体がない。まだ修行中の身であった頃、礼儀を知らぬ同族に説教と折檻をしている場面を奴に目撃され、鬼軍曹なるデリカシーなきニックネームを頂戴しただけの話である。やめてくれと懇願しても、根性の悪いG中佐は絶対に聞き届けてはくれなかった。

「……いっそ陸軍に共同購入を持ちかけようか。連中は欧州機にまだ夢を見ているし、先に唾をつけさせてやるといえば悪い顔はすまい。もっともイギリス本土が陥落すれば、売却話も立ち消えになるけどね」

身勝手なＧ中佐の言い分に俺は反駁した。「大英帝国がそう簡単に崩壊してたまるか。あのパイロットたちを見るがいい。祖国防衛の気概があふれ出しているじゃないか」

「軍曹こそよく見たらどうかね。連中はイギリス人じゃない。ポーランド人だよ。故国をドイツに占領され、行き場を失った哀れな兵隊だ。彼らにとっての戦争はもう終わったのだから、本当に命を張るべき場面が到来するまで、その羽を休めていればよいものを」

「違う。彼らこそ真の戦士だ。祖国ポーランドを奪ったナチと刃を交えるのであれば、戦場を選んだりはしないのだ」

Ｇ中佐は小馬鹿にしたように、こう告げるのだった。「人間は国がなくなっても生きていけるが、国は人間がいなければ存続しえない。彼らは生き残ってこそポーランドの復興に寄与できるというのに。あたら若い命を散らすような真似をするとはねえ」

「連中は愛国心の塊だぞ。あんたはそれを持ち合わせちゃいないようだがな」

「軍曹は忘れているよ。私は軍人である以前に魔法使いなのだ。愛国心などとは星屑なみに縁が薄い。そんなものにこだわっていてはいつまでたっても世界の美しさを識ることはできないからね」

「ならばどうして軍人を続けている？　さっさと世捨て人にでもなればよかろう」

「理由はいくつかあるさ。まずは安寧が得られること。軍という閉鎖社会は人ならぬ身を隠すのに最適だ。そしてもうひとつは……」

「言わずともわかる。暇潰しだろう。あんたの十八番だからな」

「然り。生き物は死ぬまで暇との戦いさ。もう観戦武官の役割も飽きたな。どれ、沈黙を守ることしか知らぬ神に代わり、進化と創造の手助けでもしてやるか」

G中佐はやおら立ち上がると、エンジンを回すのに難渋しているスピットファイアの横へと向かった。左手の袖を捲るのを見た瞬間、俺は奴が何をする気か理解した。

腕時計に擬装したブレスレットが妖光を放っていた。刻み込まれた梵字が一瞬だけ顕わになった。その刹那、紫電のような光が煌めいた。続いてNHKのラジオアナウンサーも太刀打ちできないほどの早口で詠唱が開始された。

「瞼よ、鉛たれ。乙女の如く眠り、勇者の如く倒れ、死鬼の如く地に伏せよ。昇る日輪への抵抗こそが汝の義務なり……」

魔法の生贄となったのはまだ二十歳にもなっていないポーランド人の義勇パイロットだった。G中佐の呪文が終わると同時に、彼は意識を失い、糸が切れた操り人形のように崩れ落ちた。イギリス空軍の整備兵が慌てて助け起こしたが、彼の意識が戻ることはなかった。

「パイロットがいなくなった様子だな。よし、僕が飛ぼう」

達磨のような髭をたくわえた整備兵が、ロンドン訛りでG中佐を制した。

「待ってくだせい。旦那はトーキョーから来た観戦武官でしょうや。ここで実戦に参加されちゃあ日英双方にトラブルが起きちまいますぜ」

「細かいことは戦争に勝ってから考えるべきではないかな。この基地は数分後に空爆されるのだろう。発進できる戦闘機が一機減れば、そのぶん危険度は暴騰するぞ。イギリス国民の血税で作り上げた戦闘機が、地上で破壊されるのを見るのは忍びないのだが」

「……東洋人にスピットファイアが飛ばせるとは、とても思えませんがねぇ」

「僕はなんだって飛ばせるよ。たとえ箒でもね」

居合わせた者のなかで、それが冗談でないことを知っていたのは俺だけだった。焦燥と諦観の視線を繰り出す俺の目の前で、G中佐は運ばれてきた飛行服に手早く着替えるや、狭苦しい操縦席にその身を押し込めた。

「出撃する。軍曹も乗れ。たまには死線の香りを嗅がないと野趣が失われるぞ」

「俺は都会的に洗練されたいんだよ。そもそもスピットファイアは単座機じゃないか。一人乗りの戦闘機にどうやって乗れと？」

「僕の膝の上が空いている」

「やめてくれ。男同士で気色が悪い」

「ならば横を飛んでついてくるか？　それでも僕は構わないぞ」

「無茶を言うな。俺がせいぜい時速七〇キロしか出せないことは知っているくせに」

型にもよるがスピットファイアは最高時速五八六キロを発揮できる。追いつける道理もなければ理屈もなかった。俺は素直に降参し、白と茶の羽をひるがえすと、開け放たれた風防（キャノピー）の隙間から機内へと飛び込んだ。髭達磨の整備兵が驚いた様子で、

「旦那！　ペットのフクロウを戦場に連れていくんですかい⁉」

　と叫んだが、G中佐は涼しい顔でこう返すのだった。

「フクロウは見かけとは違う。こいつはペットじゃない。使い魔（ファミリア）だよ」

　ロールスロイス社製のマリーンⅡ型エンジンが獣のような唸（うな）り声を発し、機体は滑走路へと駆けていく。乾燥重量二トン弱の機体が急加速すると、主脚が地面を蹴った。五感を貫いたのは独特の浮遊感だ。自分の翼で飛ぶのとはわけが違う。G中佐は操縦桿（スティック）を巧みに操りながら、

「素直な機体だな。上昇性能も速度も申し分ない。主翼は薄いが強靭（きょうじん）性もある。このぶんなら中低空での旋回性能も良好なはずだ。使い方によっては格闘戦でも強みを披露できよう」

　とパイロットならではの率直な感想を述べた。強引に乗り込んだ機体はロールアウトされたばかりの新型だ。正式名称スピットファイアMkⅠb。後に救国の戦闘機として賞賛されるマシンだが、英国本土航空決戦（バトル・オブ・ブリテン）当時は、その評価はまだ定まってはいなかったように記憶している。当時も今も、俺に飛行機の善し悪しはわからない。しかし、G中佐は新しい玩具を手に入れた子供のようにはしゃいでいた。

　なら信じるしかあるまい。海軍航空隊の精鋭アクロバット・チーム『Gサーカス』の隊長が激賞しているのだ。機体性能でドイツ機に後れを取る心配だけはなさそうだった。

「あれが油温計で、こっちがブースト圧計だな。あっちこっちに付箋紙が貼ってあるが、ぜんぶポーランド語だ。涙ぐましい努力だねえ」

あれこれと計器に手を伸ばすG中佐を横目に、俺は首を二七〇度回転させ、周囲を探った。俺の首の骨は一四個もあるため、こんな芸当ができるのだ。

見えた。人間のそれと比較して数倍の分解能を持つ俺の眼球は、彼方から接近する黒胡麻(ごま)のような物体を捉えた。

「一一時方向に飛行編隊！　方位から考えてフランスを離陸したドイツ空軍だ！」

「ああ、間違いないね。味方機が飛びかかっていくぞ」

G中佐の言葉どおり、離陸したスピットファイアは銘銘(めいめい)に急加速し、敵機へ突撃を開始した。

しかし俺たちの乗った機体は後れを取ったままだ。

「どうした？　ドイツ空軍と一戦交えるんじゃないのか？」

「森の盟主フクロウはいつから好戦的になったんだい。僕は刃を振るうべき相手を選ぶ。ただそれだけさ。自由ポーランド空軍のパイロットたちが敷いた堅陣を抜き、我が眼前に姿を現して、初めて倒す価値のある獲物となる。まずは滑走路上空に占位し、暇を潰そう」

極めて傲慢な台詞だが、威張るだけの技倆(ぎりょう)を保有していることは事実だ。俺もそれだけは認めるしかない。G中佐は稀代(きだい)の機会主義者であり、食えぬ魔法使いであった。使い魔(ファミリア)の契約を結んだことを悔いぬ日はなかったが、パイロットとしては世界でも五指に入る腕前なのだ。

時代の趨勢とはいえ、航空黎明期に大鷲の羽を卒業し、さっさと飛行機に移行した魔法使いは彼が筆頭格だろう。驚くべきは補助として魔力を一切使っていないことだ。G中佐は純粋に飛行訓練のみで腕前をあげたのだった。

空を駆ける先輩として、俺は何度か忠告し、咎め立てもした。空戦で生き残る確率を少しでも向上させるためであれば、世の中の理を魔力で一時的に歪めるのも仕方のない話ではないかと。まずは生き残らないと後悔すらできないのだから。

だがG中佐は、戦場で魔力を使うのは正道に非ずと、ストイックにそれを拒絶したのである。融通のきかない男は死線が日に日に近くなるぞ。そんな正論を説いても、奴は俺の言葉に耳を貸そうとはしなかった。そして我らは戦場に足を踏み入れた。それも土足で。遠雷に似た轟音が大気を揺るがすのを俺は聞いた。

「嫌な匂いがしてきた。始まったようだぞ」

「さすがに軍曹は鼻がきくな。たしかに戦場の匂いがする。焦げた肉とすえた血の香り、死と破壊の臭いが充満してきたな」

「どっちが勝つと思う？」

「ロンドンのブックメーカーの言葉を信じて、イギリス勝利に賭けるね。地元で戦う強みさ。撃墜されてもパイロットさえ生きていれば、すぐに別の機体で参戦できるが、遠征軍はそうはいかない。ドイツ機はフランスかベルギーの基地まで帰着しないと、再出撃は無理だからな。イギリス王立空軍はプライドを捨てて搭乗員補充に奔走しているが、その努力はやがて捷報に繋がると……」

G中佐が言い終わる前に、俺は状況の変化に気づき、大声で叫ぶのだった。

「来たぞ！　一時方向の雲間にドイツ機だ。高度二五〇〇。距離あと八〇〇〇！」

メッサーシュミットBf109に違いなかった。小型ながら重戦闘機としての顔を持つそれは、ドイツ空軍の主力であり、スピットファイアの永遠のライバルである。

速度と火力を生かした一撃離脱戦法を得意とし、機体性能はすべての英軍機を凌駕していた。旋回性能で勝るスピットファイアだけは互角に戦えたが、ドイツ空軍パイロットの技倆は恐ろしいほどに高く、苦戦は必至であった。

俺も出現した敵機に畏敬と警戒の視線を注いだが、現れた機体の動向は妙だった。追跡されているわけでもないのに、旋回や蛇行、あげくには宙返りといった負荷のかかる運動を繰り返しているではないか。

「まともじゃない。こっちを挑発しているんじゃないか？」

「僕の見立ては違う。パイロットが恐慌をきたしているんだ」

G中佐は断言すると、機体を横滑りさせた。機体は速度を維持したまま緩降下し、敵機の背後を簡単に取った。あとは発射釦さえ押せば、機関砲弾が相手を切り刻んでくれる。

だが、G中佐はあえて指先を動かさなかった。その理由は俺にもすぐに見て取れた。

メッサーシュミットの翼上になにかいる！

人間である可能性など微塵（みじん）もなかった。明らかに隣人であった。外見は兎（うさぎ）に似ていた。身長は五〇センチ程度で全身黒褐色。小さな角（つの）らしき突起が額に二つ生えていた。サングラス仕様の航空眼鏡で眼球を隠しているが、なかなか凶悪な面構えだ。

　そいつは鋭い前歯でメッサーシュミットの翼端に噛（か）みつき、機体に大穴を開けていた。引きちぎった電線をパスタのように呑（の）み込むと、悪魔的な笑みを見せる。

　戦場という非日常の世界で目撃させられた非現実な光景に、敵パイロットはパニックを引き起こした。メッサーシュミットはあらぬ方向へと機首をめぐらせ、重力に引きずられるままに落下していった。

「軍曹。ちょっと荒っぽくやるぞ！」

　G中佐は一気にスロットルを全開にし、加速を開始した。足並みを崩していた敵機との距離は一気に詰まる。我がスピットファイアは、翼端が接触するギリギリまで接近した。

「そこなる壊し屋（グレムリン）に問おう！　誰と契約し、蛮行に及んだ！　魔力を国家間の戦争に使わんとする不埒（ふらち）者は誰だ！」

　G中佐の問いかけは聞こえているはずだが、壊し屋（グレムリン）は答えなかった。ただ、こちらが好意を抱いていないことは見抜いたらしい。ソーセージのように太い人差し指と中指を眼前で振ると、唇の端を吊（つ）りあげ、膝の力だけでジャンプした。

直後、相手の頭から羽が生えた。角に見えたのは螺旋(らせん)状に収納していた翼だ。全長の数倍に達するそれを羽ばたかせながら、壊し屋(グレムリン)は西へと消えていく。いっぽうのメッサーシュミットは、ようやく自由を取り戻し、南へと逐電(ちくでん)していった。

やがて不協和音は消えた。もはや銃声は聞こえない。空戦は始まったときと同様、急速に収束した。勝敗すら意味を失った空に、G中佐の独白が流れた。

「禁忌を破った愚かしい奴が近くにいるな。魔力で国家間の戦争に荷担するとは、なんと嘆かわしい連中だろう」

俺は興奮を鎮めながら問いかけた。「やっぱりイギリスの魔法使いの仕業か?」

「おいおい。あんまり魔法使いを馬鹿にするなよ。僕のレベルにまで修行を積めば、石塊(いしくれ)を金塊に変えることも、魚類に翼を持たせることも、作物を腐食性にすることもできる。もちろん壊し屋(グレムリン)を使役することなんか朝飯前だ。だが、絶対にやらないぞ。やってはいけない行為だと知っているからだ。なかでも人間同士の殺し合いに魔力をもって参加することは、あってはならない。イギリスの魔法使いもそれくらいわきまえているはず。こいつは恥知らずな魔女か、そうでなければ食い詰めた魔術師の仕業さ。まあ、下手人の目星はついているが……」

たっぷり五秒間考えてから、G中佐は俺に命令した。「霧島軍曹。マン島へ飛んでくれ」

それがアイルランドとイギリスの狭間に浮かぶ島であることは俺も知っていた。予定では、G中佐は帰国前にそこに立ち寄ることになっていたのだ。

「行き先は南部のカッスルタウン港だ。旧式の防護巡洋艦が碇泊（ていはく）している。その艦長と話をつけねばならん。戦争に魔力を使うのは亡国への道だとな。僕も遅れていくから、地ならしをしておいてくれ」

G中佐は問答無用で風防を開け、俺の尻を押した。

「ちょっと待て。森の賢者と称えられ、食物連鎖の頂点に座し、愛くるしさではどの生命体にもひけをとらないメンフクロウの俺に向かい、単なる伝言役をやれというのか？」

「うん。そう。《結び》を求めてきたのはお前じゃないか。嫁さんと御息女をよき場所に送るには手間もかかったんだよ。たまには言うことをきいてくれないものかね」

たまではなく、四六時中言うことをきいている俺だ。いまさら拒否権などあろうはずもない。

霧島山塊でのG中佐との出会いと、そのときの己の決断を思い返しながら、俺はスピットファイアを飛び出したのだった……。

2

ユトランド半島に位置するキールは、ドイツ海軍が保有する最大規模の軍港であった。

そこに位置するドイチェヴェルケ造船所の一角に奇妙な物体が浮いている。一見すると潜水艦にも見えなくもないが、断じてUボートの類いではない。

まずサイズが違いすぎた。全長一九メートル、直径四・二五メートルと小型だ。動力系も皆無であり、自分では動けない。さながら浮かぶ円柱といった代物であった。

用意された数は四基。揺り籠（ヴィーゲ）と呼ばれているその物体は、基本的に無人での運用が前提だが、一号筒のみは制御室が用意されており、数名の作業員が滞在できる仕組みになっていた。

そこに足を踏み入れたのはギュンター・プリーン大尉だ。現在のドイツ海軍でもっとも著名なUボート・コマンダーである。彼は口説くべき怪人へと向かい、言葉を重ねるのだった。

「あんたを信用しないわけじゃない。軍港スカパ・フロー潜入に成功し、イギリス戦艦〈ロイヤル・オーク〉を撃沈できたのは、あんたが占いで航路を策定してくれたからだ。魔法だか魔術だか奇術だかは知らんが、結果として俺の〈U47〉は大戦果をあげて帰還できた。あんたの風変わりな能力には一定の敬意を払おう。だけど今回の任務は無茶だ。艦長の俺にさえ大した説明もせず、とにかくアイリッシュ海の真ん中まで連れていけとはな」

相対する中年の特務中尉は、小さな体躯（たいく）を狭いシートに埋めたまま、こう答えた。

「本作戦はレーダー元帥のみならず、総統閣下の御裁可も頂戴した正式な軍事計画だ」

発言者の名前はヘンリック・ヘルビガー。ドイツ海軍に籍を置く特務技術大尉である。駐英経験が長すぎる彼は、イギリス訛（なま）りの発音でなおも続けた。

「そして成功の可否は優秀なる潜水艦長の決断と行動に左右される。プリーン大尉、あなたの協力が得られなければ本作戦は瓦解しよう。それはすなわち、イギリス本土上陸を不可能たらしめ、我がドイツの将来に暗雲を……」

「協力しないなんて誰が言った？　俺に加勢して欲しいなら、手の内を明かしてくれと頼んでいるんだ。まず俺たちが今いるこの円柱はなんだ？　俺の〈U47〉で四本も曳航(えいこう)しろと言われたが、中味もわからん代物を運ぶ気はないぞ」

　もっともな言い分だとヘルビガーは考えたが、ここですべてを語るのは危険すぎた。

「この揺り籠(ヴィーゲ)だが、ペーネミュンデの飛翔体技師が提出したアイディアを私が横取りしたものだ。本来はロケットだかミサイルだかを格納し、潜水艦で曳航するコンテナなのだ。全世界の全都市を爆撃圏内に収める最終兵器だよ。まだ青写真の段階だったが流用させてもらった」

「外観はいい。積荷が問題だ。飛翔体兵器は陸軍が開発していると聞くが、まだ完成していないのだろう。あんたはこれでなにを運べと？」

「真実はアイリッシュ海で話す、ということで妥協してはもらえまいか」

「防諜(ぼうちょう)上の観点からか？　俺の口と拳骨(げんこつ)は堅いぞ」

「違う。士気の崩壊を防ぎたい。真実を語れば〈U47〉の乗組員は恐れおののき、作戦参加を拒絶するだろう」

「我が部下を馬鹿にしてくれたものだな。何度も一緒に死線を潜り抜けた優秀な戦士なんだぞ。肝っ玉は大きい。恐れるモノなどあるものか」

「しかし死線の彼方から歩み寄ってきたモノと対峙(たいじ)した経験はないはず。違うか？」

プリーンが黙るのを確認してから、ヘルビガーは台詞を再開した。

「イギリス本土を空襲中の空軍が苦戦を強いられているのは艦長の耳にも届いていよう。その理由を承知しておられるか？」

「護衛戦闘機（メッサーシュミット）の足が日本人なみに短いからだろう。戦場に一五分もいられないんじゃあな」

「それもあるが……奇妙な話を聞いてはいないか？　帰着したパイロットたちが不思議な体験を口にしているはずだ。空爆中に得体の知れない怪物に襲われたと」

プリーン艦長は、赤点の答案を指摘された落第生のように、表情を歪めた。

「そいつはただの噂（うわさ）だ。空軍の奴らは敗北の照れ隠しに壊し屋（グレムリン）をでっちあげたのさ」

「違う。壊し屋（グレムリン）は実在する。イギリス人は国家間の戦争に魔術師を投入し始めたようだ」

「敵を嘲笑（あざわら）う資格などドイツにあるかね。こっちの指導陣も似たような有様だぞ。総統閣下は占い師に空襲の日取りを決めさせているし、あんたの親戚が唱えた宇宙氷理論とやらを本気で信じているそうじゃないか」

「大叔父の悪口はまたの機会に。ともあれオカルティズムを研究し、兵器としての運用を準備することに問題はない。実際に戦線へ投入する行為自体が大問題なのだ。戦況不利とはいえ、ロンドンが本気で魔術戦争をしかけてくるとは……」

沈鬱な表情を示したヘルビガーだが、本音は違った。こみあげる笑いを堪（こら）えるのに必死だったのだ。プリーン艦長は面白くなさげに訊（たず）ねた。

「だからこそ、ドイツも自称魔術師のあんたが陣頭に立って反撃すると？」

「然り。最初に非道に走ったのが相手である以上、もう遠慮は無用。だからこそベルリンはG作戦の発動に踏み切った。やはり水面下で準備をしておいて正解であった。その許可と命令をくださった総統閣下の慧眼(けいがん)と先見性には、ただただ感服するしかない」

しばらくの沈黙のあと、プリーンは艦長という立場から、こう切り出すのだった。

「第七潜水艦群から命令が出た以上、それには従う。だが、どうせなら必勝を期したい。味方への不信感を抱いたままでは、とてもではないが成功は覚束ない。俺にだけは真実を話せ」

ヘルビガーはここで本音を開陳する覚悟を決めた。「本当は海上で語るつもりであったが、そこまで言われては仕方ない。ならば話そう。G作戦の子細をな。なにが聞きたい？」

「具体的な戦略目標を教えろ」

「マン島」

「イギリス王室属領のマン島のことか？」

「いかにも。あの島は魔法使いどもが重要視する場所。そこに魔術師が集結している。ロンドン政府はなんらかの密約を結び、魔術師の実戦投入を同意させたのだろう。場所柄を考えれば指揮を執るのは魔法使いで、魔法機構(マギウス・クラフト)の技師連中もたぶん一枚嚙んでいるはずだ」

「待てよ。そうした輩(やから)はみんな一匹狼だと聞いたぞ。大同団結は苦手のはず」

「艦長の指摘は正しい。連中が手を携えたのは我が野望に気づいたからであろう」

「つまりG計画は露呈したのか?」

「いや……子細は知られていまい。今のうちに先手を打つ。英国の魔術師連中に打撃を与えるには、いま奴らが集結しているマン島を直接攻めるのが最善かつ唯一の方法。特に南端のカッスルタウンは灰燼(かいじん)にせねば」

「事前調査は完璧な様子だな」

「調査など必要なかった。私は戦前そこに邸宅を構えて一五年も生活し、魔術師としての研鑽(けんさん)を続けていたのだから。貿易商を隠れ蓑(みの)にして」

「ちょっと待ってくれ。マン島は小島じゃない。デンマークのボルンホルム島くらいあるはずだぞ。Uボート一隻でどうやって攻撃するんだ。本気で制圧を図るのであれば、数隻の戦艦を連ねて艦砲で叩(たた)くしか手があるまい」

「火力では叩かない。腕力で叩くのだ」

「ますますわからんぞ。空挺部隊で奇襲でもやる気か?　まさか俺のボートの乗組員に陸兵の真似事をやれとでも?」

「違う。兵士ならば用意してある。この揺り籠(ヴィーゲ)は彼らを運ぶ海中コンテナなのだ」

数秒間の沈黙のあと、プリーン艦長は肩をすくめた。

「戦時下に冗談はよせ。こんな小型の円筒に何人乗せる気だ。頑張って詰め込んでもせいぜい二〇人が限界だろう。四基でも八〇人。これでは強行偵察さえ無理だ」

無表情を崩さずにヘルビガーが応じた。

「連れて行く兵士はたった一五名だが、連中は死を超越した特殊兵団だ。そして長年待ち望んでようやく生まれた可愛い赤子でもある。つまりは私の分身。必ずや目標を屠(ほふ)ってくれよう。壊し屋(グレムリン)を操っている真犯人をな。かつてあらゆる意味で私を拒んだあの女さえ排除できれば、脅威は消える。魔術戦争に我らが勝利すれば、イギリス本土上陸が現実味を帯びてくる。と同時に私の煩悩も永遠に消えてくれるだろう……」

ヘルビガー特務技術大尉は、冷徹な眼差しを相手に注いで言った。

「プリーン艦長。科学が魔法を凌駕する時代がすぐそこまできている。私は最後の魔術師として歴史に悪名を刻みたいのだ。極端に発達した科学が魔法と区別がつかなくなる前にな」

3

すぐにマン島まで飛べと命じられた俺だが、現地到着までには実に七二時間を費やしてしまった。別にさぼったわけではない。艱難(かんなん)辛苦の連続を知恵と勇気と根性で切り抜け、精いっぱい努力をした結果である。むしろ褒めてもらいたいくらいだ。

サウサンプトンからマン島までは直線距離で約四二〇キロ。しかし、アイリッシュ海の走破を考えれば、イギリス本島中西部のセント・ビーズ岬まで飛び、そこから渡洋するのが最善だった。一〇〇キロほど遠回りになるが、仕方がない。道中は隘路の連続であった。

バーミンガムでは予期せぬ空爆に巻き込まれた。高速爆撃機ハインケルHe111に追いかけ回され、左の羽が半分がた抜け落ちてしまった。マンチェスターでは英国国教会の大聖堂を見つけ、羽を休めていたところを対空機銃で狙撃された。誤射だったと信じたいが、あるいは俺の素性を知り謀殺を試みたのかもしれない。戦争中は、敵か味方かわからぬ不確定要素など、真っ先に排除されるものなのだ。

最悪だったのはカンブリア山地である。空腹に耐えかねて山腹に着陸し、山ネズミを捕食していたとき、地元のごろつきカササギ集団に絡まれ袋だたきにされてしまった。霧島山系でもそうだったが、余所者とは永遠に歓迎されない存在であるらしい。

ともあれ俺は這々の体で追っ手を振り切り、アイリッシュ海の渡洋に挑んだ。五〇キロも飛べばマン島が確認できるはずだが、主翼の傷はそれを許してくれなかった。

どこかフネはいないだろうか？　齢を重ね続けた俺の目方は、並みのメンフクロウの二倍はある。戸板などでは沈んでしまうかもしれない。ここは客船で羽を休めたいところである。

過去の経験から推して、俺は優遇される。日本で梟は「不苦労」や「福来郎」とも書かれ、吉兆の最たる存在と目されているのだ。

欧米では不吉の象徴と見下すけしからん輩もいるが、知性の象徴としてもて囃されることも多い。特に船乗りは験を担ぐ。縁起物が飛来したと食べ物くらい恵んでもらえよう。索敵機が敵空母を求めるような調子で目を皿にし、洋上をくまなく捜索した俺は、視線の先に灰褐色の物体を認めた。

　四本煙突の細長いフネだ。商船でないのは明らかだった。その甲板上には複数の単装砲が据えられているし、艫（とも）には英国海軍軍艦旗（ホワイトエンサイン）が掲げられていた。マストに翻る旗は、三本の足を組み合わせた手裏剣のようなデザインであり、マン島に古くから伝わるシンボリック・イメージによく似ている。俺は安堵（あんど）した。試練の季節は終わったのだと。あのフネこそ、G中佐が行けと命じた防護巡洋艦に違いあるまいと。

　海外植民地を大量に保有していたイギリスは、その警備のため航続距離に秀でた艦船もまた大量に保有しなければならなかった。調達費と使い勝手のバランスから導き出された結論こそ、この防護巡洋艦（プロテクトクルーザー）という艦種であった。ただし、それも四〇年ほど前の話だ。現在はより新型の軽巡洋艦（ライトクルーザー）に役目を譲っており、防護巡洋艦の大部分はスクラップにされていた。眼下を進むフネは、どうも例外中の例外らしい。

　降下するにつれ、予想は確信へと変わった。いや、変わらざるをえなかった。使い魔（ファミリア）としての嗅覚が俺に警告している。あのフネから発散されている妖気は尋常なレベルではないと。むせ返るような魔力の香りは俺を呼び寄せる誘蛾灯（ゆうが）に等しかった。痛む翼に負荷をかけつつ、降下を続ける。短い指でがっしりと後部マストを摑（つか）むと、特等席から甲板の様子を睥睨（へいげい）した。

　気づいたのは前甲板に描かれた魔法円だった。その効能は俺などにわかるはずもないが、描いたのはきっと魔術師か、それに類する者だろう。Ｇ中佐のような魔法使いは、自らの素性を隠し、人間に埋没することを好む。存在の手がかりとなる魔法円を堂々と記すとは思えない。魔術師も人目を忍ぶ点では似たようなものだが、相伝の必要性から、あえて実際に使用して手本とするケースもあると聞く。魔法円の芸術的なまでの精緻さから判断し、かなり熟練した魔術師が記したものと見た。

俺はマストから前檣楼のトップへ飛び移ろうとした。これくらいの大型艦であれば露天の見張所がある。そこで水兵に話をつけよう。

降下中、単身でタラップを駆け上がってくる姿が見えた。すぐ純白の夏期制服に身を包んだ海軍将校が見張り台に姿を現した。

俺はぎょっとした。相手は軍艦には似つかわしくない存在――女性だったのだ。

ピンと伸びた背筋と、それと対照的な柔らかい腰つきが俺の視線を釘付けにした。目鼻立ちも整っており、美人と称して差し支えない。ただしかなりの年輩である。染み一つない軍帽の下に丁寧に編み込んだ髪を納めているが、ほつれた白髪だけは隠しようがなかった。実年齢は不明だが、老嬢と呼んだところで怒られはしないだろう。

「率爾ながらお訊ねする。このフネはマン島守備艦隊に所属する防護巡洋艦とお見受けした。我は大日本帝国駐在武官Ｇ中佐の使者なり。名を霧島と申す。急を要する事態につき、どうか艦長殿にお取り次ぎ願いたい」

俺は使い魔(ファミリア)だが、舌の構造がまるで違うため、人間の言葉は喋(しゃべ)れない。だから相手の頭に直接台詞を送り込む術を習得していた。意識に語りかけるため、言語を問わずに意志の疎通ができる。こちらが言わんとしていることを理解できたらしく、女はこう返してきた。

「その必要はありません。私こそが本艦〈プリンセス・オブ・ウェールズ〉の艦長ローズ・D(ダイアナ)・ガンドリー大佐です。あなたが来ることは承知していました」

相手から発散されている魔の力は、絹糸のように頭と四肢を包み、ときおり放出されているのがわかった。ただし精霊、幽霊、悪魔といった存在は周囲に感知できない。その点からも、彼女は魔女でもなければ魔法使いでもないと断言できた。この老婆(ローズ)は魔術師だ。それもかなりの徳の高い(ハイレベルな)存在なのだ。頭を冷やさないと気迫に呑み込まれてしまいそうだった。

「使い魔(ファミリア)としての気配は消していたつもりですが、あなたほど魔術を操れる御仁であれば、接近を把握されても恥にはなりますまいな」

「いいえ。魔術で察知したわけではないわ。G中佐から電話を頂戴したのよ。キリシマという軍曹がそっちへ行くから、なにか食べさせてやってくれってね。ずいぶん不躾(ぶしつけ)で無作法な魔法使いだったわ」

奴め。なんて言い草だ。まるで子供のお使いではないか。「我が主の非礼を詫(わ)びさせてもらいたい。しかし空腹なのは隠しようのない事実。できることなら一飯の恩義に預かりたい」

ガンドリー艦長は右手をあげると鷹匠のようなポーズをした。俺の足は羽毛に隠れているが、見た目よりも長く、爪は鋭い。気をつけなければ怪我をさせてしまう、できるだけゆっくりと舞い上がり、彼女の負担にならぬように腕に留まった。

「遠慮せずともよいのです。私は使い魔（ファミリア）の扱いには慣れているのですから。こんなふうにね」

左手の薬指を器用に鳴らすと、怪しさに富む陰影が生じ、それが無気味な黒点となった。空間が収縮し、膨張した。そして現れたのは黒褐色の兎を思わせる怪異だった。

ガンドリー艦長の左手に壊し屋（グレムリン）が乗っていた。あいつだ。ドイツ空軍のメッサーシュミットにちょっかいを出そうとした奴だ。思わず嘴（くちばし）を黒曜石なみに硬化させる呪文を唱えそうになった俺だが、相手には敵意も戦意もないらしい。

すぐさまガンドリー艦長は何事かを囁（ささや）いた。ケルト語派のひとつだろうが、内容はわからない。壊し屋（グレムリン）は肯（うなず）くと、翼のように長い耳を羽ばたかせ、夕焼けの空へと飛び立っていった。

「別のお客を探すように命じました。あなたとのお話には邪魔でしょうしね」

「あの壊し屋（グレムリン）に直接聞きたいこともあったのですが……」

「質問にはすべて私が答えましょう。どのみちあれは英語も日本語も解しませんから」


艦長室に通された俺は、ようやく食事にありつくことができた。

食べ慣れたネズミで充分と言ったのだが、ガンドリー艦長は燻製（くんせい）のニシンを用意してくれた。キッパーと呼ばれるそれはマン島の名物らしい。できれば生が嬉（うれ）しいが、加工食品だって悪くはない。たちまち皿を空にした俺の食いっぷりに、艦長は感歎の声をあげた。

「あなたは〈プリンセス・オブ・ウェールズ〉でいちばんの大食らいになれるわね」

「自分は雑食性でなんでも食います。生き残るためであれば共食いも辞しません」

物騒な言い分だとは承知していたが、まずは軽くジャブでも叩き込まない限り、有益な情報は得られまい。G中佐は具体的に俺にこれこれを伝えよと命じたわけではない。交渉の内容は俺に任されている。相手に呑まれたら終わりだ。

艦長は優美なティーカップを唇に運びながら、こう話した。

「万物の霊長たる人間は森の賢者たるフクロウを笑えないわね。我々は共食いどころか、同族同士で野蛮な殺し合いをしているのだから。それに生き残るには、食欲と性欲が旺盛でないと話にならないわ。私の部下はみんな少食で困ってるのよ」

「自分は鳥類にしては大食家ですし、精力も枯れ果ててはおりません。それでも人間の男には質でも量でも敵いませんが」

艦長はそこで悪童めいた顔をすると、こう返してきた。

「このフネに男はひとりも乗っていないわ。本艦〈プリンセス・オブ・ウェールズ〉は男子禁制。三一八名の乗組員は全員女なの」

女ばかりの軍艦とは驚愕の極みである。そうせざるをえなかった理由も想像できたが、ここは刺激してよい相手でも場面でもあるまい。

「女性まで戦闘艦に乗せなければならない大英帝国の窮状には深く同情します。しかしながら当方の要件は対ドイツ戦役に関するもの。あるいは戦局に寄与できるやも……」

　艦長は紅茶を飲みながら、余裕の表情を見せ、なおもこう語った。

「キリシマ軍曹。あなたがもう少しざっくばらんに話してくれたなら、私からもっと実のある事実を聞き出せるかもしれないわよ。まずは呼び名ね。あなたのことは単に軍曹（サージ）と言いますから、私をローズと呼んでもらえない？」

　精練された英語であるのはすぐにわかったが、わずかながら癖もあるようだ。サウサンプトンの飛行場で会った髭達磨の整備兵と同じロンドン訛り（コックニー）だろうと俺は思った。

「畏れ多いことを。艦長職にある年長者をファースト・ネームで呼び捨てにするほど命知らずではありません」

「年齢はそう変わらないはずよ。軍曹も百年単位で生きてるのでしょう」

　そこまで見透かされたのでは仕方がない。俺は相手の無慈悲なリクエストを受け入れることにした。「承知いたしました。ではローズ、あなたにお訊ねしたい。壊し屋（グレムリン）を実戦に投入したのはあなたですね」

「否定はしないわ。今日で一七回目の出撃になるわね」

「なぜそんな暴挙を？　我が主もずいぶん憤っておりましたぞ。この世界の理（ルール）を歪めてまで遂行すべき戦争などありましょうや」

「交戦規定（ルール・オブ・エンゲージメント）を墨守するほどイギリスに余裕はないのよ。国が滅びるのはままあることだけれど、連綿と積み上げてきた魔術師の知識と技術が失われるのは回避しなきゃ。そのためならありとあらゆる手段を尽くすだけ」

「目的のためなら手段を選ばず、というわけですかな。それにしても国体の維持よりも保身に走るとは。長年生きている魔術師もまた、魔法使いや魔女と同様、愛国心とは縁遠い存在なのでしょうか」

「継承した知識を後世に残すことに少しばかり貪欲なだけよ。それに手段なら選んでいるわ。壊し屋（グレムリン）には壊しても殺すなと伝えてあるしね。あの怪異に殺害されたドイツのパイロットは、ひとりもいないはずよ」

「戦場における最優先事項は敵兵の殺害に非ず。怪我をさせ、戦闘能力を奪うのが最善。そうすれば看護の必要が生じ、結果として敵軍の戦力を奪える……」

「そのとおりよ。逃げてくれればいいの。基地に戻って化け物に襲われたと吹聴してくれればなおいいわ。軍隊に魔術や魔法を玩具にさせないためには、それくらいしか思いつかないの」

「矛盾した発言にしか聞こえませんが」

「聞き分けの悪い子供に、火の怖さを教えるにはどうしたらいいかしら。私なら、燃えたマッチを指で消させるわね。火傷（やけど）はするでしょうけど、火遊びは二度としないはずよ」

「要するにドイツという聞かん坊に言うことを聞かせるためには、隣人を使うしかないというお考えなのですか？」

「そうせざるを得ないの。ベルリンの連中は壊し屋（グレムリン）を遥かに超えるパワフルな隣人を戦線に投入する計画なの。何年も前から準備していたようだけど、とうとう潜水艦で運搬できるところまでこぎつけたみたい」

ある恐ろしい可能性を脳裏に走らせた俺は、全身の毛が逆立つのを感じた。壊し屋（グレムリン）を超える隣人だと？　いったいなんだろう？

「ローズ。あなたの危惧は理解したが、懸念もあります。こちらが先に隣人を使ったのですよ。向こうにも使わせる大義名分を与えたことになりはしませんか？」

老嬢は、若い頃は美形だったであろう表情を意地悪く歪ませた。

「それが狙いよ。言うならば壊し屋（グレムリン）は撒（ま）き餌ね。相手を誘い、姿を現したところを完膚なきまでに叩き潰す。そのために本艦〈プリンセス・オブ・ウェールズ〉は再就役したのですから」

再就役、という表現に俺は反応した。「このフネは艦長や俺と同様、ずいぶん年を取っているようです。乗組員は全員が女性だと聞きましたし、戦えるものでしょうか」

「無為無策だと考えているのかしら。だとすれば馬鹿にされたものね。本艦は特務魔術艦に分類されるイギリス海軍唯一の軍艦ですよ」

ローズはそこで自嘲気味に笑うと、こう続けた。「まあ、身内からも馬鹿にされていますけれどね。本艦は友軍からこう呼ばれているの。〝彷徨えるオランダ人（フライングダッチマン）〟と」

俺の耳がぴくりと動いた。それは伝説の幽霊船だ。喜望峰の近くで遭難し、最後の審判の日まで洋上を流浪する運命を課せられたフネだと聞く。昨今はワーグナーによるオペラで知られるようになったが、あまりよい渾名ではあるまい。

「不吉な。イギリス海軍なのにどうしてオランダ人と呼ばれるのです？」

「オラニエ公ウィレムを知らない？　名誉革命を成し遂げたウィリアム三世と言えばわかるかしら。オランダ総督から英国王に迎え入れられた英傑ね。私は、傍流だけど彼の子孫なの」

先祖自慢をする奴にろくなのはいないが、艦長は別に誇らしげではなかった。むしろ迷惑そうな素振りを示している。

「味方から幽霊船扱いされるなんて哀れなフネよね。完成したのは四〇年も前で、艦名も何回も変わっているけれど、まだ衰えてはいないわ。装備品は最新だし、乗組員も魔術師で熟練の域に達した者を多く揃(そろ)えた。見習いがかなり交ざっていることは否定しませんけど」

「魔術師が動かす軍艦ですか。お堅いイギリス海軍省がよく認めたものですな」

「苦労したわ。連中はマン島評議会の要請を拒否したけれど、ただひとりチャーチル卿(きょう)だけは理解してくれたのです。戦争屋(ウォーモンガー)といわれる卿ですが、勝利のためなら、完全に不可能と判断される手段もすべて講じよとまでおっしゃいました」

「つまり首相の御墨付き(サイン)を頂戴ずみ、というわけですな。しかし、危険な火遊びに思えてなりません。これだけ刺激すれば、ドイツも魔術師を全面に押し出してくるでしょう」

「我々はそれを倒します。独裁国家は失敗にとても厳しいから、ここで大敗を喫すれば、二度と魔術や魔法を戦争に使えなくなるでしょう。私たちは、私たち自身を封印するための戦いに挑むのです」

「ずいぶん自信がおありの御様子ですが、敵情は承知しておられるのですか」

「もちろん。私には相手の手の内も首謀者の正体も名前もわかっています。あら、どうしたのかしら？　軍曹の頬に縦皺（たてじわ）が走ったわ。メンフクロウのそうした表情は初めて見るわよ。もうお腹がすいたのかしら？」

「単に驚いているのですよ。敵の名前まで判明しているとは勝ったも同然ではありませんか。軍機でなければ御教示願えませんかな」

少しだけ間をあけてから彼女は答えた。「エンリック・エルビガー。気のふれた悪魔よ」

艦長の声は不自然極まりなかった。ドイツ系の男性名だろうが、有名どころではない。珍名の可能性もあるが、ロンドン訛り（コックニー）ではHを無視すると聞く。その本当の名前はたぶんこうだ。

「ふむ……つまりヘンリック・ヘルビガーという人物と艦長は因縁浅からぬ仲、というわけでしょうかな。おや、どうしました？　眉間に皺が寄りましたよ。すでに充分すぎるくらい皺は刻まれておられますので、それ以上はあまり意味が……」

「G中佐が賞賛していた意味がわかったわ。我が使いたる〝森の賢者〟を甘く見るなってね」

「お褒め戴き恐縮ですが、いまはヘルビガーという人物について語るべきでは？」

「そうね。マン島に屋敷を構えて、変人呼ばわりされながら長く暮らしていたわ。あなたの主人以上に不躾で無作法な男だった。魔術師としては希有な才覚を持ちながら、間違った方向に迷走し、壊れてしまったの。私にとって彼は理解者であり、裏切り者であり、愛しい人でさえあった。しかしすべては遠い過去の話。今は是が非でも倒すべき相手。そして連中が攻撃してくるのは今宵……」

長年生きてきた俺は自信過剰な人間を数多く見てきた。そして彼らの大多数が悲劇的な最期を迎えたことも知っている。

「ローズ、あなたの考えは独善的なものに聞こえます。まるで〈プリンセス・オブ・ウェールズ〉は、ヘルビガーという男の野望を挫(くじ)くため航海に出たかのようではありませんか」

「そのとおりなのだから仕方ないじゃない。魔と対峙するには自らも魔になるしかないわ」

「日本には百鬼夜行(ひやっきやぎょう)という忌まわしき例もあります。怪異を目に見える形で現出させるのは、どんな目的があるにせよ、非道であり劇薬そのものです。勝っても負けても、長く怨(うら)みが世に充満する結果を招くことでしょう」

艦長は、そんなことは百も承知に決まっていた。しかし、他に採用できる選択肢がなかったのだ。俺は悲しき責任者の頬が引き締まるのを見た。

「ひとつ訊ねたいわ。G中佐の話だと《結び》を求めたのはあなただそうね。その理由を教えてはくれなくて？」

おしゃべりなG中佐がどこまで話しているかは不明だ。ここで嘘をついても得にはならん。俺は観念し、真実を語った。

「かつて私には妻と雛がいた。妻は雛のように若く、雛は妻の生き写しだった。世界の美しさを識るために生まれてきた二人は、私の力が足りぬばかりに、この世から中途半端なかたちで退出させられた。私には生かすことも逝かすこともできなかった。還り方を忘れ、現世にもまた黄泉にも居場所を失い、終わりのない闇で苦しんでいた妻と雛を、G中佐は永遠に消してくれた。その一件で従うに足りる相手だと判断したのだ。あのときの決断を悔やんでいないかと言われれば、少しばかり返答に困るが」

「そう……あなたには傍観者以外の仕事は無理ね。こちらから言っておいて悪いとは思うのだけれど、もうローズとは呼ばないでもらえるかしら」

「了解。ガンドリー艦長、私は傍観者として一部始終をこの眼で見届ける覚悟なり」

そう言った直後だ。壁の受話器が甲高い音で鳴った。艦長がそれを取り上げると、早口の英語が響いてきた。

『艦長。ご指定のダウジング・ポイントに配置した漁船が潜望鏡らしきものを発見しました。ご命令どおり、本艦は全速で現場に向かいます！』

ローズ・D・ガンドリー大佐は、スチュワート朝の騎士でさえ従わせるであろう毅然とした態度で、こう宣言したのである。「さあ。狩りの時間よ！」

4

「プリーン艦長。ここまで揺り籠(ヴィーゲ)四本を送り届けてくれたことに感謝する。臍の緒(ナーベルシュノワ)を切り離して脱出行動に移って欲しい」

夜の海面を漂う鉄柱のなかで、ヘンリック・ヘルビガー特務技術大尉は、ヘッドセットへとそう語りかけた。

『本当にいいのか。〈U47〉の支援がなければ、あんたは帰還できないんだぞ』

ギュンター・プリーン大尉の返事は残酷なまでによく聞こえた。一号筒の制御室とは有線回線が繋がれており、雑音は極めて少ない。盗聴の心配も無用だ。

「元より生還など期さず。出現する強敵を屠り、マン島に上陸して同地を乗っ取る覚悟」

冷徹なヘルビガーの声は勇者の資格を持つプリーンの心さえも揺り動かしたようだ。艦長はこう返してきた。『その敢闘精神には敬服するが、熱意が空回りしないようにな。戦争はまだ続く。あんたのような才覚の持ち主をここで失うのは惜しいんだよ』

「違う。戦争は今宵終わる。我が赤子たちの活躍が世に知れれば、イギリス政府も講和に傾かざるをえまい。今夜の戦いこそ、ヨーロッパ大戦に終止符を打つための一戦とせねばならん」

『大言壮語に聞こえるが、あんたが本当の魔術師であれば、それくらいやりかねんな』

「艦長はすでにドーバー海峡を突っ切るという魔法にも等しい航海術を披露してくれた。次は私の番であろう」

『正真正銘の魔術師が実力を発揮するシーンを見物できなくて残念だよ。あんたに最後の連絡だ。マン島の東岸に艦影一を発見した。大型艦一。距離は約一万二〇〇〇。よければ〈U47〉が魚雷で沈めるぞ』

「遠慮と自重をしてもらう。それは我が宿敵が乗っているフネなのだ。Uボートの雷撃などで破壊できる軍艦ではない」

『俺の〈U47〉は戦艦さえも屠ったが、それでも役不足かね』

「然り。敵艦の名は〈プリンセス・オブ・ウェールズ〉。その母体となったのは一等防護巡洋艦〈アンドロメダ〉だ」

『その艦種に分類されるフネは全部スクラップになったと記憶しているが』

「古いフネだ。就役は一八九九年だから、艦齢は四一歳ということになる。軍艦としては異様なまでの高齢だ。全長一四〇・九七メートル、常備排水量一万一〇〇〇トン　最大速力二〇・二五ノット。一九一四年には第一線から引き、何度も艦名を変えながら青少年訓練船や水雷学校の設備として運用されている」

『そのあたりはジェーン海軍年鑑を読めばわかること。化石のような軍艦など恐れるに足らぬだろう』

「否である。あのフネは一等防護巡洋艦ではない。特務魔術艦として華麗に転身を果たした脅威対象だ。乗組員はすべて魔術師かそれに近い能力を持つ婦女子で固められている。かなりの確率で〈U47〉の存在も察知されていよう。プリーン大尉、あとは私に任せて、退避に入ってもらいたい」

『待てよ。女ばかりの軍艦とは聞き捨てならないぞ。魔女の婆さんが艦長をやっているとでも言うのか』

「魔女でも魔法使いでもない。その名はローズ・D（ダイアナ）・ガンドリー。マン島の魔術師を束ねる女傑だ。老齢であることは確かだが、年齢を私に明かすことはなかった。どのみち長く生きすぎた女であるゆえ、私と我が赤子たちが縊（くび）り殺してやらねば」

『まるで今回の主目標がその女艦長みたいだな』

「否定しない。G計画は、あの老婆を黄泉へと送るため発案されたようなものだ」

真実の一端を口にした直後、制御室の暗中時計が控えめに警告音を刻んだ。

「プリーン大尉、時間だ。私は作戦行動に移る。死にたくなければ揺り籠（ヴィーゲ）から距離を取れ」

『ひとりで本当に大丈夫なのか。沖合から監視と支援を実施するつもりだが』

「私は常にひとりだった。そう仕向けた女を倒し、安寧と死を手に入れる。現在の私は人生でもっとも満ち足りているのだ。頼むから、この静かで豊かな時間を邪魔しないでくれたまえ」

加勢の手を拒絶する宣言に、プリーン艦長も説得をあきらめたのか、事務的な口調でこう告げたのだった。『了解した。これより〈U47〉は全力で退避する。貴官の奮闘を期待する』

それきり通信は途絶えた。四本の揺り籠(ヴィーゲ)とUボートを結んでいた臍の緒(ナーベルシュノワ)――通信線と牽引ケーブルを兼ねる鉄索が切断されたのだ。一切の推進器を持たない揺り籠(ヴィーゲ)はたちまち洋上に漂う鉄柱と化したが、ヘルビガーには不安など微塵もなかった。無気味な揺れすら楽しみつつ、彼は計器板を操作する。

「Gゼーレ(シリーズ)。一五体全員が覚醒過程85パーセントで安定。異常を認めず」

作業工程を口頭で発していたのは、つまらぬミスを防止するためもあるが、同時に興奮を押し殺すためでもあった。ヘルビガーは己自身を一個の部品に見立て、すべてを機械的に遂行していた。かつて感情に走り、なにもかも駄目にした過去がそうさせていた。まして、これから相対するのは感情で動く女である。機械になりきらなければ勝者たりえない。

「一号筒から四号筒までバラストタンク注水。傾斜に留意しつつ、屹立(きつりつ)姿勢に移る」

ゴボゴボという重低音が狭苦しい制御室に流れた。足許のバラストタンクが海水で満たされていくノイズだ。揺り籠(ヴィーゲ)は六〇秒で船尾を下にして垂直となり、海面に露出しているのは船首部分のみとなった。素人目には沈没しかけているようにしか見えないが、もともと弾道ミサイルの海上発射装置として構想されたものであり、運用状態としては正常である。

「全爆発ボルト作動。ノーズコーン解放」

乾いた爆裂音が頭上に鳴った。急激な気圧の変化で鼓膜が揺れる。だがヘルビガーはすべてを無視し、マイクを握りしめるのだった。

「土よ寄れ。火よ踊れ。水よ沸け。ケテル、コクマー、ビナー、ケセド、ゲブラー、ティファレント、ネツァク、ホド、イェソド、そしてマルクト——一〇のセフィラにダァトを加え、ここに真理(emeth)は成る。余はシェムハムフォラス神の代理人。そして諸子の父なり。余は今こそ重き瞳の封印を解く。目覚めよ、ゴーレム！」

そのときヘルビガーの耳にはっきりと聞こえた。土塊の中に隠された陶器の割れる音が……。

5

「ゴーレム？　それがドイツの秘密兵器だっていうのかい？」

にわかには信じられなかった俺は、思わず大声を出してしまった。

「ユダヤの聖職者(ラビ)が作り上げる土塊(つちくれ)人形でしょうに。せいぜい家事の手伝いしかできない木偶(でく)の坊だと聞いている。そんなのを怖がるのは女と子供くらいだろう」

居合わせた士官たちが、汚物を眺めるような視線を投げつけてくる。もちろん全員女性だ。二十歳(はたち)前後の見目麗しい者が多かったが、十代と思しき小娘までいた。我ながら失言だと思ったが、いまさら取り消しはきかない。しかしなぜ俺の言葉がわかったのだろう？　艦長の頭にだけ向けて台詞を飛ばしたつもりだったのに。

居合わせた娘たちは魔術師か、その見習いである。魔法使いならば四六時中こっち側に触れているため、俺の正体も声も認識できようが、魔術師はそうじゃない。俺の声みたいな聞こえざるものを聞くためには、いろいろと段取りが必要になってくる。

それを実施したのはやっぱりローズ・D（ダイアナ）・ガンドリー大佐だった。俺は床を凝視して初めて答がわかった。艦橋（ブリッジ）の床にも小さめの魔法円が描かれているじゃないか。結界の内部では誰でも俺の声が聞こえて当たり前である。

艦長は、海図の上で面食らったままの俺に向かい、落ち着きはらった声で告げた。

「恐れるべきものを恐れる。それができない者から順番に死んでいったわ。長く生きすぎている私にはよくわかるの」

俺は姿勢と言葉を改めてから言った。「先入観は敗北を呼び寄せてしまいますな。ならば説明が欲しいです。姿を現すゴーレムは、やはり艦長が怨敵と見なす人物が作り上げたと？」

「そのとおり。エンリック・エルビガーはイギリスにいた頃からずっとゴーレムの研究に没頭していたの。ユダヤ神秘主義に傾倒した彼は、『想像の書（セーフェル・イェツィーラー）』と『光輝の書（セーフェル・ハ・ゾハール）』を原語で丸暗記し、寝ても覚めても人造人間の話ばかり。五年前にドイツへ戻ったけれど、主な理由は私と魔法機構（マギウス・クラフト）のお偉いさんが協力を拒絶したからだわ」

「形はどうあれ、イギリスはゴーレム建造の第一人者を手放したわけですな。帰国を許さず、飼い殺しにするという方法もあったでしょうに」

艦長は悲しげに首を振った。「エンリックは何度も実験を強行したし、半ば成功しかけたこともあるわ。私がどれだけ咎めても駄目だった。ゴーレムは戦力として計算できず、不経済だと説いたけれど、彼はこう言ってのけたの。『収支決算をすれば赤子は必ず赤字になる。だが数を増やせば黒字にもなろう。いずれ黒子のゴーレムで一個師団を編制してみせる』ってね」

「まだ見ぬ相手は空想家と自信家を行き来する存在のようですな。そうした輩には常識など通用しまい。相対するには非常識な戦闘単位をぶつけるしか……」

そう思い立った直後、俺は否応なしに気づかされた。座乗する〈プリンセス・オブ・ウェールズ〉こそ、その非常識な戦闘単位に違いないと。最前線に放り込まれようとしている境遇に戸惑う俺だが、思い煩う余裕など与えられなかった。激しく窓を叩く音が響いたのだ。

そこには例の壊し屋（グレムリン）がしがみついていた。奴はわずかな隙間に顔を突っ込み、俺には理解できない言葉で艦長に何事か報告した。ただでさえ油断のならない表情をさらに歪ませているのが無気味だった。

ガンドリー艦長は眉を歪ませて肯くと、老嬢とは思えないほど張りのある声で、

「探照燈（サーチライト）準備。三時方向、距離九〇〇〇に複数の浮遊物らしきものがあるわ。見張り員に厳命。位置と距離を確実に測定しなさい」

と命じた。Uボートがいるかもしれない海域で探照燈を使うのは危険すぎるが、そんなことは重々承知なはず。現状は敵発見とその排除が最優先事項だとガンドリー艦長は判断したので

ある。にわかに艦橋は慌ただしくなった。光の束が海面に投げかけられ、航海長が舵輪を巧みに操り、砲術長が伝声管に叫ぶ。〈プリンセス・オブ・ウェールズ〉はひとつの生命体と化し、戦場へと突進していく。

「見張りから連絡。指定海域に何かが浮いているもよう。明らかに人工物。潜望鏡に酷似するも通常の数倍のサイズ！」

その報告でガンドリー艦長の腹は決まったらしい。

「逃がしてはなりません。四〇ノットまで増速！」

俺は耳を疑った。そんなスピードなんか出せるものか。旧式の防護巡洋艦は二〇ノット強がせいぜいだ。上空から見えた排煙の匂いから、このフネが重油ではなく石炭を焚いているのはわかっていた。ならば急加速も困難なはずだ。

しかし俺の予想に反して〈プリンセス・オブ・ウェールズ〉は俊敏な動きを示した。まるで新鋭駆逐艦か水雷艇みたいだった。

「艦長。このフネは普通の石炭を燃やしてはいないだろう？」

「やはり気づいたわね。本艦の機関長は燃素魔術の達人なの。くべる石炭はバーミンガム産だけど、火力は五〇倍以上になっているわ」

「無理だ。主缶が割れてしまうぞ！」

「平気よ。ボイラーもタービンも強化魔術で頑丈にしてあるから。機関の強靱性ではイギリス海軍でいちばんかもしれないわね」

「それだけじゃないな。こんなばかげた加速を実現させるためには、世界の理に反する行為を重ねているはず」

「ええ。船底を中心に潤滑係数を激増させているの。海水との流体摩擦とスクリュー軸に生じる境界摩擦を大幅に減らした結果、本艦にとって洋上は氷上と同意語になったわ」

こんな無茶な魔術を現実とするには史上屈指の魔術師を大枚叩いて招聘するか、それなりのレベルの連中を揃えるしかない。非力な魔術師やその見習いであっても、束ねればまあまあの力にはなる。特務魔術艦とはよくぞ言ったものだ。

そして艦長は攻撃の指示を下した。「拡散対潜弾投射機、発射用意。距離三〇〇で全弾射出。発射後はすぐ次発装塡にかかりなさい！」

三〇秒としないうちに前檣楼の手前に設けられた砲噴兵器が火炎を放った。夜陰に朱色の光が躍る。これは潜水艦を攻撃する二四連装の迫撃砲である。通常の対潜爆雷は艦尾から軌条投下するか、舷側から撃ち出す仕組みだが、前方に向けて発射できるのが大きな強みだ。

これより二年後――ヘッジホッグという名で正式採用され、Uボート狩りに絶大な威力を発揮する新兵器のお披露目だが、処女弾として闇を切り裂いた砲弾の軌跡は明らかに常軌を逸していた。普通の放物線じゃなかった。重力と物理法則にあかんべえをしつつ、自由自在に方向と勢いを変化させ、攻撃対象へと突進していくのだ。

「あの砲弾……魔術誘導か！」

「そうよ。私の弟子たちの腕前もなかなかでしょう。ゆっくり飛ぶ迫撃砲の弾なら充分に修正できるようになったわ。開戦があと一年遅ければ、音速を超える主砲弾だって針路を変えられるまでに鍛え上げられたけれど、すべては虚しい仮定の話ね」

艦長が言い終わると同時に、朱色の火花が散った。全弾命中とはいかないが、直撃弾を得たのは事実らしい。爆発閃光が一時的に夜を昼に変えた。

そして——俺たちは真の脅威を目撃させられた。

そいつは、まるで夜が二つ足で歩むかのごとく、不意にやって来た。

奈良の大仏のような頭部。神木の丸太みたいな両腕。クマンバチそっくりのくびれた腰つき。生まれたての子鹿を思わせる細い脚部……。

艦橋に悲鳴があがった。無理もない。手を伸ばせば届くような間合いに怪獣めいた物体が姿を現したのだから。

「艦長。あれが……ゴーレムか？」

さすがのガンドリー艦長も頬を青白くしたまま、こう告げるのが限界だった。

「とても信じられないわ。ゴーレムは長期間育成しても三メートル程度、大きな個体でも四メートルを超えることはまずないの。しょせんは泥と砂と水で作った人形。巨大にすれば自重で潰れてしまうはずなのに」

「このあたりの深度はどのくらいだろう？」

「マン島南岸は遠浅なところが多いわ。八メートル前後かしら」

「海上に露出している部分だけで一五メートルはあるぞ。全身は二〇メートルを超えることになりますな。この艦で対抗など……」

嫌すぎる計算を口にした俺を睨(にら)みつけると、艦長は命じた。

「主砲発射用意。弾種、徹甲弾。目標、巨大ゴーレム！」

この〈プリンセス・オブ・ウェールズ〉には四五口径一五・二センチ単装砲が四基だけ装備されていた。かつて防護巡洋艦〈アンドロメダ〉と名乗っていた頃は、四倍の一六門が備えられていたが、他の装備品と引き替えに撤去されたらしい。

口径はともかく手数が少なすぎる。こんな貧弱な火力では役にたたない。あんな化け物を葬り去るには、最低でも戦艦搭載砲を準備しなければ。

そんな俺の不安は、わずか数秒後に杞憂(きゆう)となった。速射砲の勢いで放たれた砲弾は、七色の光輝を纏(まと)いながら突進し、歩み寄るゴーレムに突き刺さったのだ。命中弾は一発だけだったが、見るからに致命傷だった。化け物の頭部が一撃で粉砕され、文字どおり首が飛んだ。

「弾着精度が圧倒的ですな。主砲弾の誘導はまだできないんじゃないのですか？」

「できないわよ。けれども弾の加速はできる。砲身の施条(ライフリング)にびっしりと魔術呪文を彫り込んであるの。直進するとわかっていれば、素人でも命中精度はあげられるでしょう」

艦橋の女性士官たちは表情を輝かせたが、喜ぶのはまだ早すぎた。頭部を失ってもなおゴーレムは倒れず、足並みも崩さず、大股で歩み寄ってくるではないか。

再び恐慌が訪れかけたが、ガンドリー艦長はただひとり落ち着き払った調子で、

「ふん……そういうこと。敵の手の内はすっかり読めたわ。奇策に走ったつもりでしょうけど、しょせんはその程度の小細工しかできないなんて、ドイツに帰って何を学んでいたのやら」

と呟くや、次にマイクを手に取るのだった。

「艦長から総員へ。本艦左舷の怪物は見かけ倒しよ。通常サイズのゴーレムが肩車をしているだけ。このまま距離を維持し、砲撃を続行。万が一に備えて白兵戦も用意！」

なるほど。コロンブスの卵だ。人間ピラミッドの要領でゴーレムを重ね、巨軀に見せかけていたのだ。

「ドイツの魔術師も最初から物量作戦を望んでいたのですな。流れに任せて射撃を継続すれば勝ちが見えてきますぞ。しかし艦長、相手は飛び道具を持っていません。ここは高速を生かして間合いを確保したほうが安全では？」

「現状でいちばんやってはいけないことはマン島上陸を許すこと。逃げられる可能性は潰さなければなりません。軍曹は傍観者に徹していなさい」

叱責に萎縮しかけた俺だったが、激変した敵の姿にすぐさま覇気を取り戻した。

「そんなことを言っている場合ではありませんぞ。ご覧なさい。あれを！」

ゴーレムは明らかに変調を来していた。まだ着弾もしていないのに、その左半身が融解したのだ。異変はそれだけにとどまらなかった。残された右半身が風船のように膨張した。特に右腕が数倍の長さに伸びた。首なしゴーレムがそれを空中で振り回すと――

切れた。遠心力に敗れた右腕が根元からちぎれた。鈍い音が全艦を駆け抜け、フネは揺れに揺れ、誰もが床に転んだ。反射的に飛び上がった俺は、窓から脱出した。傍観者として状況を見極めるには、それしか方法がなかったのだ。衝撃をもたらした相手はすぐ見つかった。前檣楼後部の細長い煙突に、無気味な人影がしがみついているではないか。

身長は四メートル前後。小さな頭部と膝まで届きそうな長い腕。そして赤黒い肌が印象的な怪人であった。全体的に細身だが腕力に不自由はなさそうだ。奴は爛々と光る瞳を四方にめぐらせると、煙突の内部へと姿を消した。俺は慌てて艦橋へ取って返した。

「ゴーレムの狙いは機関部だ。艦内から船足を止める気ですぞ！」

指摘は正解だったが、対応の策はなかった。エンジンルームと直結している伝声管から流れてきたのは阿鼻叫喚の叫びだ。やがて沈黙したままの艦橋に、訃報めいた連絡が流れる。

「艦長。機関室との連絡、途絶しました……」

こうしてフネは完全に停止した。忌まわしいことに巨大ゴーレムだった物体は、その姿を歪に屈曲させながら、なおも歩み寄ってくる。砲撃は継続されており、体の各部は欠損していくが、進撃はとまらない。

そして人型をとどめていない物体は、遂に〈プリンセス・オブ・ウェールズ〉へと肉薄し、四つに分裂した。煙突に食らいついたゴーレムと同じ見てくれの体が、次から次へと甲板へと飛び移り、巨体に見合わぬ敏捷さで前檣楼へと迫る。

「連中は前檣楼を登ってくるぞ！」

俺は翼を羽ばたかせて舞い上がった。間一髪だった。四体のゴーレムは棒倒し競争のように艦橋構造物を駆け上がると、一気呵成（かせい）に見張り所へ殺到したのだ。つむじ風が衝撃波となって押し寄せ、俺はあらぬ方向へ飛ばされてしまった。

直後、短い悲鳴が折り重なって聞こえた。俺は両眼を見張り台に振り向けた。そこに詰めていた見張り員の姿がかき消されている。

四体のゴーレムが陵辱の限りを尽くした結果だった。連中の指先は、短刀の至宝として名高い庖丁正宗（ほうちょうまさむね）もかくやとばかりに鋭利な光を放ち、彼女たちを肉片に変えていたのだ。

俺はまじまじと連中（ゴーレム）を見つめた。異様な面構えだが、険しさはない。眉はなく、目鼻立ちは平坦で、口は薄い線だった。いちばん気になったのは髪型である。こけし人形を連想させるおかっぱ頭だった。返り血を浴びて髪は真っ赤に染まっているが、それを除けば東洋人、それも日本人の少女の風貌に似ていなくもなかった。

連中は無表情のまま、無意味な行動へ移った。一列になり、細く長いマストをよじ登り始めたのだ。通信アンテナを破壊する気かと思ったが、さにあらず。細長い先端部で数珠つなぎになり、立ち往生しているではないか。

　俺の頭蓋にガンドリー艦長の声が響いてきたのは、その直後であった。

『キリシマ軍曹。連中は融通のきかない動きをしているはず。違うかしら？』

「お言葉のとおりですよ。ゴーレムを操っている奴は、細かい指示が出せないようですね」

『エンリックはすぐ近くにいるわ。あの男の発見そして除去に協力して欲しいの』

「俺は傍観者だったはずですがね。壊し屋(グレムリン)を使えばいいのでは？」

『あの子は昔からエンリックに懐いていたから裏切る可能性があるの。私の願いを叶(かな)えてくれたなら、あなたの命令をなんでもひとつ聞くわ」

6

　G(ゴーレム)計画の発起人であり、ゴーレム部隊の創設者であり、その最前線指揮官でもあるヘンリック・ヘルビガー特務技術大尉は、自らが操る人造人間の弱点も熟知していた。

　鈍重かつ融通がきかないことである。

　火、空気、水、土と四つの素材を厳選し、さらに第五の要素として、ドイツ化学界が全力を注いだ液体金属(リキッドメタル)を補充した。これにより鈍重さは劇的な改善を示したものの、鈍い脳髄だけは如何ともし難い。ヘルビガーは運用でその欠点を補うつもりであった。

彼が考案したゴーレム操縦術の要となるのが陶器製の壺だ。薬瓶のようなそれが各個体の頭部に九つずつ埋め込まれていた。運用する魔術師が遠隔念波で指定された壺を割ると、内部に格納されていた石碑が露出し、焼き込まれた命令術式が発動する仕組みだ。当意即妙な行動など無理だが、用意された指令を魔術師が適切に下してやれば、戦場の覇者ともなれよう。

リアルタイムな状況判断のために準備されたのが胸部のテレビカメラだ。ヘルビガーは司令室で一五台のモニターを凝視しつつ、敵艦の状況を把握していた。別に未来技術を先取りしたわけではない。ドイツは四年前のベルリンオリンピックで、すでにテレビ中継を実施しており、対艦誘導弾にテレビカメラを搭載する実験も開始されていた。彼はそれを流用したのだ。

万全の手を打ったつもりだったが、実戦では予期せぬ事態が起こるものである。ゴーレムはここで愚鈍ぶりを露呈してしまった。

揺り籠を出撃した一五体のゴーレムに肩車を組ませ、体軀を変型させつつ、敵艦に一番槍をつけたところまでは満点だった。煙突から侵入した一体が機関部を破壊し、〈プリンセス・オブ・ウェールズ〉を停止させたとき、ヘルビガーは勝利を確信した。

一〇体が艦砲で行動不能に追いやられ、新たに敵艦へとたどり着いたゴーレムは四体だけとなったが、それでも充分すぎた。ヘルビガーはとっておきの命令を伝える壺を割った。

《フネのいちばん高い場所に登り、女を始末せよ》

欲を言えば艦橋に陣取るローズ・D・ガンドリー大佐の首を捩じ切れと命じたかったが、そこまで理解は及ぶまい。艦橋という概念を理解させるまでにかかる手間を考えれば、命令を簡単明瞭にしたほうが現実的だった。

しかし、であった。ゴーレムは馬鹿正直であった。艦橋を通り越し、見張り台を制圧し、さらにマストを登り始めたのだ。たしかにいちばん高い場所ではあるが、無意味すぎる行動だ。それがわからないのが疑似生命体の悲しさであった。

最初に煙突から突入したゴーレムも《船底の熱い部分に急行し大暴れせよ》との指示を律儀に守り、無人となった機関室でもはや無意味となった破壊にまだ精を出している。

しかし、これも想定の範囲内だ。ヘルヒガーは躊躇せずに次の壺を割った。それには以下のような行動指針が記されていた。

《塔のなかに入れ。目についた老婆を始末せよ》

ゴーレムたちはただちに行動に移った。マストから見張り台に飛び降り、大猿のように壁面にしがみつくと窓を蹴破って艦橋に侵入する。驚いたことに、そこには誰もいなかった。荒い走査線の白黒モニターには薄暗い無人の室内が映し出されているだけだ。

（六年前と同じだ。あの女、また逃げたな……）

ヘルビガーがそう思った瞬間であった。四体のゴーレムから送られてきた映像の明度が百倍にあがった。床に発光現象が生じたのだ。

「しまった。カマエルの魔法円か！」

それは一四万四〇〇〇もの能天使を束ね、幸福の名の下に火星を管理すると聞く大天使だ。御名を刻んだ魔法円は、火炎に祝福を与え、すべてを浄化する力があった。

観念するしかなかった。時間もなく、脱出を命じる方法もなかった。ゴーレムに埋め込んだ壺に、退避命令など用意していなかった。

艦橋(ブリッジ)に用意された罠(わな)は死の歌を唄う。魔法円から発せられた熱と光は艦橋構造物を粉砕するに充分すぎるものであった。〈プリンセス・オブ・ウェールズ〉の前檣楼は、粉みじんに吹き飛んだ。ヘルビガーが完成に心血を注いだ赤子(ゴーレム)と共に……。

口を真一文字に結んだ父親は、まだ絶望していなかった。一五体の赤子(ゴーレム)だが、全滅したわけではない。機関室で暴れている一体がまだ健在だ。負けを認めるには早すぎよう。

《甲板にあがれ。老婆を探し、殺せ》

このうえなく単純な指示を発動すべく、遠隔念波で壺を割った直後であった。揺り籠(ヴィーゲ)一号筒の司令室に打刻音が鳴り響いた。ゴーレムの格納庫と司令室の間に隔壁はない。ありあわせの合板で仕切られているだけだ。それをなにかが突き破ろうとしている！

鋭い嘴が見えたかと思うと、白い顔が現れた。全翼二メートルを超える巨大なメンフクロウが侵入してきたのだ。そいつは脳内に直接思考を飛ばしてきた。

「森の賢者と称えられる俺にキツツキの真似までさせるとはな！」

7

使い魔(ファミリア)としての光覚と嗅覚と知覚を総動員した俺は、洋上に漂う竹輪(ちくわ)のような物体を発見すると、迷わず中に飛び込んだ。

九〇度に屹立した小型の潜水艦だ。ゴーレムはこれでマン島に接近したに違いない。

船底、つまり船尾へ舞い降りた俺は、安普請の板壁を嘴で突き破り、司令室らしき場所へと乱入した。そこに座っていたのはびっくりするくらいの小男だった。身長は一四〇センチもあるまい。顔は壮年のそれだが、眼光は若々しく、俺をにらみ返してきたのには驚かされた。

ここで怯(ひる)んではならん。俺はキツツキの真似をさせたことを怒鳴ったあと、

「いかれた魔術師め。罪を償ってもらうぞ。来い！」

と叫び、右肩と首に両足の爪を食い込ませて、強引に相手の体を持ち上げた。その体重は子供よりも軽く、俺は易々と飛翔することができた。観念したのか、それとも痛覚に耐えかねているのか、相手は暴れたりしない。

鉄筒を飛び出し、〈プリンセス・オブ・ウェールズ〉へと飛ぶ。五〇メートル飛行した俺は、件(くだん)の防護巡洋艦が炎上しているのを認めた。前檣楼が粉砕され、朱色の炎がフネの中央部で躍っている。だが、それよりも目だったのは前甲板の魔法円だ。不自然な蒼色(あおいろ)に光るそれは着

陸誘導灯を想起させた。中にはガンドリー艦長らしき姿が確認できる。俺は魔法円の手前に降下し、小男を前甲板に放り投げた。小銃を構えた女性の水兵たちが奴を包囲したが、着地のときに腰でも痛めたのか、もう這うこともできない様子だ。

対空機銃の砲身に留まった俺は、ガンドリー艦長を注視した。彼女は、よくやったと言いたげに肯くと、魔法円の縁まで歩を進め、静かにこう語りかけた。

「エンリック・エルビガーに問うわ。どうしてこんなばかなことをしたの？」

因縁深き男は、倒れたまま言葉を紡ぎ出す。

「僕の名前はヘンリック・ヘルビガー。とうとう一度も正確に呼んではくれないのだな。僕がここに来た理由か？　ばかでわがままな女にひと泡吹かせるためだ。残念だが、水の泡になりそうだがね。苦労して作った赤子たちを見てくれたかい」

「一緒に暮らしてた頃は常識と理性の人だったのに、あんな怪物を赤子と呼ぶなんて、まともじゃないわね。それにしても誰の力を借りたの？　どんなに頑張ってもあなたひとりじゃ、あれほど機敏に動けるゴーレムなんか作れないはずよ」

「……悪魔よりも悪魔的な男と手を組んだ。彷徨える（ワンダーリング）ユダヤ人（ジュー）と名乗っていたがね」

その刹那、艦長の表情が歪んだのを俺は見逃さなかった。

「ドイツ薬学界が完成させた鎮痛剤をすべて試させるという条件で協力してくれた。なんでも痛いのが大嫌いなんだそうだ。ゴーレム部隊の完成前に姿を消したが、ひょっとしてマン島に来てはいないか？」

　艦長は沈黙したまま、首を横に振った。

「カルタフィルスのような化け物がイギリスに公然と現れたなら、この島の魔女と魔法使いが黙っていないわ。死なば諸共（もろとも）の覚悟で動いたことでしょう。あなたは悪魔に騙（だま）されて、かわいそうな悪魔になってしまったのね」

「騙されてもいいさ。ゴーレムの語源のひとつに胎児（golmi）があることは知っていよう。僕の子供を産むことを拒絶した女への手向けとするには、土塊人形が最適解だったのだ」

「……こんなお婆さんに惚（ほ）れたあなたが悪いのよ」

「その台詞は半世紀前にも聞いた。あのときに認識すべきだった。君は魔術師としての僕を欲したのであって、僕の愛など欲してはいなかったと。愛の結晶たる赤子など、最初から欲していなかったのだと。考えてみてくれ。僕と君ほどの魔術師の間に生まれる子であれば、ひょっとして夜の愛し仔（スレイ・ベガ）として誕生した可能性さえ……」

「ないわ。絶無よ。夜の愛し仔（スレイ・ベガ）は偶然の産物。愛や魔術を絡めたところで、生誕の確率なんかあがらないわ。そしてゴーレムはどうあっても夜の愛し仔（スレイ・ベガ）たりえない代物。だから殺したの。艦橋（ブリッジ）ごと爆破して」

「ゴーレムは殺せない。なぜなら生まれていないのだから……」

　その直後——複数の銃声が甲板に鳴り渡った。続いて絹を裂くような悲鳴がこれまた複数聞こえた。木製甲板を重量物が踏み拉（しだ）く音が後ろからやって来る。

俺は見た。容貌魁偉（かいい）な土塊人形の姿を。全身が赤銅色に煮えたぎっているが、顔立ちは無表情なままだ。こいつも浴び血を受けたのだろうか、おかっぱ頭が赤毛に染まっていた。

最後の一体と思しきそのゴーレムは、魔法円へと歩み寄り、刃と化した両手を艦長めがけて振り下ろしたが、蒼白く輝く極光のような防御幕に遮られた。

「これ以上の破壊と死にどんな意味があるというの！」

ガンドリー艦長の叱責に、ヘルビガーは不敵に笑ってみせた。

「いや……ないな。いまやすべてにピリオドを打つべき場面だ。そこのメンフクロウよ。お前は東の果ての血の者と見た。どうか自決の幇助（ほうじょ）を頼みたい」

不意に水を向けられた俺は、蹲（うずくま）ったままのヘルビガーへと意志を伝えた。

「介錯（かいしゃく）を所望か。あいにく俺は日本刀を握れないし、持参していないのだが」

「そんなものはいらない。最初のeを削ってくれ。真理（emeth）を死亡（meth）とすれば、それで事足りる」

男は、這うようにしてゴーレムの足許に縋（すが）りつき、呪文めいた台詞を口にした。すると土塊人形の額に【*emeth*】という文字が現れた。

やらんとしている絡繰りに気づいたのか、ガンドリー艦長が大声を張り上げた。

「やめて！　死に逃げるのは卑怯（ひきょう）よ！」

「ローズ。最後の頼みだ。これ以上、俺を惨めにしないでくれ……」

奴は俺に目で合図を送ってきた。赤子を失った悲しい男の瞳は、かつて俺がＧ中佐と会ったときに浮かべたそれと同一だったはずである。

俺は飛翔してゴーレムの頭にしがみつき、嘴で単語の最初のｅを削り取った。

こうして額の文字は【*emeth*】から【*meth*】へと変化した。

それは死亡（meth）という文字を表す呪文だった。一切の動きを止めたゴーレムは、もとの粘土と水に還り、泥土と化してヘルビガーの頭上へと降り注いだ。

小柄な体軀を押し潰すところまでは見極められなかった。ゴーレムの残骸は、粘膜のようにヘルビガーの全身を包み、そのまま渾然（こんぜん）一体となって甲板を転がり落ちると、夜の海へ没してしまったのだ……。

勝利か敗北か。それはガンドリー艦長でさえ理解できなかったようだ。燃える艦橋（ブリッジ）の灯りに照らされた彼女の横顔は、大切な家族、特に息子を失った女のそれに似ていなくもない。

かつて子を、続いて妻を亡くした俺には、この異常な二人の関係が少しだけ理解できた気がしたが、そんな余韻に浸る贅沢（ぜいたく）など与えられはしなかった。

「魚雷（フィッシュ）！」

誰かが絶叫する。間髪を入れず艦尾に火柱が生じた。老朽艦〈プリンセス・オブ・ウェールズ〉の命脈を絶ち切るには、お釣りがくる爆発反応であった……。

8

「あの魚雷は〈U47〉が発射したものらしいよ」

マン島沖夜戦から三日後、ようやく姿を見せたG中佐は、他人事(ひとごと)感覚を全開にして続けた。

「ドイツの新聞がスカパ・フローの英雄がまたしてもイギリス戦艦を撃沈したと大々的に報道しているんだ。戦艦じゃなくて特務魔術艦なんだがね」

俺とG中佐は、カッスルタウン港の桟橋から曳航されてきた〈プリンセス・オブ・ウェールズ〉の残骸を見据えていた。

「犠牲者が女ばかりだと知れば、ドイツ国民の戦意は下がるだろうか？」

「死者三九名、重軽傷者六一名を多いと考えるか少ないと見なすかは微妙だけど、ベルリンが真実を語るのは戦争が終わった後だろうな。ともあれご苦労さん。使い魔(ファミリア)としての軍曹の働きには満足している。ガンドリー艦長も敬服していたぞ。軍曹みたいな勇敢なるメンフクロウは見たことがないとさ」

「あんな爆発に巻き込まれながら無傷で済んだのだから、魔法円の守りは堅かったようだな。ところで俺は彼女と約束をした。とある戦果と引き替えに、命令をひとつ聞くと」

「ああ。その権利ならとっくに僕が使ったよ」

ぬけぬけと話す主人に対し、軽い殺意さえ抱きながら訊ねた。「他人の手柄を横取りする我が主君に災いあれ。それでなにを頼んだ？　相手はイギリス最高の魔術師だ。喉から手が出るほど欲しい秘術を貯め込んでいるだろうな。それを明かせとでも言ったのか？」

「いや。日本に亡命してくれってリクエストしたんだ」

意表を突かれた俺に、G中佐はなめらかな口調で続けた。

「ロンドンで確かめたが、英国政府はマン島から魔術の匂いをすべて消すつもりらしい」

脳細胞の回線が繋がった俺は、こう返した。

「つまり……軍属の魔術師や魔法機構(マギウス・クラフト)の技師たちはお払い箱ということか」

「そう。ドイツの魔術師を屠ったことで用済みになったと判断したんだろう。戦争中は、敵か味方かわからない不確定要素なんか真っ先に排除されるものだからね。これでマン島はもとの魔法使いの島に戻る。絶滅寸前の俺たちと同様、これまでの戦乱で大きく数が減った魔術師は哀れにも失職し、そして死地に追いやられ、多くの知識と経験が失われるだろうさ」

「わかった。手足が切られて壊死する前に、脳髄だけでも他国へ移す、ということだな」

「軍曹！　今日は頭の回転が速いじゃないか！」

「フクロウの頭はよく回ることで有名だろうに。ところで転んでもただでは起きないあんたのことだ。なにかしら見返りは織り込みずみなんだろうな」

「当然だね。ガンドリー艦長からはゴーレムに関する知識を洗いざらい頂戴しなきゃ。うまくやれば東京でゴーレムを作れるかもな」

「そんな資格があんたにあるとでも？」

「あるさ。僕のイニシャルはＧじゃないか。日本初のゴーレム使いとなる男としては適任かもしれんよ」

「ガンドリー艦長が簡単に協力するものか」

「覚悟してるさ。それを口説くのが楽しんじゃないか。ともあれ、彼女は来日を楽しみにしていると言ってくれたぞ。軍曹みたいな使い魔(ファミリア)が誕生する国であれば、いずれ特別な夜の愛し仔(スレイ・ベガ)が生まれるかもしれないってさ」

　魔術師は予言者とは違う。それは俺にもわかっていた。だが、Ｇ中佐の口を借りて発せられたローズ・Ｄ(ダイアナ)・ガンドリーの言葉は、真実味と重みをもって俺の心に響いてきた。

「イギリスは……大英帝国はどうなるのかね」

「魔女や魔法使いや魔術師がたくさん住む面白い国には滅んで欲しくないね。まあ、きっと大丈夫さ。海賊提督と産業革命と二枚舌外交でヨーロッパの覇者となった海軍国が、ぽっと出の独裁者にやられてたまるものか。ただし、苦難の刻(とき)は続くだろうが、それもまたよし。世界の美しさを識るためには、回り道も必要なのだから」

　Ｇ中佐の顔に憂いめいた影を認めた俺は、改めて思った。もう少しだけ、この人物についていこうと。

世界の美しさを識るためには、それが近道な気がしたのだ——。

〈了〉

ウォールド・アビーの階下で
相沢沙呼

わたしの人生は、そのすべてがあの小さなブリキのトランクに収まる。

大理石の冷たい床をブラシで磨く最中、唐突にそう考えた。今まで、こんな考えを抱いたことは一度もない。まるで誰かに奇妙な考えを吹き込まれたような気分だった。それはきっと、この古城のように荘厳なウォールド・アビーが見せる幻のようなものなのだろう。

見上げれば、物言わぬ肖像の数々が、豪勢な調度品と共に並んでいる。

ここは、ロング・ギャラリーと呼ばれているのだと家女中頭のミランダに教えてもらった。倫敦(ロンドン)で勤めた屋敷には、こんなにも広く豪奢(ごうしゃ)な部屋など存在しなかった。示し合わせたように、腰に手を添えた同じ姿勢の紳士たちが、虚ろで暗鬱な眼差しを跪(ひざまず)くわたしに向けている。きっと、大昔からこの土地を治めていた、ロウフィールド伯爵家の肖像なのだろう。

わたしは早朝の寒さに震えながら、ひたすらに床を磨いていた。天候の悪さが続くせいで、煤(すす)と泥の汚れがいつもより酷くこびり付いている。雑巾を冷水に浸し、それを絞り上げてから、もう一度、このウォールド・アビーが囁(ささや)く奇妙な幻について考えを巡らせた。

わたしの人生は、あのブリキのトランク一つに収まる。

倫敦の中流階級の屋敷で家女中として働き始めたのは、十三歳のときだった。母はかつて自分が使っていた小さなトランクをわたしに与えようとしたが、寝台の下から久しぶりに引(ひ)き摺(ず)り出したそれは、修理に出すより中古を買った方が安くすむだろう、というくらいに損耗の激しいものだった。

だから、わたしが持っているのは、母のものよりも更に一回り小さなトランクだ。

数少ない私物と、使用人になるための制服を詰め込んで、トランクを引っ張りながら歩く。ほんの数カ月前にも、十三歳だった頃と同じように、中身の大して変わらないトランクを提げて歩いた。変わったのは、トランクをそう重く感じなくなったことくらいだろう。五年間の仕事で、わたしの腕力は否応なしに鍛えられた。ぐるぐると狭い螺旋(らせん)階段を上っては下り、あらゆるものを運んで過ごした。何度も何度も、緑のベーズのドアを潜(くぐ)って。

「ケイティ。手が止まっているようですね？」

ロング・ギャラリーに、不意に声が届いた。

ケイティ、と呼ばれるのは慣れないので、反応が遅れてしまった。

「申し訳ありません。バンクス夫人」

わたしは雑巾を手にして、そそくさと床を磨く。高齢なバンクス夫人は鼻を鳴らすと、今朝は機嫌が良かったのか、それ以上なにかを言うこともなく、腰に付けた鍵束の音をじゃらじゃらと鳴らしながらロング・ギャラリーを去っていった。わたしは胸を撫(な)で下ろしながらも、せっかく磨いた床にバンクス夫人の靴跡が残ってしまったのを、暗澹(あんたん)たる気持ちで見詰めていた。

＊

生まれてから一度も出たことのない倫敦を離れ、ウォールド・アビーで働くことになったのには、当然ながら理由がある。前に勤めていた屋敷で、盛大な失敗をしてしまった。奥様が気に入っていた東洋の茶器を、同僚の子が誤って割ってしまったのだ。まだ若く十三歳にも満たない少女を監督するべきだったのはわたしの役目だった。短気が取り柄の奥様がかんかんに怒って、この子に暇を出してしまうことは容易に想像できることだった。

「もうおしまいなのよ。キャシー。だって、わたし、帰るところがないんですもの。きっとまた、あの監獄みたいな救貧院に戻されてしまうんだわ」

そのとき、既にわたしは母を亡くしており、この涙を流すアリスという少女と同じく、天涯孤独の身だった。だから彼女の将来を想像し、その哀れさに胸を痛めた。

わたしは絶望している少女の肩を摑(つか)んで、こう言い含めた。

「大丈夫。わたしに任せて、アリス。あれを割ってしまったのは、わたしということにしましょう」

ある程度、家政婦のジョーンズ夫人には信頼されているつもりだった。弁償で減給されることはあるかもしれないが、解雇にはならないだろう。そんな甘いことを考えていた。

結果として、奥様もジョーンズ夫人も、天涯孤独であるわたしを哀れむことはしなかった。弁償できるようなお金もなく、わたしは即刻解雇を言い渡された。もちろん、紹介状もなしだ。

紹介状がない解雇!

申し訳なさそうな表情をするアリスを抱きしめ、わたしは小さなトランクを引き摺って屋敷を離れた。紹介状がないのでは就職は難しくなる。生まれ育った騒騒しいイーストエンドの片隅に戻り、母の友人が経営している宿に仮住まいをしながら、次の仕事場を探す日々が始まった。しかし、紹介状のない使用人を簡単に雇ってくれるところはそう多くない。蓄えが徐々に減り、途方に暮れかけた頃に母の言葉を思い出した。もし、職場を失うなどして困ったことがあれば、かつて自分が働いていたウォールド・アビーを頼ってみなさい。

わたしは遠いグリーンフィールドにあるウォールド・アビーへと手紙を書いた。母が勤めていた当時の奥様や家政婦は既にいないかもしれない。それでも一縷(いちる)の望みをかけて、働かせてもらいたい、と手紙に記した。すると意外にも返事が来た。丁度、使用人の一人が激しい猩紅(しょうこう)熱(ねつ)にかかり親元へ帰ったところで、空きができたという。幸運だった。

わたしは、わたしのすべてが入ってしまう小さなブリキのトランクを引き摺って旅立った。

グリーンフィールドの土地は、その名前が示す通りに、わたしが想像した以上の景色を見せてくれた。既に遅い時間ではあったが、倫敦と違って空は明るく晴れやかだった。ウォールド村の小さな駅に降り立ったわたしを迎えに来てくれたのは、庭師の老人だ。色褪せた帽子の下は髪が薄れかかっていたが、荷馬車の荷台にわたしを引き上げた骨張った手は、小柄な体軀に反して力強い。ほんの一瞬だけしか笑顔を見ることはできなかったが、ロイドと名乗ったこの老人にわたしは好感を持った。

ウォールド村は小さく、荷馬車が動き出して数分もすると、家屋はまばらになった。大海原を割ったように、大草原の只中に踏みならされた馬車道が、小さな丘を何度も乗り越えるようにして続いていく。遠くには、まるで馬の背を描いたようななだらかな起伏の丘が覗き、そこに深緑色の森が視界いっぱいに広がっている。丘。丘。丘。そして森。わたしが眼にできるものは、ロイド氏の帽子と空を除けば、確かにグリーンフィールドの名に相応しかった。

やがて馬車は、ブナの並木道に入り、石造りの古めかしい楼門を潜った。

「ここから先が、伯爵様の土地ですか」

荷台にしがみつくわたしの問いかけに、ロイド氏は肩を震わせた。笑ったのだろう。

「莫迦を言いなさるな。村からずっと、伯爵様の土地だ。すべて、お嬢ちゃんが仕えるご主人様のものだよ」

わたしは眼を見張り、背後の景色を振り返った。この広大な土地は、いったい何百エーカーあるのだろう。不安と期待がないまぜになった感情を噛み締めて、視線を前方へと戻した。何度も丘を越えた先、やや窪んだ地に、それはあった。

一枚の絵画のようだ。

ウォールド・アビーは、荒涼とした草原の只中に威厳と共に佇んでいた。

それは、ロマンス小説の挿絵に出てくる古い砦に似ている。左右非対称の不格好な城塞は、数多くの格子硝子の窓で美しく飾られていた、玄関の上には巨大な張り出し窓があり、それを支えるために並んだ柱は美術品のようになんらかの像が彫られているようだった。アビーというからには、大昔に壊された修道院を改築して建てられたのかもしれない。このカントリーハウスを囲む庭園はとてつもなく広く、屋敷の背後には先ほどの丘で見かけたような深い緑の森が生い茂っていた。まるで——。

「妖精でも、住んでいそうな場所ですね」

荷馬車の車輪が、がらがらと耳にうるさかった。けれど、わたしの声をロイド氏は聞き取ってくれたらしい。彼はこちらをちらりと振り返ると、大きな声と共に笑って言った。

「そりゃあ、住んでおるよ。なにせ古い土地だ。屋敷にもお住まいでいらっしゃる」

「屋敷にも?」

確かに、何百年もの歴史を持った建物だ。そんなふうに言われると、思わず信じ込んでしまいそうになる。けれど、きっとロイド氏は、空想好きの小娘の言葉に付き合ってくれただけなのだろう。

初めてグリーンフィールドの土地へ足を踏み入れたその日。

わたしは単純に、そう考えていたのだった。

*

バンクス夫人が残していった足跡を綺麗にしたあと、午前中の仕事を片付けた。ここ数日のウォールド・アビーには来賓が大勢来ているので、仕事は普段よりも忙しなく途方もない。

午後服に着替えたあと、地下使用人区画のホールで食事をとる。普段、昼食は執事のロレンス氏の鋭い視線を浴びながら、沈黙の中で終えなくてはならない。しかし、ここ数日は違っていた。ウォールド・アビーに来賓が来るとき、彼らは従者や侍女を連れてくる。そんなよその屋敷の使用人と食事を共にするときは、交流を兼ねて歓談することが赦されていた。

「こちらは本当に、お伽噺に出てくるような素敵な場所ですよね。このお屋敷も、妖精が出るというお話なのでしょう？」

そう訊いたのは、メイヴァン夫人付きの年若い侍女だった。たぶん、わたしと年齢はそう変わらないけれど、言葉に訛りもなく、地味ながらも身に着けている衣服は上質なもので、それが一昔前の流行のものでなければ、令嬢に見えるかもしれない。

メイヴァン嬢――混乱を避けるために、わたしたちはそう呼ぶ――の質問に、従僕のアーサーが答えた。

「ああ、出るさ。今もあんたの足首を摑んでいたずらしてるよ」

アーサーの言葉に、メイヴァン嬢は悲鳴を上げて飛び上がった。

「あたしたちの仕事を手伝ってくれるのよ」おしゃべりな洗濯女中のアンナが口を挟む。「他にも、この辺りにはたくさんいるわ。オウド・ゴッキーとか」

「オウド……？」

「森に住んでいて、悪い子を食べちゃうの」

容易く信じてしまったのか、メイヴァン嬢は顔を青くした。

「まぁ、森の中に迷い込まなければ問題ない」アーサーが鼻を鳴らして言う。「ただ、いちばん面白い妖精は、『ダイアナ』だな」

アーサーはまったく同じ話を、わたしが初めてウォールド・アビーへ来たとき、嬉々として語った。曰く、この屋敷には大昔からダイアナと呼ばれる妖精が住んでいる。

「その我らが良き隣人は、なんと普段から我々の中に紛れ込んでいて、使用人のフリをしているのさ。そいつは機嫌の良いときに俺たちの仕事の手伝いをしてくれているらしいが、もしそいつと出会うことができたって、俺たちはそいつの顔も名前もわからない」

「どういうことですの？」

「忘れちまうんだとよ。仕事を手伝ってもらって、あとになってから、ふと思い出すわけだ。はて、あんなやつ、この屋敷にいたっけか？　それで、よくよく考えると、聞き出した名前がわからない。それればかりか顔も思い出せなくて、しまいには男だったか女だったかもわからなくなるって話さ」

「まぁ、それはなんだか不思議な話ですわね」

「今も、ここで飯を食っている連中の誰かが、実は妖精なのかもしれないぜ。もし、身に覚えのない顔のやつがいたら――」

「アーサー」

と、また厳めしい顔付きで、ロレンス氏がアーサーの乱雑な言葉使いを窘めた。

ダイアナの話は古くからあるらしい。それこそ、百年単位の昔からで、もしかしたらここが修道院だった時代にまで遡るのかもしれない。

わたしが驚いたのは、ここに住んでいる使用人や、そしてロウフィールド伯爵家の人々まで、その伝説を信じ込んでいるという事実だった。彼らは決まって妖精のことを『良き隣人』などと呼んでいる。科学がすべてを支配する現代に、そんな考えを持っている人たちがいるというのは驚きだったけれど、よくよく考えれば、わたしがいた倫敦では心霊主義が流行していた。幽霊も妖精も、どちらも同じようなものなのかもしれない。伯爵家の人々ならず、バンクス夫人やロレンス氏たち、古くからこの屋敷で働く人間は、ダイアナの存在をむしろ信仰に近いかたちで信じているようにも思えた。

「話題の提供をありがとう。ミス・メイヴァン。ダイアナは、我々を見守ってくれている良き隣人だ。怖がることはない」ロレンス氏が低い声で言った。「さぁ、食事を進めよう。午後も忙しくなる」

ロレンス氏の言葉で、歓談の時間は打ち切られた。

午後の仕事のことを思えば、楽しい食事の時間も憂鬱なものへと、妖精がかける魔法のように変化した。

*

限界まで絞り上げられた雑巾のように、くたくたになった身体を寝台に横たえる。既に同室のエインセルが戻っていて、机に向かい、蠟燭の小さな灯で読書をしているところだった。

「お帰りなさい。キャシー」

彼女だけは、わたしの両親が呼んでくれていた愛称を使ってくれる。

「ただいま。エインセル」

もう起きあがるのが面倒になり、身体を捩りながら服を脱ぎ捨てていく。そんな様子を見て、読書を続けていたはずのエインセルが、くすくすと上品に笑った。

ウォールド・アビーで最初にできたこの友人は、客間女中をしている。齢は二十を過ぎた辺りで、頬からほつれるように垂れた金の巻き毛が美しく、思わず視線を奪われてしまう。

あの日、旅の疲れを癒す暇もなく与えられた仕事をこなしたあと、スコットランド訛りのある彼女と、夜が更けるまで他愛のないお喋りをして過ごした。バンクス夫人が看守のように夜の見回りに来る、とエインセルが教えてくれたので、わたしたちは夫人の足音が響くのに合わせて口を閉ざし、互いに薄闇の中で眼を合わせ、いたずらをする童女みたく笑うのを堪えた。ノックがし、バンクス夫人がランプの灯りと共に入ってきて、わたしたちが既に眠っているのを確認すると、扉が閉まって鍵束がじゃらじゃらと鳴る。わたしはそれがなんだかあまりにも楽しくて、堪えきれずにくすくすと笑みを零した。エインセルもつられたように綺麗な声で笑った。

「もう眠りましょう。倫敦から来たばかりで、疲れたでしょう」

硬い寝台と薄い毛布に挟まれた身体は、酷く疲れているはずなのに、なかなか眠れなかった。やがて月明かりすら遠のき、エインセルが言葉を発さなくなると、わたしは急に訪れた物寂しい感情に胸を押さえた。なにもかもが違う。ここはまるで異国の地だった。両親の眠る墓も、通い慣れた教会も遠い。森に囲まれたこの敷地はひどく寂しく、記憶に刻まれたウォールド・アビーの佇む姿はとても物憂げだった。わたしはこの静かな場所で、一人寂しく死んでいくのではないかと唐突に考えた。今までそんな考えを抱いたことなんてなかったというのに。気付けば、わたしは涙を流していた。エインセルを起こさないように、必死に涙を堪えて、鼻を啜った。

わたしは、わたしが初めて使う、ぺしゃんこの枕を、涙で濡らした。

「大丈夫よ」

そのとき、温かな指先が額に触れた。わたしは驚いて寝台の傍らに眼を向ける。エインセルは膝を付き、わたしの顔を優しい表情で覗き込みながら言った。

「大丈夫。すぐに、あなたもこの場所を気に入ってくれるわ」

わたしはその言葉に穏やかな感情を感じていた。教会の中で、祈りを捧げているときのような。ありがとう、エインセル。わたしはそう呟いて、そのまま子どものように眠りに就いた。

あんなふうに言葉をかけてくれる同僚と出会ったことは、これまでの仕事場ではなかった。きっと、彼女とは年がそれほど離れていないからかもしれない。読書が好き、という共通点も大きいだろう。わたしは奥様や家政婦が眉を顰めるような『スゥイートハーツ』などのロマンス小説しか読まないけれど、エインセルは本当に読書家だった。シェイクスピア、ブラウニング、ディケンズ、他にもわたしが耳にしたこともない本をいつも読み耽っていた。

今夜、そんな彼女は寝間着を纏って、今はもう髪を下ろしていた。わたしが服を脱ぎ捨てるのに苦戦していると、「手が止まっているようですね、キャシー」などと、バンクス夫人の声真似と共に、笑いながらコルセットを緩めるのを手伝ってくれる。エインセルは、人の口調を真似るのが妙にうまい。

「今日もお疲れ様」紐を緩めながら、彼女が言う。「大変だったみたいね」

「昨日も今日も途中で雨が降ったから、あちこち泥だらけだったわ。メイヴァン嬢に色々と教えてあげなきゃいけなかったし、本当にくたくた」

「明日は狐狩りだそうだから、お昼の間はベルが鳴ることはなさそうよ」

「そう、良かったぁ」髪を解き、わたしは寝台の上で吐息を漏らす。「けれど、参加されないご婦人方はどうされるのかしら」

「そういう方は、庭園を散策されたあと、ロトンダでお食事よ。聞いていない？」

「ミランダに聞いたかもしれないけれど」いつものことだが、このウォールド・アビーでは、来賓が来ている間、階下では様々な指示が飛び交い、すべてを把握し続けるのは難しい。「でも、ロトンダって、あの古い神殿みたいなところでしょう？　丸い屋根の。近くには洞窟だってあるし、ああいう古いところこそ、本当に妖精が住んでいそう」

　わたしが荷馬車でやってきたときに見た景色の通り、ウォールド・アビーの敷地はあまりに広大であり、そのいたるところを様々なものが彩っていた。流れる小川、煌めく泉、大昔の廃墟跡、丘の麓の洞窟に、古代からあり続ける神殿。

　気付くと、自分の寝台に腰掛けたエインセルがくすくすと笑って、わたしを見ている。

「なにがおかしいの？」

「あれは偽物よ」エインセルはあっけらかんと言った。「フォーリーというの。二代前の伯爵が、この敷地の見栄えをよくするためにわざわざ作らせたのよ。ロトンダも、洞窟——グロットーも、修道院風の廃墟だって偽物だわ。きっと妖精は住んでいないわよ」

それは衝撃的な事実だった。あれらの建造物が、すべて偽物？　それを、わざわざ見栄えをよくするためだけに作らせただなんて、いったいどれだけのお金と時間がかかるのだろう。

「じゃあ、きっと妖精なんてどこにもいないのね」

「妖精に会えなくて、残念？」

「べつに信じているわけではないのだけれど」仄暗(ほのぐら)い天井を見上げながら、わたしは彼女に答えた。「このお屋敷、不思議な感じがしたの。なんだか、いつも誰かに見られてるような……。それで、普段と違うことを考えてしまうのよ。この辺りの人たちは、それを、妖精が囁くって言うんでしょう？」

「そうね。悪い考えだったり、不吉な報せだったり、あるいは芸術家にとびきり優れたアイデアをもたらしたり……。このへんじゃ、そういうふうに言うみたいね」

エインセルは読書を終えることにしたようだった。小さな机に向かい、開いていた本を閉じる。珍しくそれは雑誌の類かなにかのようだった。ストランド、という文字が見えたが、あとは暗くてわからない。彼女は燭台の火を吹き消した。部屋がたちまち暗くなる。

薄汚れた窓から、ほんの微かに月の光が射し込んでくる。

衣擦れの音を耳にしながら、わたしは薄い毛布を首元に寄せ、呟いた。

「妖精なんて、本当にいるのかしら」

「見えないからといって、そこにいないとは限らないわ」

「もし見えないだけなのだとしたら、どうしてわたしたちには彼らが見えないの？」

「そうね……」少しの間を置いて、彼女は答えた。「お互いの心が、離れてしまったからなのかもしれない」

わたしは枕に頰を押し付け、暗闇の中で彼女の貌を探した。

「あくまで、わたしの考えだけれどね」エインセルはそう前置きをして言う。「きっと、大昔には、たくさんの伝承にあるみたいに、人間と妖精の間には互いに交流があったのよ。でも、時代の移り変わりと共に、人間は信仰を変えて、もう彼らを必要としなくなった。妖精たちも、そんなふうに心変わりをする人間を必要としなくなったのね。だから互いの心が離れて、互いを必要としなくなって、一緒にいられなくなってしまった。今の時代じゃ、互いを必要としているのは、魔法使いくらいね」

「魔法使い？」わたしはくすくす笑い出す。「シェイクスピアの劇みたいな？」

暗闇に眼が慣れると、うっすらとした視界の中で、一対の深い青緑の瞳がこちらを優しく見ているのがわかった。エインセルも枕に頰を押し付けて、わたしのことを見てくれていたのだと、そう考えると心が弾んだ。きっと、今のは彼女なりの冗談だったのだろう。

「それじゃ、ダイアナの話はこういうことなのかしら」わたしは彼女の話をしっかり聞いていたことを示すように、自分の見解を話す。「わたしたちがその人の名前も顔も思い出せなくなるのは……。互いを必要としなくて、心が離れてしまっているから？　どうでもいいことは、すぐに記憶から消えてなくなってしまうみたいに」

エインセルは眼を細めた。薄闇の中で、それは少し悲しげな表情にも見える。

「そうかもしれない。理の違う生き物だもの。最初から、一緒に生きていくのは無理があったのよ」

「そうだとしたら……、なんだか、悲しいお話ね」

エインセルは瞼を閉ざした。眠りに就くのかもしれない。

わたしは身じろぎをし、天井に眼を向けた。それから、この屋敷に大昔から住んでいるというダイアナという妖精のことを思った。わたしの想像の中で、彼女は女性だった。使用人の制服を着込んで、この修道院の面影を残した暗鬱なウォールド・アビーの中を幽霊のように彷徨っている。それは、きっと孤独なのだろう。

もしかしたらダイアナは、このウォールド・アビーの中で、自分を見つけてくれる人を探しているのではないか、と考えた。自分の存在を、自分がここにいるのだという証を、示したいのではないだろうか。わたしが心のどこかで、そう考えているのと同じように——。

＊

翌日の午後のことだった。

天候はやや曇り気味で、肌寒い。けれど雨が降らないで助かった。そのおかげで伯爵家の人々や来賓たちは狐狩りに出ている。それで少しは楽ができると思っていたのだけれど、ミランダとわたしたちはバンクス夫人に掃除を命じられてしまった。

屋敷のエントランス近く、ロング・ギャラリーの窓を外側から拭いていると、同じ家女中でまだ十三歳という年若いマリーが、わたしの近くであれっと声を上げた。

「どうしたの」

「これ、見てください。今日も落ちてるんです」

マリーはこの辺りの訛りをたっぷり含んだ言葉で話す。彼女の実家は、ウォールド村近くの農家なのだ。

「落ちてるって、なにが？」

ここではマリーの方が先輩となるのだが、年齢差もあってわたしは彼女を新米使用人のように見てしまう。しかし、マリーは八歳のときからここで働いているというから、家女中としてのキャリアはわたしとほとんど変わらない。

マリーは抱えていた用具箱を下ろし、地面を指し示した。ロング・ギャラリーの窓の一つの側に、幾つかのドングリが落ちている。

「なんだろう。これ」

わたしはバケツに雑巾を浸し、そこへ近付いた。屈(かが)んでよくよく見ると、ただのドングリにしか見えないのだが、問題は落ちている場所だった。

「オークの木のですよ。たぶん」

マリーがそう言った。わたしも同意見だった。しかし、周囲にはオークの木など一つもなく、このウォールド・アビーの景観を遮るような樹木がエントランス近くにあるはずもない。なのに、ドングリがたくさん落ちているのだ。

「今日もってことは、前にも落ちていたの？」

そばかすが印象的な童顔のマリーは、こくりと頷いた。

「先週かな。だいたい同じ場所に、おなじくらいの数が落ちてました。三日おきに落ちてたり、一週間ごとに落ちてたり。まちまちですけど、ここ一カ月くらい、そうなんです」

なるほど、それは奇妙な話だ。樹木がない以上、誰かがここへドングリをわざわざ置きに来たことになる。わたしは視線を丘の上の森へ向けた。狐狩りはあの辺りで行われているはずだ。午前中は犬が狐を追い立てる吠(ほ)え声がここまで聞こえてきたが、今は不気味なくらいに静かだった。あの森の中だったら、ドングリを拾ってくることは造作もないことだろう。しかし、それをなんでここまで運んでくる必要があるのだろう。

「妖精の贈り物だったりしてね」

わたしは冗談めかしてそう言った。けれど、マリーはそう考えていたらしい。

「はい。バンクス夫人も、そう仰っていて」

「バンクス夫人が？」

「妖精の贈り物なら、捨てたり口外したりしたら、もう届けてもらえなくなるって――」

と、マリーは小さな手で口を塞ぎ、眼を大きくした。

「あ、これ、口外したことに、なるんでしょうか……」

「大丈夫。秘密にしておく」わたしは彼女を安堵させるように笑いかけた。「でも、これ、どうするの？」

「バンクス夫人のところへ持っていきます。家政婦室で大事にとってあるんですよ。宝石箱に入れたりして」

この屋敷でいちばん長く働いているのは、家政婦のバンクス夫人だという。この土地の生まれだという彼女もまた迷信深く、伯爵家の人々と同様に妖精の伝承を深く信じているのだ。

「そういえば」ふと思い出して、わたしは言った。「わたしも、何日か前に変なものが捨ててあるのを見つけたなぁ」

「変なもの？」

「たぶん、なにかの缶よ。空っぽの小さいやつ」

「缶、ですか」

「あの辺りに落ちてたんだけれど。誰かが窓から投げ捨てたのかな」

どう見てもただのゴミだったので、処分してしまった。言いながら、ウォールド・アビーの外壁と硝子窓を見上げる。

と、見上げた先の引き上げ窓が開いて、女性が顔を覗かせた。わたしは驚いて、悲鳴すら上げそうになる。

「どうかしたの」

貌を覗かせたのは、若く美しい令嬢だった。どこか眠たげな碧い眼差しで、わたしたち家女中を見下ろしている。よくよく見れば、それはこのロウフィールド伯爵家の長女たるラヴィニアお嬢様だった。わたしは心臓が止まる思いで、止まった頭を動かそうと必死に考えていた。こんな、掃除をしているところを階上の人に見られてしまうなんて。

上級使用人ならばともかく、こういうとき、わたしたちは影のように沈黙し、黙って膝を曲げて彼女たちの視界から去らなければならない。けれど、今回はラヴィニアお嬢様から声を掛けてきたのだ。貴族家の令嬢に声を掛けられるなんて、わたしにとっては初めての経験で、頭の中は混乱を極めていた。

「あの、ドングリが落ちていたんです、お嬢様」わたしより早く反応したのは、マリーだった。

動じる様子もなく、大きな声で彼女に答える。「なにかお心当たり、ありませんか？」

ラヴィニアお嬢様は、静かにかぶりを振った。

「お嬢様は、今日はどうされたんです？　狐狩りには参加されなかったのですか？」

マリーは質問を続けた。お嬢様は気を悪くした様子もなく、マリーに答えた。

「どうにも気分がよくなくって。乗馬はともかく、なんだか動物たちが可哀想で好きじゃないの」

二階から顔を覗かせているお嬢様の声は、少し遠くて聞き取りづらい。それでも、わたしたちのために、少しは大きな声を出してくれているのだろう。

「もう少し眠っているわ」

そう言って、お嬢様は窓を閉ざした。

わたしは、どくどくと鳴る心臓に手を当てながら、マリーを見る。

「びっくりした……。マリーってば、凄いのね。お嬢様とあんなふうに話せるなんて」

「ラヴィニアお嬢様は特別ですよ」マリーは笑った。「それに、ほら、あたしがこのお屋敷に来たのは八つのときで、そのときはまだ、ラヴィニアお嬢様は妹君のアリシアお嬢様と一緒に階下まで下りてきて、みんなにいたずらをなさったりしていたんですけれど、あたしは小さかったせいか、よくお話の相手をしてくださって」

「へえ……」確かに、階上の子どもが使用人を困らせるというのはよく耳にする話だ。「ラヴィニアお嬢様は、乗馬が得意なの？」

狐狩りは馬で猟犬を追いかける。乗馬の技術の見せどころでもあるから、紳士だけでなく淑女も参加することが多いらしい。

「そうですね。もしかすると、この伯爵家でいちばんお上手かもしれません」

「そうなんだ。長男のジェームズ様よりも？」

「子どもの頃から、よくジェラルド様と乗馬をなさっていて。ジェラルド様も乗馬がお上手ですから、その影響なのではないでしょうか」

「ジェラルド様？」

「牧師館の次男のジェラルド様ですよ。ほら、お医者様の」

「ああ……、ジェラルド・ネヴィル様ね」

ブナの木の並木道まで行くと、牧師館の小さな建物を望むことができる。わたしはその景色を思い出しながら言った。

「そういえば、最近、ネヴィル家の方々は招待されてないわね」

以前まで牧師館の人々はこのウォールド・アビーによく招かれていたが、ここ最近は名前を聞かず、牧師様を見かけるのも教会の場だけに限られていた。

「それなんですけど」

使用人たちの常のように、ゴシップを囁くべく、マリーはわたしに身を寄せて囁いた。

「なにか、旦那様とネヴィル様の間で、大喧嘩があったとか」

あたしも、聞いただけの話ですけれどね、とマリーは付け足す。

と、その噂話を断ち切るように、わたしたちの長であるミランダが姿を現した。

「ほら、なに突っ立ってるの。もう仕事は終わったってわけ？」

わたしたちは整列し、それから精一杯の誠意を見せるべく、そそくさと仕事を再開した。

＊

事件が起こったのは、その数日後のことだった。

朝のミーティングのため使用人ホールへ集まったとき、バンクス夫人の様子が明らかにおかしいことに気付いた。いつも朝早くから毅然と背筋を伸ばしているはずの彼女が、椅子に腰掛けたまま、うわごとのようになにかを呟いているのだ。

「ああ、どうしたら、そんな、そんなはずが……」

わたしたちは顔を見合わせ、首を傾げた。そういえば昨夜遅く、バンクス夫人が突然部屋を訪ねてきて、わたしの顔を見ると表情を青ざめさせて去っていってしまったのだった。あまりにも奇妙な出来事だったので、夢だったのかもしれないと思っていたのだけれど。

ロレンス氏が介抱するようにバンクス夫人の手を握っている。コックのオリバー夫人は鼻を鳴らすと、台所女中たちを引き連れ、キッチンにそそくさと引き籠もってしまった。バンクス夫人の様子を気にしている暇はないということだろう。伯爵と奥様はよその屋敷へと招かれていて不在だ。普段より仕事の量は減るはずなのだが——。

「いったい、なにがあったんです？」

ミランダがバンクス夫人に訊いた。

バンクス夫人は、気付け代わりに阿片チンキを嗅ぐと、何度か深呼吸をして、ようやくの思いで言った。

「ダイアナが……。ダイアナが、いなくなってしまったんですよ！　このお屋敷から出て行ってしまったんです！」

その言葉に、わたしたちは顔を見合わせた。

バンクス夫人の話を要約すると、こうだった。

先日のことだった。自室を整理していたら、夫人の今は亡き娘の、使用人時代の制服が出てきた。古いものだったが、洗濯して修繕すればまだじゅうぶんに使えると考えた。豪華絢爛（けんらん）なウォールド・アビーの家政を取り仕切るバンクス夫人は、倹約家なのだ。

洗濯女中たちに頼もうと考えたが、その日の洗濯は終わってしまっている。思い立ったら即行動のバンクス夫人は、自分で洗濯することにした。その日は天候が怪しく、風が強かった。雨が降り出す前に乾かそうと、普段は洗濯物を干す位置ではなかったが、中庭の目立つところに制服の黒いワンピースを干した。雨が降り出したら、すぐに回収できるようにである。
ところが、一仕事終えて中庭を見てみると、干してあった制服がどこにもない。風に飛ばされたのだろうと思って辺りを見渡したが、やはり見付からない。その日は仕事が山積みだったので、ワンピースの捜索は諦めることにした。そして、夜中のことである。

　バンクス夫人は、門限の時間が訪れると、いつものように執事のロレンス氏とウォールド・アビーの戸締まりを行った。主にロレンス氏は主家の玄関を、バンクス夫人が使われない部屋と使用人区画の戸締まりを行う。そのあと、バンクス夫人とロレンス氏は使用人棟の部屋を見回り、全員が自室にいることを確かめた。ロレンス氏はそのまま自室で床に就いたが、バンクス夫人にはまだやり残した仕事がいくつかあった。そのため、夫人は地下の使用人ホール隣にある家政婦室に戻った。彼女はたいてい、扉を開けっ放しにしたままそこで仕事をすることにしている。夜中に外へ抜け出そうとする使用人がいるなら、必ずそこを通らなければならないからだ。それに廊下のベルが鳴った場合、すぐに対応できる。

　帳簿の仕事に手をつけて暫(しばら)くして、ベルが鳴った。バンクス夫人は慌てて立ち上がり、ベルが鳴っている部屋を確認した。バンクス夫人ほどの経験があれば、ベルの音だけでどの部屋から鳴らされたのかわかるのだが、最近は眼も耳も悪くなってきている自覚がある。ランプを掲げて廊下の天井近くに並んだ無数のベルを確認すると、不思議なことに、普段は使われていない二階の客室からの呼び出しだった。ついさっき、自分が鍵を掛けたばかりの部屋である。おかしいではないか。あの部屋を開けられる唯一の鍵は、バンクス夫人しか持っていないのだから。

なにかの間違いに違いないと思っても、ベルは鳴り続けている。そこでバンクス夫人は家政婦室の壁にかけてある鍵束の一つを手にとった。普段、彼女が腰に下げて、じゃらじゃらと威厳を示している件の鍵束である。一つ、というのは、鍵束は主家の部屋の戸締まりをするものと、使用人区画の戸締まりをするものとで分かれているからだ。

バンクス夫人はランプを掲げて、使用人用階段を上がり、二階の客室へ向かった。その頃にはベルはもう鳴りやんでいた。鍵を使って客室を開けて、ランプの光で室内をよくよく確かめてみたが、もちろん室内には誰もいない。窓にもすべて鍵が掛かっている。これはきっとベルが故障したのに違いない。あるいは、それこそ妖精のいたずらかもしれない。何年か前にもこういうことがあったのだ。

バンクス夫人は客間を施錠すると、家政婦室に戻って仕事を再開した。しかし、流石の彼女もそこで眠気に襲われてしまい、暫くうとうととしていたという。目が覚めたのは、足音がしたからだ。はっと顔を上げて廊下の方へ眼をやると、誰かがそこを通っていくのが見えた。ランプを手にした若い家女中だ。けれど、バンクス夫人は驚愕のあまり心臓が止まりそうな思いだったという。

その若い家女中は、自分が知らない女の顔をしていたのだ。

女性使用人の数だけで、三十人はいるウォールド・アビーであるが、バンクス夫人はもちろん、全員の顔と名前を把握していた。自分の管轄ではない台所女中たちですら顔を見れば名前がわかる。しかし、今、目の前を通った女だけは、まったくもって見覚えがない。

もしかして、あれは妖精なのではないか――。

そこで、はっとあることに気が付いて、バンクス夫人は慌てて女の姿を追いかけた。使用人区画の廊下は真っ暗で、女の姿はどこにもない。裏口から出て行くより他にないはずと思って、裏口の戸を開けようとするが、そこは自分が施錠したままで開く様子がない。女は忽然と消えてしまったのだ。バンクス夫人は既に一つの可能性に至ってひどく慌てていた。その可能性を打ち消すべく、バンクス夫人はまっすぐ使用人棟へ向かうと、一部屋一部屋、ノックをして室内にいる女性使用人たちの顔をしげしげと確認して回った。それはちょっとした騒ぎだった。すべての部屋を確認し終えた結果、女性使用人たちは全員自室にいたことが確認された。やはり自分が見たあの女は、自分の知っている女性使用人ではない。

あれは、間違いなくダイアナだったのだ――。

妖精の伝承を深く信じ、長年ロウフィールド伯爵家とウォールド・アビーに人生を捧げてきた夫人は絶望した。自分のせいでダイアナが屋敷から去ってしまった！　何故なら、家に付く妖精の伝承にはこんなものがあるからだ。

家に付いて仕事をしてくれる妖精に、衣服をあげてはならない。

妖精はその衣服を身に着けて、怒ったり喜んだりして屋敷から出て行き、二度と戻ってこなくなってしまうからだ。

そう。ダイアナは、普段とは違うところに干されている制服を、自分に与えられたものだと思い込んで、この屋敷から去ってしまったのだ——。

＊

「なるほど、伝承通りなら、ダイアナは屋敷の繁栄を約束してくれる妖精ともいえますからね」

話を聞き終えたミランダが、無表情のままで言った。「旦那様が知ったら、確かにお怒りになられるかもしれない」

「それはもう、大変なことでしょう」ロレンス氏が汗を拭きながら言う。「もしかしたら、ダイアナが去ったことと、例の事業の失敗を結びつけて——」

と、そこでロレンス氏は慌てて口を噤んだ。

「もうおしまいですよ、わたしは……。いえ、わたしだけならいいんです。けれど、このウォールド・アビーがよそに渡るようなことにでもなったら……。いいえ、それとも誰かの身に危険が……！　は、早く奥様たちに伝えなくては」

村まで行って電報を打つつもりらしい。バンクス夫人はよろよろと立ち上がった。

「とにかく、皆はいつも通りに仕事を。この件は他言無用で」

ロレンス氏はこの場にいる使用人たちにそう告げると、バンクス夫人に肩を貸してホールを去っていった。わたしはミランダに連れられて、いつも通りの仕事をするべく階段を上がる。ミランダは家女中頭の鏡のようで、動じた様子はまるでない。

「どういうことでしょう」

わたしが訊ねると、ミランダは重たい用具入れを提げたまま、器用に肩を竦めた。

「さぁ。本当にダイアナが去っていったか、それともバンクス夫人の見間違いなんじゃない？」

わたしは暫く、仕事をこなしながら考えていた。

バンクス夫人がダイアナを別の使用人と見間違えた可能性はありえるだろうか？　夫人はダイアナを裏口まで追いかけているが、裏口の扉は内側から夫人の鍵で施錠されていた。普通の使用人だったら、もちろん施錠されている扉を開けることはできない。夜に抜け出す場合、使用人たちは窓を使う。二階に部屋がある者は難しいが、一階に部屋がある人間なら可能だろう。他に地下の使用人区画から外に出る方法としては台所の通用口があるが、台所はコックのオリバー夫人の管轄であり、そこも同じく夜には固く鍵が掛けられているのだ。たとえ使用人用階段を上がって主家の方へ向かっても、使われていない部屋は夫人が施錠しており、エントランスもロレンス氏が厳重に戸締まりをしている。一階の廊下には人間が通れる窓はなく、二階の廊下の窓なら抜け出すことはできるかもしれないが、大きく危険を伴うだろう。そういった理由で、このウォールド・アビーでは、たとえ家の主であろうと夜間に外に出ることは叶わないはずなのだ。

夫人は裏口が施錠されていることを確認したあと、すぐに使用人棟へ戻ってわたしたち一人一人を確認している。夜中だったし、慌てていただろうが、バンクス夫人は全員が部屋で寝ていたと証言していた。ダイアナを女性使用人の誰かと見間違えたのなら、全員が部屋にいるのはおかしい。誰か一人が欠けていないとならない。

そもそも裏口が施錠されていたのなら、見間違えられた人物は外に出ることができず、追いかけてきたバンクス夫人に鉢合わせてしまうはずである。それをまるで扉をすり抜けるようにして消えてしまうなんて――。

「本当に、妖精なんているのかしら」

お茶の時間に、ホールでそう呟いた。

と、アーサーを含む従僕たちは、我関せずといったふうに肩を竦めたが、マリーやアンナは、

「きっといるわよ！」と口々にそう言って、テーブルに身を乗り出してくる。

久しぶりに余裕のある時間で、ホールで大勢の人間が過ごしていた。普段は二人の令嬢に付きっきりで忙しい侍女見習いのソフィの姿もある。前の仕事場では、上級使用人たる侍女は姓で呼ぶのが普通だったが、この屋敷では彼女が令嬢付きの見習いであるせいか、みんなは親しげにソフィと呼んでいる。本人もそれを歓迎しているようで、わたしも彼女のことをソフィと

呼んでいた。

「ソフィ。お嬢様たちはどうしているの？　この話、階上に伝わってる？」

「いいえ」ソフィはびっくりしたようにかぶりを振った。「夜中にバンクス夫人が来たときはびっくりしましたけれど、具体的なことはさっき下りて知ったばかりですから。お嬢様たちはお二人とも普段通りですよ。ラヴィニアお嬢様は、今日もご体調が優れないようですけれど」

「ああ、さっきお茶を持っていったけれど、確かに顔色は良くなかったかもしれない」ミランダが頷く。「それじゃ、ソフィ、このことはまだ黙っていて」

「ええ。でも、旦那様が知ったら、どうなるか……」

「流石に侯爵様のご招待だから、途中で帰るなんてことはないだろうけれど」

この屋敷の人々にとって、妖精の失踪は一大事と呼べるものらしい。特に迷信深い旦那様たちが電報で事の次第を知ったら、どうなるのだろう。

煙のように消えた妖精――。

バンクス夫人の証言が本当なら、本当に妖精がいるのだとしか思えない。

わたしはここのところ見る、不思議な夢のことを思い出していた。

*

その奇妙な夢を見るようになったのは、エインセルと妖精の話をしてからだろうか？

仕事を終えて自室に戻った。今日は入浴が赦された日だけれど、当然ながらかなり順番を待たなくてはならない。珍しくエインセルの姿が見えなかった。仕事が長引いているのか、それとも束の間の休息を、どこかで過ごしているのだろうか？

ぼんやりと、冷たい枕に頬を押し付けていたら、なにかが聞こえた。

眼を擦り、窓辺に顔を近付けた。使用人棟の二階から見えるのは、庭園の裏側のもっとも退屈な箇所だけだった。その裏庭を、なにかぼんやり光るものが動いている。

「キャシー」

と、その光に呼ばれた。

わたしは慌てて燭台を手に取り、階段を下りた。使用人棟から廊下を通り、ホールがある半地下の使用人区画へ。そこから更に階段を上がったところにある裏口から、やっとの思いで外に出る。使用人たちが勝手に抜け出さないよう、外へ出る経路はこれしかない。前にアーサーは、ここは監獄に似ていると言っていたが、それはなにもウォールド・アビーの城塞じみた景観を指しているわけではないのだろう。

「ケイティ、どうしたの？」

裏口から外に出ると、外で煙草を吸っていた使用人たちに声を掛けられた。わたしは、散歩、と短く答えて、今にも消えそうな燭台を手に、あのぼんやりとした光が漂っていた裏庭を目指した。

既に辺りは暗い。月明かりもない。

蠟燭の火は弱々しく、なにも見えなかった。

けれど、暗闇の中で、ふらふらと蠢く光を見つける。

「キャシー」

また呼ばれたような気がした。

わたしは駆け出す。蠟燭の火が消えてしまったが、それにも構わず光を追った。

風に梢が擦れる音で、ようやく気付く。いつの間にか、森の中に入っていた。

そう思ったとたん、周囲が光に満ちた。

見たことのない不思議な光だ。万華鏡を覗いたときのような光が、周囲を取り囲んでいる。

「キャシー、来てくれたのね」

わたしの肩を横切って、少女の声でそれが言った。

それはきっと、妖精だった。

形容するなら、羽根の生えた小さな人間だ。肌が淡い緑で、身に着けている衣服も同じ色をしている。それは女性らしいフォルムをしていたが、けれど明らかに人間とは違った顔立ちをしていた。わたしは息を止めて彼女を見返す。不思議と、怖くはなかった。

「わたしを呼んだのは、あなた？」

「そうよ。あなたに来てほしいところがあるの」

「来てほしいところ？」

「あなたを必要としてくれるところ」

妖精はわたしの周囲を浮遊しながら、まるでわたしの心を読んだかのように、そう告げた。

「あなたの人生はあの小さなブリキのトランク一つぶん。いつの間にか、みんなしてあなたのことを忘れちゃう。でも、こっちに来てくれたら、そんなどうでもいいことに拘らなくたっていいわ」

「どうでもいいこと？」

「そうよ。あたしたちの国は、楽園だから」

彼女が踊るように浮遊する度に、眩い光が尾を引いて煌めいた。わたしは戸惑い、妖精の言葉を胸中で繰り返す。わたしの人生はブリキのトランク一つぶん。わたしを必要とする者はおらず、わたしを記憶するものはどこにもいない。

そんな当たり前のことが、どうして、こんなにも胸を締め付けさせるのだろう。

子どもの頃から、使用人として働いてきた。階上の人々に仕え、すべてを捧げた。けれど、階上の人々にとって、わたしたちはいないのも同じだ。妖精のように火をおこし、妖精のように部屋を片付け、妖精のように姿を消す。

そう。わたしたちはまるで妖精だ。

わたしたちが、妖精なのだ。

「そこへ行けば、悲しい思いをしなくてすむのね？」

「そうよ。ここには永遠だってある。お母さまだっているわ」

いつの間にか、涙が頰を伝い落ちていた。

大きな樫の木の根元に、ぽっかりと洞窟の穴が開いている。グロットーと呼ばれる偽物とは決して違う。奥底から眩いばかりの光を放つ巨大な樹木の根だった。わたしを待つ光。妖精は、その奥へと消えていく。

おいで。ここは常若の国。永遠の夏と、永遠の光、老いも死もなく、争いもない。いつだって鳥たちの歌声が聞こえる。悦びに満ちた島……。

わたしは声に導かれるまま、その光の中へと足を踏み入れる——。

「キャシー！」

誰かに、腕を摑まれた。

振り返ると、あの人がいた。

息を切らせて、わたしの手首を摑んでいる。

わたしは目覚めた。

水音が荒々しく跳ねる。息が跳ねて、驚きで心臓がばくばくと鳴った。

裸身を包んでいた温い湯の中で、わたしはもがくようにして、狭いブリキの浴槽の縁にしがみつく。濡れた髪が、背中に張り付いていた。

「キャシー、大丈夫？」

その声に、また驚く。狭苦しい浴室内に、エインセルの姿があった。

「わたし……」

驚愕と混乱を抱えながら、記憶を辿る。

どうやら、疲労のあまり浴槽に浸かったまま寝入ってしまったらしい。

「なかなか出てこないから、様子を見にきたの」客間女中に相応しく、レースがふんだんに使われたエプロンとキャップ、黒いワンピースの制服姿で、エインセルは優しく微笑んだ。「狭苦しい浴槽で幸運だったわね。階上の浴槽だったら、そのまま溺れ死んでいたかも」

確かに、この狭さでは溺れようがない。わたしは小さく笑った。

「けど、どうやってここに入ったの？　みんなが順番待ちをしてなかった？」

「そうね。三人くらい、表の椅子で口を開けて寝てるわよ。だからずるしちゃった」

言いながら、エインセルはエプロンを緩め、制服を脱ぎ始めた。わたしは慌てる。

「え、入るの？　ちょっと待って、すぐに出るから」

「まだ大丈夫よ。先に身体を拭くから、ゆっくりしていて」

「でも、もうぬるくなっちゃっているし――」

わたしの制止を聞かずに、エインセルは鼻歌交じりだった。汚れ一つないカフスを外し、フリルのキャップと黒いウールのワンピースを豪快に脱ぎ捨てる。ペチコートの下から、長く美しい脚を覆ったストッキングが覗いていく。わたしは絵画に描かれるような人体の曲線美というものを眼にし、しばらくの間じっと呼吸を止めていた。

「どうしたの」不思議そうにエインセルが言う。彼女は濡らしたタオルで身体を拭き始めていた。「あんまり見られると、恥ずかしいわ」

「ご、ごめんなさい」

わたしはそのとき、エインセルの美しいふくらはぎの辺りに、小さな傷があることに気付いた。彼女は、わたしの視線を汲み取ったようだった。

「ああ、これ？　火傷(やけど)の痕よ。子どもの頃、男の子と遊んだときに、暖炉の火が飛んじゃって」

「そう、なんだ」

そう答えるしかなく、わたしは視線を俯(うつむ)かせた。

「気にしなくていいわよ。話題の提供をありがとう。キャシー」

執事氏の口癖を真似て、エインセルは奔放に笑う。その口調があまりによく似ていて、わたしは小さく笑みを零した。本当に、彼女は誰かの真似をするのがうまい。

「夢を見ていたのね」

「ええ」不意に問われて、徐々に克明に記憶が甦ってくる。「よくない夢を見たの。きっと昼間に聞いたゴシップのせいね」

「どんなゴシップ？」

「ジェームズ様の新しい事業が失敗して、その負債が伯爵家全体に響いているって」

使用人ホールを歩いていたとき、家政婦室からバンクス夫人たちの会話が断片的に聞こえてきたのだ。

「それで、将来的にこのウォールド・アビーを維持することも難しくなるって話らしいわ。そうなると、土地を売ったり……、使用人の数を減らしたり、するでしょう？」

「確かに、いつまでも贅沢に、大勢の人間を雇う余裕はなくなるのかもしれないわね」

「もし、そうなったら……」

真っ先に解雇されるのは、自分なのではないだろうか、と考えた。特別な経験も技能もなく、ウォールド・アビーに未だ不慣れな新人の家女中など、雇い続ける理由はなくなる。そうでなくとも、何人かの使用人が解雇されるだろう。

「それで……。そうならないように、ラヴィニアお嬢様のご結婚に期待がかかっているんですって……。ほら、よくヒューム卿が泊まりにいらっしゃるでしょう？」

「トーマス・ヒューム子爵。ランズバリー伯爵のご長男ね」

「そう。子爵様はラヴィニアお嬢様に熱を上げていらっしゃるみたいなの。いずれヒューム子爵が伯爵位を継いだら、ラヴィニアお嬢様はランズバリー伯爵夫人でしょう。そうなれば、資産も融通が利くことになるんじゃないかって、みんなの間で話題になってるの」

「そういえば、ラヴィニアお嬢様は、ここのところずっと体調がよくないみたいだけれど」

エインセルの言葉に、わたしは頷いた。

「去年のシーズンにも倫敦に行かないで、お屋敷に残っていたのでしょう？」

「ええ」エインセルは頷く。「アリシアお嬢様の社交デビューだったのに、ずっとお屋敷に籠もられていたわ」

「アリシアお嬢様はもう求婚を受けてらっしゃるって話だけれど、まだご結婚されないのは、長女のラヴィニア様より先に結婚するわけにはいかないから？」

「それに、求婚してきたローウェル様は、土地はお持ちだけれど、爵位を持っていらっしゃらないから。ご主人様たちにも、なにか考えがあるのかもしれないわね」

使用人たちがよくするそんな噂話で、わたしは夢の話を誤魔化そうとしたのかもしれない。

俯いていると、ふと気配を感じた。

濡れた掌が、わたしの髪をそっと撫でつける。

「怖い夢なんて、すぐ忘れて消えてしまうわ。妖精の贈り物みたいにね」

すぐ目の前に、エインセルの優しい笑顔があった。

わたしは赤くなった頬を俯かせた。

「ありがとう。エインセル」

それから、言葉を付け足す。

「わたし……。あなたのこと、大切なお友達と思っているの。離れ離れになるようなことに、ならなければいいわね」

怖々と、彼女の表情を窺う。

エインセルはなにも言わず、ただ優しく頷いてくれた。

＊

ときおり、そんな夢を見る。

早朝に暖炉の火をおこして回り、何げなく窓へ眼を向ける。すると、庭園のまるい丘の上で、緑の服を着た人たちが輪になって楽しげに踊っていた。あるときは教会へ行く途中、ブナの木の並木道で、ふと頭上から呼びかけられる。眼を上げると、白いドレスを着た綺麗な女の人が、樹に腰掛けて優しげに微笑んでいた。いずれも、どうしよう、アーサーが以前言っていたように、眼を瞑って見ていないふりをしないと片眼を潰されてしまうかもしれない、と考えた。けれどそう思った次の瞬間に、わたしはうたた寝から眼を覚ます。制服の修繕をしているときや、村へ連れていってもらう荷馬車に揺られているとき、あるいは使用人ホールで頬杖を突いていたときなんかに――。

どれも夢のようで、夢ではないような、不思議な体験だった。エインセルに話すと、あなたは妖精に気に入られたのかもしれないわね、と笑っていた。マリーやアンナは、意外にも興味津々に食らいついてきて、わたしが居眠りをしそうになると、今度はどんな夢を見たの？　聞かせて！　と迫ってくるようになってきてしまった。

ふと思い立ち、教会へお祈りに行った際、ウォールド村の雑貨店でペンやインク、便箋を買った。もちろん、手紙を書く相手なんていない。それでも、わたしは見た夢の記憶が薄れてしまわないうちに、便箋に夢の内容を書き留めることにした。マリーやアンナに話をせがまれたとき、明確に思い出せるように。

休憩時間、使用人ホールの机に向かって、便箋にペンを走らせる。

前の職場では、同僚たちが故郷や恋人に宛てて手紙を書く様子を羨んだりもした。両親を亡くしたわたしには、手紙を書く相手なんてどこにもいなかったから。

だから、これは誰に宛てるものでもないけれど、不思議と心が躍るひとときなのだった。

そのうち、わたしは噂話に尾ひれが付いていくように、あるいは伝承に新たな一節が加えられていくように、夢の内容に手を加えるようになった。アンナたちが話を耳にしたときに喜んでくれるよう、より不思議で面白くするために夢を脚色していく。それは、よく読んでいたロマンス小説のようにはうまくいかなかったかもしれないけれど。

「手紙を書いているの？」

ミランダに訊ねられ、わたしは口籠もりながら言った。

「その……。物語、です……」

「へえ、作家志望？」

意外にも、ミランダはいつものように表情を変えることなく、そう言った。

そんなこと、微塵も考えていなかった。

まさか、とわたしは笑う。

使用人として生まれたものは、結婚するまで使用人なのだから。

*

ダイアナの失踪事件から三日が経っていた。

とはいえ、わたしたちの日常は相変わらず忙しない。バンクス夫人やロレンス氏は落ち着かない様子を見せてはいたが、灰と埃が降り積もるように日々の仕事は変わらずやってくる。ダイアナの件は固く口止めされていたので、わたしは律儀にその約束を守り、そのことでエインセルと話すこともなかった。使用人たちの間では、本当に妖精が去ってしまったのだと信じている者と、寝ぼけたバンクス夫人の見間違いだろうという者とで分かれているようだった。電報でこのことを知った旦那様たちはどう思っただろう。旦那様と奥様は侯爵家に滞在中で、帰る予定はまだまだ先だった。

そのとき、わたしは寝室に火を入れて回っていた。

就寝の時間になるまで、なるべく使われていない客間などにも火を入れ、屋敷全体を暖めるようにしなければ、この時期のウォールド・アビーは寒くて凍えてしまう。もちろん、就寝時間になったら、使われていない火を消して回るのもわたしたち家女中の仕事だ。わたしたちの仕事には、常に火と煤が付きまとう。

火を入れるための石炭を階下から運んで廊下を歩いていると、視線を感じた。

ぎょっとして、石炭の入ったバケツを下ろし、怖々と振り向く。

廊下の曲がり角の向こうから、それが覗いている。

小さな生き物だった。人間の子どものようにも見えるが、全身が毛深く、耳や鼻が尖っている。彼は半身を曲がり角で隠しながら、なにかを訴えるように、じっとわたしのことを見詰めていた。わたしは、震える声で言った。

「あなたが、ダイアナ？」

すると、その生き物は毛に塗れた顔を崩した。笑ったのかもしれない。

「おいら、そんな名前じゃねえさ」

「もしかして、ブラウニー？」

「ブラウニー？　なら、あんたは家女中だ。あんたは家女中？　そう呼ばれて嬉しいかい？」

「いいえ……。わたしは、キャスリンよ。ごめんなさい。あなたにも名前があるのね？」

「あるさ。でも、そんなこと、今はどうでもいいのさ、キャスリン」

「わたしになにか教えてくれることがあるのね？」

「その通り。あんたたちが、ダイアナって呼ぶあの人は、まだここにいる。だから、騒騒しいことはしてくれるんじゃないよ。おいらはいつも通りがいいんだ」

「どうして、わたしに教えてくれるの？」

「そりゃ、あんたが特別だからさ。あんたにしか、おいらの声は届かないし、おいらの姿は見てもらえない」

「どうしてわたしだけ？」

「あんたが、おいらを必要としてくれてるんだろうよ。おいらがそうであるようにさ」

わたしが彼を必要としている。

それはどういう意味だろう。

まばたきをした、ほんの一瞬だった。

もう、廊下の角に、彼の姿はない。わたしは駆けて周囲を見渡した。けれど、もうわたしには彼の姿を見つけることはできないようだった。彼がわたしを必要としなくなったからだろうか？　彼が伝えるべきことをわたしに伝えたから？

暫くの間、通り掛かったミランダに小突かれるまで、わたしは廊下で立ち尽くしていた。

＊

夕刻の仕事を終えてホールに戻ると、ロレンス氏が頭を抱えていた。いつもの眉一つ動かさずに毅然と仕事をする老執事の面影はそこには微塵も残っていない。

「どうなさったんですか？」

彼はわたしを見たが、わたしのような小娘に言っても仕方ないと判断したのだろう。小さく溜息（ためいき）を漏らすだけだった。

「我らがご主人様は、我慢ができなくなっちまったらしい」

そう言ったのは、既に酒臭い吐息を漂わせる従僕のアーサーだった。来賓がないので、彼ら従僕の仕事はもう終わりなのだろう。ビールを呷（あお）りながら、彼が笑って教えてくれる。

「旦那様たちは、予定を切り上げて、明日の昼の列車でお帰りになるそうだ」

「それが……？」

よくわからずに問い返す。アーサーはまた笑った。ロレンス氏はアーサーを窘めることすら忘れて、深く項垂（うなだ）れている。

「侯爵様のご招待だぞ。十日間の滞在予定を、いきなり切り上げて帰るんだ。その理由が、うちの妖精が家出して気もそぞろなので帰ります？　まぁ、我らが主人がそんなふうに言ったかどうかは知らないが、あの侯爵様は機嫌を損ねると死ぬまでねちねちうるさいと有名らしいんだ。地位も富もあるやつが臍(へそ)を曲げたらどうなるか、わかるだろ？」

　そこで、ようやくロレンス氏は汚い口調でゴシップを囁くアーサーを力ない声で窘めた。

　つまり、件の侯爵家とロウフィールド伯爵家の絆に罅(ひび)が入る可能性があるということなのだろう。社交界のことはよくわからないが、貴族間の繋(つな)がりはきっと重要なことに違いない。地位も富もある――、侯爵家なら尚更にそれはとてつもないものだろう。もし両家に深い繋がりがあるのなら、伯爵家の抱える財政危機に力を貸してくれるかもしれないのだ。今回のことで、それが破談になるようなことになれば――。

　そこまで考えて、わたしはあの小さな隣人がわたしに訴えてきた意味を理解できたような気がした。妖精がわたしたち人間のことで、そこまで気を回してくれるとは思えない。だから、それは考えすぎなのかもしれなかったけれど。

「明日のお昼の列車で戻られるんですよね」

「そういう話らしいな」

「それなら、ダイアナが出ていったのではないということを証明しましょう」

「証明？」

　怪訝(けげん)そうな声で、ロレンス氏が顔を上げる。

「明日の朝までにそれを証明して、すぐに電報を打つんです。そうすれば、旦那様たちは安心して侯爵家に滞在を続けられるはずです」

「しかし、どうやって。夫人の前で忽然と消えるなんて、あれはダイアナだったとしか……」

「それは……」

わたしは俯いた。

ダイアナはまだこの屋敷にいる。

小さな隣人は、そう言っていた。

その言葉を信じるならば、バンクス夫人が見たダイアナは、ダイアナではない。

あれは妖精ではなく、人間だ。

しかし、誰が、なんのために。どうやって？

この奇妙な謎を、どう解明すればいいだろう？

わたしは思い立ち、駆け出した。

わたしの知る限り、最も聡明で博識な人物は、彼女しかいない。

＊

エインセルは、いつものように小さな蠟燭の灯りで本を読んでいるところだった。客間女中である彼女は、あまり仕事がないのか、たいていの場合、わたしより先に部屋に戻っている。既に寝間着に着替えて、髪を下ろしていた。

「なるほど、それは不思議なできごとね。まるで本当にダイアナが去ってしまったみたい」

彼女は椅子に腰掛けたままこちらに向き直り、静かに頷いた。

「でも、違うの。ダイアナはまだここにいるみたいで、それは、妖精が教えてくれて……」

「キャシー、とりあえず、座ったらどうかしら」

そうだった。わたしは躍動する心臓に手を当てながら、硬い寝台に腰を下ろす。エインセルは、人差し指を自分の唇の端に押し当てた。

「唯一の出口は施錠されていて、バンクス夫人は誰ともすれ違わなかった……。面白いわね」

「面白い？」

わたしは、その奇妙な感想に目をしばたたかせた。

「だって、『モルグ街』や『まだらの紐』みたいじゃない？　こういうの、なんて言えばいいのかしらね。閉ざされた空間からの脱出？」

エインセルの言っている意味がわからず、わたしは首を傾げるしかない。

「その女はバンクス夫人に姿を見られて、まっすぐに唯一の出口へ向かったわけでしょう。でも、その扉は施錠されていて外に出られるはずがない。にも拘わらず、女の姿は煙のように消えてしまった。まるで奇術ね」

「だとしたら、人間にそんなこと、できるわけがないわ」

「できるのは、奇術師か、魔術師か、はたまた魔法使いか――」

エインセルはそこで首を傾げた。瞼を閉ざし、両手をそっと祈るように組み合わせる。見たことのない祈りの仕方に見えた。

「それとも、やっぱり妖精？」

わたしがそう訊ねると、エインセルは瞼を開いた。

それから、いたずらっぽく笑う。

「いいえ。その女は妖精じゃないわ。ただの人間よ――」

＊

わたしは暫し、ぽかんとしてエインセルを見ていた。

「事件の外見が奇怪に見えれば見えるほど、その本質は単純なもの。平凡な顔ほど見わけがつきにくいように、ありふれた犯罪ほど本当はややこしいものなのよ」

彼女の言葉は、どこか芝居臭さで溢(あふ)れたものだった。

「……なにかの戯曲の真似？」

ようやくの思いで訊ねると、エインセルは拗(す)ねたようにくちびるを尖らせた。

「あら、倫敦では流行っているでしょう。読んだことがないの？」

「よく、わからないけれど……」

「まぁいいわ。もっとも、今回の事件は犯罪とはいえないわね。人間らしいといえば、人間らしいのでしょうけれど」

「なにかわかったの？」

「ヒントは、ドングリとあなたが捨てた缶、そして夜中に客間で鳴ったベル」

「えっ」ここでドングリと缶が出てくるとは思いもしなかった。「もったいぶらないで、教えて」

「それじゃ、単純に考えてみましょう。犯人はバンクス夫人がいる家政婦室の前を通って、煙のように消えてしまった。でも、そんな芸当は無理な話でしょう」

「奇術師か、魔法使いでもなければ？」

「そうね」エインセルは微笑んだ。「けれど、もっと単純にこう考えたら？　犯人はバンクス夫人の前を通り、持っていた鍵を使って、施錠されていた裏口の扉を開けた。そうして外に出ると、同じく鍵を使って外側から錠を掛けた——」

「えっ……」

「追いかけてきたバンクス夫人は、犯人が外に出て鍵を掛けたあとで錠を確かめた。あの類の扉だと、鍵を掛けたのが外からなのか内からなのか、一見しただけではわからないわ」

「けれど、犯人はどこで鍵を手に入れたの？　鍵は普段、バンクス夫人が管理しているのよ。無断で持ち出すことは難しいんじゃない？」

「その少し前に、不思議なことがあったでしょう」

「不思議なこと……。呼び出しベルの故障？」

「そう。バンクス夫人は、呼び出しベルが鳴っていることに気付いて、家政婦室から主家の部屋を開け閉めする方の鍵束を持ち出した。その間、家政婦室には使用人区画で使う鍵束が残されたままで、もちろん、その中には裏口の扉を開ける鍵が残っている――」

「バンクス夫人が部屋を留守にした間に盗み出したの？　そのためにベルを鳴らしたのね？　でもどうやって？　ベルは夫人が施錠した客間から鳴らされていたのよ？　室内に誰もいなかったのに、どうやって鳴らすの？」

「簡単なことよ。キャシー」こともなげに、エインセルは笑う。「バンクス夫人が施錠したということは、その前なら誰にでも出入りができたということでしょう」

「そうだと思うけれど」

「やり方はこうよ。まず、長い紐を呼び鈴を鳴らすレバーに括り付けるの。そしてその紐を扉の下へと通して、廊下に先端が出るようにしておく。蠟かなにかで小さく壁に留めておくといいかもしれないわ。あとは、夜に紐を引き出して強く引っ張ればベルが鳴る。紐は千切れて、そのまま回収もできるというわけ」

「待って……。でも、そんな仕掛けがあったら、バンクス夫人が鍵を閉めに来たときに見付かってしまわない？」

「その客間は使われていなかった。暖炉に火は入れられていたかもしれないけれど、ウォールド・アビーでは、使われていない部屋の火は、あなたたち家女中が就寝前に消して回るわね」

「ええ、確かに……」

「つまり、暖炉の火は消えていて、明かりだって付いてなかった。その客間は真っ暗だったはず。そんな糸の仕掛けがあっても、小さなランプ一つだけを持ってきたバンクス夫人に見付かる恐れはない。特に彼女は、最近は眼を悪くしているようだから」

エインセルの言葉は、一つ一つが強い説得力を持つものだった。

「さて、仕掛けでベルを鳴らしたあと、犯人は廊下の影に身を隠す。そうして夫人が二階に上がってきたら地下へ下りて、家政婦室に残された鍵束の中から裏口の鍵を抜き取り、また階上へと戻って廊下に隠れる。夫人が戻ってきても、鍵束の中から鍵が一つ消えているだなんてすぐには気付かない。そのあと、犯人は使用人服に着替えて階下へ下りていく。犯人にとっては、夫人が寝室で寝ていることが理想だったのでしょうけれど、不運なことに彼女はまだ家政婦室でうとうとと仕事をしていた。仕方なく犯人は家政婦室の前を横切り、使用人区画の廊下を通って裏口へ向かう。そして鍵を使って扉を開けると、バンクス夫人が追ってこられないよう、外側から施錠した――」

「待って」わたしは疑問に思ったことを口にする。「わざわざ、犯人が二度目のときに外へ出る必要なんてないんじゃないの。最初にバンクス夫人を二階に誘い出して、鍵を盗んだときに、そのまま外へ出てしまえば姿を見られる危険はなかったはずじゃない？」

「鋭いわね、キャシー」エインセルは微笑んだ。「わたしの考えでは、まだ合図が来なかったからだと思っているの。まだ、外に出る時間ではなかった。深夜、この寒さの中、外で待ちぼうけをしていたら凍えてしまうでしょうから。だからといって合図が来るのを待ってからベルを鳴らしたりすれば、バンクス夫人が自室で寝入って、気付いてくれなくなる可能性がある。その場合、家政婦室は彼女に施錠されて、鍵を手に入れることができないもの」

「待って、エインセル。なんだか理解ができなくなってきたわ。合図？　犯人って誰なの？　その方法だと、犯人は階上にいる必要があるんじゃない？　そうだとしたら、バンクス夫人が見たダイアナは、わたしたち使用人じゃなくて――」

「その通り、わたしは、バンクス夫人が見たダイアナの正体は、ラヴィニアお嬢様だと推理するわ――」

推理。

それは聞き慣れない不思議な言葉だった。

ラヴィニアお嬢様が、ダイアナの正体？

「どういうこと？」

「合図というのは、あなたたちが見つけたドングリのことよ。外からやって来た誰かが、ドングリを放り投げて、ラヴィニアお嬢様の寝室の窓を叩く。その音にラヴィニアお嬢様が気付き、引き上げ窓を上げる。そうして、二人は秘密の会話を重ねる」

「秘密の会話？　でも、外から誰かが来たとして、二階の人と会話をしたら、大声で話さないといけないわ。誰かに気付かれてしまう」

「あら、あるじゃない。誰にも気付かれず、小さな声で愛を囁く方法が――。ここでも、長い紐が活躍するわね」

「恋人たちの電信――」

いわゆる、糸電話だ。その別名を、わたしは口にした。それはロマンス小説に登場したり、倫敦の子どもたちが遊んだりと、広く知られている。

「あ、そうか、わたしが見つけた缶って……」

「たぶん、ラヴィニアお嬢様が糸電話を引き上げて回収する際に、壁や窓などに当たって糸が抜けてしまったのだわ。それで缶だけが外に落ちてしまった。外にいた人物なら回収できたかもしれないけれど、周囲は真っ暗でしょうから、見つけられなかったのね」

「ねぇ、どういうことなの、全部を教えて。外から来た人物って誰？」

「たぶん、それは牧師館の次男、ジェラルド・ネヴィルだと思う」

恋人たちの電信。わたしの心の中で、想像は小説の挿絵のように克明に広がった。

窓辺から顔をだしたラヴィニアお嬢様が、お伽噺の一節で髪を垂らし、王子を招くように、紐で繋がったそれを垂らす。王子はそれを受け取り、姫君に愛を囁く――。

「ラヴィニアお嬢様とジェラルドは愛しあっているのでしょうね。幼い頃から、ラヴィニアお嬢様はジェラルドに乗馬を習っていたから、特別な感情が芽生えたのだとしても不思議はないわ。けれど自分は伯爵家の長女で、相手は牧師の次男の医者。まるで別の生き物みたいに、彼らの間にある理は違いすぎる」

そしてラヴィニアお嬢様は、伯爵からヒューム子爵との結婚を望まれているのだ。

「だから彼女はシーズンにも倫敦に行かず、他の紳士たちの眼に自分が触れる機会を悉く断ってきた。そうして二人の関係に気付いた旦那様はお怒りになり、牧師一家をウォールド・アビーに招待することをしなくなった」

伯爵と牧師との間にあった仲違い。

その正体は、自分の娘から身分違いの男を遠ざけるためだったのだ。

「そこで、二人は秘密の会話を重ねることにした。さっきの方法を使って、夜中にジェラルドが訪れ、ラヴィニアお嬢様と愛の言葉を重ねる。戯曲の一幕のように、月明かりに照らし出される窓辺の彼女を見上げながら。そして二人は秘密の逢瀬を行うことにした。今度は、直接に会って」

「それが、ダイアナ……？」

「侍女見習いのソフィの協力が必要だから、きっと彼女に計画を打ち明けたはず。ラヴィニアお嬢様はさっきの手法を使って、使用人出口から外に出るための鍵を手に入れた。幼い頃、地下に潜り込んで使用人たちを困らせた彼女ですもの、どれが裏口の鍵なのか知っていてもおかしくないわ。そうして、みんなが寝静まった頃にやってくるジェラルドの合図を待った……」

「お嬢様が、使用人服に着替えたのは――」

「万が一、起きていた誰かとすれ違ったり、姿を見られてしまった場合に、妖精のダイアナだと勘違いしてもらえるようにでしょうね。実際、この試みはうまくいったわ。麗しの令嬢が使用人服を着ているだなんて誰にも想像できない。その先入観もあって、目の悪いバンクス夫人がお嬢様だと気付かなかったのも無理はないわ」

「さっき、ソフィの協力が必要だって言っていたけれど……」

「部屋に戻るときには、鍵を鍵束へ戻さないとバンクス夫人に気付かれてしまうでしょう。でも、バンクス夫人が眠っているときは、家政婦室は閉ざされているかもしれない。そこでソフィの出番よ。彼女は上級使用人だから、家政婦室へ出入りをしても怪しまれない人間だわ。早朝、鍵束が使われる前にバンクス夫人の気を逸らして、お嬢様から預かった鍵を鍵束の中へ密かに戻すことができる――。これで、魔法の完成よ」

魔法の完成。

不可思議に見えた、妖精の所業。

それを、話を聞いただけで、エインセルは解明してしまった。

わたしは呆けた気分で、彼女のいたずらっぽい笑顔を見詰めていた——。

＊

時間まで猶予がない。翌朝早く、バンクス夫人やミランダに頼み込んで、時間を作らせてもらった。わたしはソフィにエインセルが聞かせてくれた魔法の一端を話し、お嬢様と話をする場を設けてほしいと告げた。ソフィは顔を青ざめさせたが、すぐに頷いた。

わたしは、いま、ソフィと共に、ラヴィニアお嬢様の部屋にいる。

ソファに腰掛ける彼女の前で、わたしはエインセルの推理を話した。

この秘密を無断でバンクス夫人たちに打ち明けるわけにはいかない。だからといって、ダイアナが出て行ってしまったのだと信じ込んで、侯爵家から辞そうとする主人たちを、そのまま黙って放っておいていいものなのかもわからない。たかが使用人の小娘には手に余る事態だった。だからこそ、わたしはラヴィニアお嬢様の判断を問うことにした。それはあまりにも身分不相応な対話だったのかもしれないけれど。

「そうね」わたしの話を聞いていたお嬢様は、けれど優しく微笑んだ。「ありがとう。お父様には、あとでわたしからお話をするわ。だから、バンクス夫人の件は勘違いだったと、すぐに電報を打つように言ってちょうだい」

「詳細を話さずに、バンクス夫人が納得してくださるでしょうか？」

戸惑うソフィに、お嬢様は力強い眼差しを向けた。

「わたしからのお願いだと、そう言ってくれれば結構よ」

「はい、お嬢様」

早速、ソフィは部屋を出て行った。

「間に合うといいのだけれど」

「あの……。本当に、話してしまうんですか」

わたしはどこか拍子抜けする思いで訊いた。

「そうね。そろそろ、潮時だとは思っていたの。わたしだって伯爵家の一員なのだもの。この屋敷や財産を護る責務があるわ」

「でも……」

わたしは、食い下がる。思い付く言葉は、なにもなかったけれど。

理が違う。というエインセルの言葉が浮かんだ。妖精と人の間には違う理があり、だから一緒にはいられない。それと似ているかもしれないとわたしは考えた。わたしたち庶民と、上流の人々の間には大きな隔たりがある。そこにある理もまた、大きく違っている。

「それでも……」

それでも、なんなのだろう。ああ、これが、ロマンス小説だったらいいのに。物語の中なら、身分違いの恋が実ることなんていくらでもあるというのに。

「十九年、この場所で生きてきたわ」

ふいに、お嬢様が言った。

「この大きなお屋敷と庭園に囲まれて、ずっと生きていくのだと思っていた。けれど、それは違うのね。このお屋敷はお父様のもので、そしていずれはお兄様のものになる。わたしは、わたし自身で居場所を見つけなくてはならない。もし、ジェラルドと共に、その場所を見つけられることが、できるのなら……」

「できますよ。きっと。ぜんぜん、できます」わたしは涙を浮かべながら、まったく根拠のない言葉を並べ立てる。「だって、わたしが好きな物語はそうなんです。愛は強いんです。身分なんて、生き方の違いなんて、そんなの乗り越えてしまうんです。本当の愛なら、そんなの、関係ないじゃないですか、お金とか、お屋敷とか、爵位とか、そんなのを飛び越えて……」

理なんて、捨ててしまえばいい。

誰かを愛したことのない階下の小娘の言葉に、どれほどの説得力があったのだろう。

それでも、ラヴィニアお嬢様は、立ち上がった。

そうして、わたしの近くまで歩んでくると、そっと手袋を外して言う。

「ありがとう。そうね。きっとそうね」

彼女の白く細い、なんの汚れも傷もない無垢(むく)な指先が、わたしの頬を伝う涙を拭う。

こんなふうに、階上の人に触れられたのは初めてで、わたしはただただ、眼をしばたたかせて、ラヴィニアお嬢様が強く頷くのを見ていた。

「けれど、凄いわね。よく考えたつもりだったのだけれど、見破られてしまうだなんて。あなたはとても頭が良いのね」

「いえ、その」

わたしは気恥ずかしくなって、正直に言う。

「実は、考えたのは、友人なんです。同室の、客間女中の子で」

「客間女中？」

ラヴィニアお嬢様は、そこで不思議そうに碧い瞳を大きくした。

「このお屋敷に、客間女中なんていたかしら？」

「え――」

「それに、あなた、新人の子でしょう。確か、バンクス夫人に聞いたのだけれど、新人の子には使われてない空き部屋をあてがった話を耳にしたから……。同室の子がいるの？」

呆然(ぼうぜん)とした心持ちで、何度かまばたきを繰り返す。

わたしは、そこですべてを知った。

誰の思い出にも留まらない妖精――。

「あの……。すみません、失礼します、お嬢様」

啞然とする気持ちを呑み込んで、わたしは部屋を出る。それから、駆け出した。転がるように、スカートの裾を踏んで身をもつれさせ階下を目指した。地下を駆け抜け、使用人棟への階段を上っていく。目指すのはいちばん奥の部屋だった。

わたしの自室。

わたしたちの自室。

わたしと、わたしの友人との。

扉を開け放つと、彼女はそこにいた。

窓辺から、午前の光が差し込んでいる。いつもの机で、読書をしていた。

レースのフリルが可憐なキャップとエプロンを身に着けた客間女中の姿だった。

「お帰りなさい。キャシー」

彼女は本を閉ざし、わたしに微笑みを向ける。

わたしは、肩を上下させながら、エインセルに言う。

「あなたが……。あなたが、そうだったのね……」

エインセルは、椅子ごと身体の向きを変えて、わたしに向き直る。

美しい唇の端に、小さな笑みを浮かべて、彼女は頷いた。

「そう。わたしが、ダイアナよ——」

＊

よくよく考えると、不可解なことは幾つかあった。

そもそも客間女中というのは、従僕を満足に雇うことのできない屋敷が、女性ならば賃金が安いということで従僕の代わりに雇う職種だ。格式を重んじるこのウォールド・アビーには既に従僕がたくさんいるのだから、あえて客間女中を雇う必要はない。

それに、わたしは仕事をしているエインセルの姿を見たことがなかった。確かに仕事のときは、担当する持ち場がまるで違うのだから、姿を見ないことは不思議でもなんでもない。しかし、階下でも姿を見かけないというのはどうだろう？　上級使用人だから別室で食事をしているのだと思い込んでいたけれど、使用人ホールで一度もすれ違わないというのはまったくもっておかしい話だ。

それに、あの夜。バンクス夫人がダイアナを見かけて動転し、使用人たちの部屋を一つ一つ確認して回ったあの夜――。夫人は、わたしの顔を確認して、すぐに廊下へ姿を消した。全員を確かめるつもりなら、わたしの隣の寝台を確認しなかったのはおかしい――。

「あなたが、ダイアナ……」

途方に暮れた心持ちで、よたよたと室内に入った。寝台に腰を下ろし、ぼんやりとエインセルを見詰める。

「ダイアナというのは、人間が勝手に付けた名前なの。だから、嫌いなのよね」わたしが困惑していると、彼女は肩を竦めて言った。「エインセルと呼ばれる方が嬉しいわ」

「どうして」わけがわからず、わたしは額を押さえた。「どうして？　だって、忘れられてしまう妖精なのでしょう？　それなのに、どうして、わたしはあなたのことを覚えていられるの？いつも、あなたを見ることができているの？」

まだ、心のどこかでたちの悪い冗談だと考えていた。けれど、エインセルは真剣な表情を見せて答えた。その眼差しを見れば、そこに諧謔の余地は一切含まれていないのだと悟ってしまえた。

「そうね……。それはきっと、あなたの心とわたしの心が、孤独だったから」

彼女は眼を伏せた。長い金の睫毛が、寂しげな視線を覆い隠したように見えた。

「互いを必要とすれば、わたしたちはひとときの間だけ繋がることができる。あなたは慣れないこの土地と、先の見えない未来に孤独を感じていた。わたしは――」

エインセルはそこで言葉を区切った。わたしは、かつて想像したダイアナのことを想起した。

長い年月、この屋敷を彷徨って、誰の思い出にも残らない妖精――。

その孤独の痛みが、わたしの胸を締め付ける。

「人間の真似をするのが、好きなの」

エインセルは、くだらない趣味を恥ずかしげに話す人間のように言った。

「人間を観察して、人間の真似をして、人間を驚かせて……。それが、わたしという存在だったのだと思う。人間を見たり、人間の書いた本を読んだり、あなたたちの時間で言えば、とても長い時間を過ごしてきたわ。色々な土地を放浪して、この場所を気に入って、ときどき、わたしのことを必要としてくれる人が現れて、その人たちを驚かせて……。生きていく意味を、貰(もら)った気がする」

けれど、とエインセルは続ける。

「人間は、もう、わたしたちがいなくても、生きていけるから。だから、もう長い間、何百年も、わたしのことを必要とする人なんて、ずっと現れなかった」

「わたしが――」わたしは胸に手を当て、身を乗り出し、勢い込んで言った。「わたしが必要としてる。だからきっと、わたしはあなたのことを覚えていられるの。わたしが一緒にいるわ。エインセル」

「いつか、きっとあなたは、わたしのことを必要としなくなる」

「そんなこと、そんなことない」

わたしは耐えきれず、エプロンの上で弱々しく組まれたエインセルの手を握った。華奢(きゃしゃ)で白く、小さな冷たい手だった。わたしはその手を強く握りしめる。彼女がここにいることを確かめるように、強く。爪のかたちも、肌の滑らかさも、記憶に焼き付けるように。けれど。

「ずっと一緒にはいられないの」

今は、こうして一緒にいられるでしょう。でも、あなたは誰かと恋に落ち、結婚してこの屋敷を出て行く。長閑（のどか）な村で、あるいは都会の喧噪（けんそう）の片隅で幸せに暮らしていくうち、わたしに対する思い出は薄らいでいく。名前も、すがたも、声も、この指の温度も、爪の当たる感触も、なにもかも。

「今は、たまたま同じ場所にいられるから、わたしのことを覚えていられるだけなのよ。もしこの屋敷からあなたが出て行くことがあれば、きっとあなたはわたしのことを忘れてしまう。きっとわたしだって、長い年月の中で、あなたのことを忘れてしまうでしょう」

「そんな……。忘れたりするはずない。わたしたち、友達でしょう」

掴んだ手を逃さないよう、更に指先に力を込めて彼女の顔色を窺う。

けれど、エインセルが眼を背けたのを見て、わたしは悟った。

友達だと。そう一方的に告げたのは、わたしだけ、だった。

勝手に、そう思い込んでいただけで。

「聞いて、キャシー。わたしたちは、あなたたちとは違うの。いつか必ず互いの価値観の違いが災いを呼んで、走る亀裂が鏡に映るものすべてを壊すように、わたしたちの世界を砕いてしまう」

いつかきっと、互いを求めなくなる。

違う生き物なのだから。

それが理なのだから。

「きっと運命なのね。そのときが必ずやってくる。その速度は、人が世界を切り開き、魔法も必要としない時代になって、どんどん早くなっていくわ。これからの百年、二百年、わたしたちは、きっと人間とすれ違うことなんてないのでしょう」

互いが、互いを求めなくなる。産業革命を迎え、人々の意識は変わった。わたしたちは妖精を必要としなくなり、そんな人間たちに妖精もまた興味を失っていった。まったく違う生き物なのだ。階上と階下の人々が触れ合うことがないように、時代が進むにつれて、わたしたちは妖精のことを忘れていく。階上の人々が階下の人間の存在を忘れてしまうように。わたしという存在の証が、どこにも残らないように……。

記憶に留まらないということは、その存在が消えてしまうのと同じことだ。

けれど、本当にそうだろうか？

そうだとしたら、誰があなたの孤独を埋めてくれるというのだろう。

「そんなのは……、嫌。そんなふうには、絶対にさせない」

わたしは喉を震わせるように言った。

「あなたのことを忘れたりなんて、絶対にしない」

聞き分けのない子をなだめるような。きっとエインセルは、そんな表情でわたしのことを見下ろしているのかもしれない。けれど、エインセル。聞いて。エインセル。

理なんて、関係ないわ。違う生き物だからって、なんだっていうの。

この感情は同じだった。ラヴィニアお嬢様に抱いた感情と同じものを、わたしは心の炉の中で激しく燃やしていた。強い感情が多くの石炭をくべて、火かき棒が炎をかき混ぜていく。この熱情は、どこまでも高まっていた。

「エインセル。わたしたちは、だって、みんな違うのよ。階上の人間も、階下の人間も、みんな違う生き物じゃない。貴族と、そうでない人間と、まるで違う価値観を持っていて、住む世界も違っていて……。それでも、うまくやっていけているじゃない。違うかもしれないけれど、同じところがあるかもしれないって、ときどき、そうやって思い出して……」

燃え上がる炎に反して、伝えたいことの半分も伝えられない。

でも、ラヴィニアお嬢様が、わたしの頬に指を添えてくださったときのように。

いつか、垣根は壊れるんじゃないだろうか。

いつの時代かはわからない。

みんながみんな、違う生き物なのだと当たり前のように知り、互いが互いを求める時代が、いつかきっと来るんじゃないだろうか。

それは、人間とそうでないものとの関係でも、きっと同じなのだ。

わたしは、そう思いたい。

だから――。

わたしは彼女を見上げる。

エインセルの碧眼が、微かに潤んでいるのがわかる。わたしはその瞳を見詰めて言う。

「物語を、書くわ」

それが、突拍子もない言葉に、聞こえたのだろう。

きょとん、と、まばたきを繰り返す彼女は、なんだか可愛らしい童女のように見えた。

「もの、がたり？」

「物語よ。わたしが、疲れた身体を休めることも忘れて、夢中になって書き綴った物語。夢のようなひととき。妖精たちとの不思議な邂逅。この屋敷で起こった不思議なできごと。あなたがそうしてきたみたいに、あなたたちのことを調べて、知って。そうしてあなたたちの物語を、たくさん綴るの。たくさんたくさん、書き綴るの。そうすれば、そうすれば……。たとえ離れても、忘れたり、するものですか……」

願うように。祈るように。

わたしは涙を零して告げる。

すると、くすくすと、笑い声が聞こえてきた。

エインセルが、おかしそうに、笑っている。

「そう……。そうね。物語って、書くものでもあったわね。よくよく考えたら当然なことなのに、そうね、人間には、それができるのね……」

「そうよ。人間が書くの。本にして何度も何度も読み返すのよ。たくさんたくさん書くの。だから、離れても忘れたりなんてしないわ」

「装丁は、どうするの？」

「えっ？」

「綺麗な装丁がいいわ。あなたが書いた本だって、一目でわかるようなのがいい。たとえば、金や銀の刺繍（ししゅう）を入れるのはどう？　わたしが好きな色なの」

「ええ……、ええ、そうね、そうするわ」

わたしは彼女の無垢な願いを耳にして、小さく笑う。

なんの確証もなく、無謀なことかもしれない。ただの家女中にすぎない小娘だ。文章を書く技術なんてないし、それを誰かに語り継いだり、ましてや纏めたりなんてすることは、できないかもしれない。

それでも、もし自分がこの世に在ったのだという印を刻むみたいに。

あなたたちとの思い出を書物に刻むことができるのなら。

「キャシー」

エインセルが、わたしに顔を寄せて言った。小さく、笑いながら。

目尻に涙を浮かべて。

「ありがとう。わたしの孤独を埋めてくれた友達。わたしを見つけてくれて、本当に、ありがとう――」

わたしは、彼女の額に、自身の額を重ねる。この想いが、通じるように願って。

ねぇ、聞いて。エインセル。

たとえわたしがこの屋敷を遠く離れたとしても。

あなたたちのことを、あなたや他の妖精、他の世界の生き物たち。それらの物語をたくさん綴ろう。あのブリキのトランクに収まりきらないくらい、たくさんの物語を。そうしてあなたたちのことを綴った物語が、きっとわたしたちの絆を繋ぎ止めてくれるのだと信じたい。

これから先、たとえ百年先であっても、人々とそうでない者たちの物語は、いつまでも美しく語り継がれていくのだと――。

〈了〉

愛は厄介な尻尾 二
秋田禎信

今は夏だが、まずは冬から語ろう。

物事には因果があるからだ。季節は連続し、そして終わらない因果の鎖だ。だから夏を知るには冬を知り、春を知るのがいい。

さて、冬についていえば、語るも忌まわしいとばかりに毛嫌いする猫もいる。

しかしそう悪いものでもないはずだ。重苦しい雨と寒さにうんざりしても、その代わりにいいものはいくつかある。午後からバス停に座って過ごすマーゴット嬢のひざ掛けが厚くなって居心地がよくなる。彼女はいつもひざ掛けを使わない時は、壁にかけている。その壁が、ポプリを置いている棚の上だ。キンモクセイとアップルとあとなにか……不思議と、分かる匂いよりも分からない匂いのほうが愛おしい。負け惜しみではない。世界にはわたしの知らない芳しさがまだまだあるのだと想像させるからだ。

ふたつめあたりからそう思うようになった。

長く生きれば生きるほど見えるものは複雑になる。世界は母親のふっくらした柔毛をかき分け、手探りで進むだけのものじゃないと分かる。

そう、世界はそれよりもう少しだけ複雑な場所だ。様々な季節について思えるほどに。春にはまだ太陽への感謝を語る者がいた。しかし雨粒が軽くなり、霧も薄くなって日差しのありがたみが薄れると、だんだんにお日様は無分別だといった愚痴が聞こえてくる。

やがて風向きが変わり夏を迎えれば、もう誰も凍えた頃のことなど語らない。

乾いた風が森を越える際、香りと水気を含んでくる。日差しは最も強くなるが紫外線に悩むのは所詮人間だけだ。わざわざ後ろ足で立ち、頭を高くして歩いているのだから自業自得といえる。代わりに彼らは帽子を発展させてきた。きっとそのために耳があんなにも小さく、さらには妙な位置に移動させなければならなかったのだろう。可哀想には思う。どうして猫以外のものは猫とは違うのだろう。哀れだ。本当に。

世界は猫にとって容易(たやす)い場所だ。

猫はウルタールにいる。ウルタール以外の全宇宙にもいる。

ウルタールは人間の村の名前だ。他に呼びようもないので、猫もこの村のことをそう呼んでいる。古くから猫のいるところだった。

わたしは今日も塀の上に寝そべっていた。日が昇って寝床から出、縄張りを歩いてからちょうどここに着くと、いい風が吹きやむ頃合いまで横の木が影を落としてくれる。その時間をここで過ごすことにしている。

マーゴットがここを通る時に、痛い腰を伸ばしてまでわたしの首を撫でていく。その時の関節のポキポキいう音と苦しげな吐息を聞きたくないので、彼女の気配がした時には塀から下りておく。そうすれば彼女はかがんだままで済む。

それ以外にはなんにも煩わされることはない。先週からジョギングを始めたマコーウィックの醜い走る姿も、目を閉じていれば見なくとも済む。アルコール臭い汗は避けようがないのが残念だが。

ともあれ完璧な場所だ。微睡みながらその完全性を堪能できる。この宇宙と、この宇宙の裏側との両方に通じる真理とはなにか。

実際のところ、猫はそれを知っている。

「猫であることより良いことなどなにもない」ということだ。

はて。猫が宇宙を知っているのか、だって?

もちろん、人間とともに暮らしている以上、人間の知っていることは猫も知っている。猫がいる以上、すべては猫のものなのだから。

そのかわりといってはなんだが、猫は別に自分のものだからといって独り占めはしない。美味しいもの以外。あと、ふわふわした寝床と、逃げるものの尻尾と……他にも何点か、何十点か、まあいくつかくらいしか占有はしない。猫は寛容を知っている。

人は、猫と自分の違いを知るべきだ。それはつまり、己の不完全なところがなにかを知るということなのだから、有益だ。人間に限らない、猫以外のものすべてに言える心がけだが。

なんにしろ猫であることより素晴らしいことはなにひとつなく、猫であることより正しいことなにひとつなく、猫より完璧なものはない。

それが分からない馬鹿者は地獄で煮られる以外にない。まあ、いるわけもないが――

「猫なんて嫌いだよ。不機嫌で、気味悪くて、役にも立たない。犬のほうがいい」

…………

なにかが聞こえた気がするが、よく分からない。あまりに馬鹿げた戯言は理解のしようがない。

なのでまったく気にもならなかったのだが。耳を向けたのは別に気になったからではない。気になっていないのだから。気にしているかのように思われるのは心外だ。気にするわけがない。気にはしていないし、気にしてない。

気にしていないわたしは偶然たまたま、声の聞こえてきたほうを眺めた。見たといっても、ほんの少しだ。ちらっと視線がなぞっただけ。わたしの寝ている塀の先、道の分かれたところあたりに人間の少年と少女が立っていた。

少女のほうは、わたしも見覚えがあった。村の子供のひとりで名前は知らない。ティカの家の子だ。

人間は総じて毛が少なすぎて、模様で見分けがつけにくい。もう少し近づけば匂いで分かるのだけど、今はその必要もなく彼女がティカの家の子供だと断定できた。何故ならティカを胸に抱きかかえていたからだ。

　恐らく少女は、ティカに同居を許してもらっている特別な人間であるということを自慢しようとしたのだろう。しかし少年はそれに感銘を受けげず妄言を繰り返した。

「猫なんてなに考えてるのか分からないじゃないか。ほら、あそこにいる猫。ぶっさいくで黙って、さっきからずっとこっち睨(にら)んでてさ。話も分からないくせに」

　死ねばいいのに。

　まったくなんの脈絡もなくわたしはそう思うのだった。純然たる気まぐれであって他意はない。崇高なる猫は人間ごときの言葉など気にしない。ただ少し、前脚の爪がなかなか引っ込まないけれど、それは別に関係ないことだ。

　実際、どうでもいい。

　わたしはまたうたた寝にもどった。一日の最も心地よい時間を、戯言に関わって無為にするような無粋な真似はすまい。二度毛づくろいをしたら爪も引っ込んだ。

　ただ、今日の分の風が吹きやむまで寝ていても、わたしの鼻にはまだ微かな違和感が居残っていた。

　あの少年だ。

　見覚えがないのはともかくとして、彼からは人間の匂いがしなかった。

「やあ、パルロ。《猫場》に来るのは久しぶりじゃないか」

二点、猫ではない者に理解できないことを説明しておこう。

想像もつかないだろうが《猫場》とは猫の場所のことだ。

猫が集まり、猫が支配する場所。一種の結界だった。猫はここに集まって情報を交換し、世界の深淵を覗き、詩や歌にもする。

時間は問わないし、場所も必ず決まっているわけではない。だが猫であればこの《猫場》を迷うことはない。誘われるでもなく、呼ばれるでもなく、ただ望めば必ず見つけられる。宇宙に定められているようにだ。猫の真理性を顕す所以のひとつと考えられている。

そしてもうひとつ。より重要なことだが。パルロはわたしの名前だ。

「やあ、コール」

わたしは挨拶を返した。この、いつつめのコールとは古くから兄弟のように育った。物心つく頃には一緒にいて、ともにふたつめの命に進んだ。みっつめになったのはわたしが先だったが、よっつめはコールが先乗りした。いつつめもだ。むっつめになるのはどちらが早いだろうか。申し合わせるものでもないが、どちらかがもうひとりを置いていくことだけは不思議となかった。

コールはずっと、この《猫場》の番役だ。決まった役目でもないが、なんとなくそうだった。

ぶすっとした平坦な顔つきが看板のようだからかもしれない。家猫のように太って大柄で、暗い灰色の毛並みが夜に溶け込むと、周りと見分けがつかなくなってますます大きく感じられる。見かけは鈍重そうだがそれどころかパンチは誰よりも速い。確かにわたしだって、誰かに重役を任せるとなればコールを選ぶ。

「気にかかることがあってね」

「いつの話だ？」

「今日の午後だよ」

わたしは答えた。あたりはもうすっかり暗い。午睡を終えて、縄張りをまた巡回してから来たのだった。

コールは舌を出して手を舐めた。

「じゃあ、疑問はすぐなくなる」

と、《猫場》の中心を前脚で示す。

わたしも、そっちの盛り上がりには気づいていたので同意した。

「そうみたいだな」

「今夜はティカの独演場だよ」

「……話を聞く前に、君の見立てを聞いてもいいか？」

という問いに、コールはまた耳を閉じて寝そべった。

「つまらんことさ。茶番だ」

「欲しいのは雑感じゃないよ。見立てだ」

「同じだよ。髭（ひげ）が湿りもしない」

論理より勘が先んじるコールとは、しばしばこうしてすれ違う。しかし今夜の彼は直感ですらなく、単にティカを——ふたつめになったばかりの若猫を見下しているだけなのは明白だった。

確かに、集会の真ん中でにわかに聴衆を得て、品位もなく大声で騒いでいるティカの姿を見れば、わたしもコールと同じように尻尾を抱えて寝てたほうがいいかという思いは頭をよぎった。しかしそうしなかったのは、それこそティカなど問題ではなかったからだ。

「問題を感じたのは、わたしの鼻なんだ」

「…………」

コールは間をおいて、片耳だけを上げた。

「それは問題だぞ。お前まで騒げば、ガキどもの空騒ぎじゃ済まなくなる」

「人間の匂いがしない子供を見かけた」

「…………」

また同じだけの時間をかけて、コールの立てた耳が閉じた。

ふんと鼻息を漏らして、つぶやく。

「そんなら杞憂だ。俺は知ってる」

「なにを？」

「人間の匂いはあてにならない。奴らはそういうもんだ。息も汗も、なにもかもが嘘でできてる。なにかを騙さずにいられないんだ」

実にシンプルだった。コールらしい。

わたしは再び《猫場》の中心に向き直った。

言った通り、そこには猫たちが集まって盛り上がっている。いつもの《猫場》と違ったのは、そこにいる顔ぶれが若い猫ばかりだったことだ。ティカは言うまでもなく、その話を熱心に聞いているのもそう歳が変わらない。普通、《猫場》を取り仕切るのはそれなりに分別を持った猫だ。しかし今日は、ティカの話題にそんなものは吹き飛ばされてしまったようだった。

ゆっくりその輪に近づいても、どの猫も振り返らない。わたしは黙って聞き入った。

「また現れたんだ！　人間の悪魔だ！　悪魔の子だ！」

ティカは真っ白な毛を逆立て、尻尾を突き上げていた。目を見開き、髭を震わせ、自分のまくし立てる警句に己自身が慄いている。

「気を付けろ！　あれをほうっておけばまた悪魔になる。きっと猫を殺すぞ！　悪魔の子なんだ！」

「悪魔！　悪魔！」

「ようやく消えたのに。王が消してくださったのに」

「いくら消しても、なくならないんだ！　悪魔は！」

他の連中も似たようなものだった。耳を立て、毛を逆立たせて口々にわめいている。

「殺される！　また殺される！」

「また澱む！　澱む！」

「澱む！　王が消したのに！　また澱む！」

ふくれた尻尾が何本もわたしの鼻先をこすった。

ふたつめの猫たちのきんきん鳴きがやかましく、さっそく辟易したものの、わたしはまだ踏みとどまった。ふたつめたちの思慮などこんなものだ——鳴き声をあげるばかりで、その声の大きさで満足してしまう。なんで鳴いていたのかも忘れてしまうひとつめよりはましだというだけだ。

いや、ましかどうかも分からない。どうせ解決する知恵も力もないのなら忘れてしまうほうがいい。

「ティカ」

わたしは声をかけたが、ティカの演説は止まらなかった。

「間違いない！　あたしは見たんだ！　間近で見た！」

「ティカ、わたしと話そう」

「あの子供は猫を嫌ってるんだ！　そんな奴がいるなんて！　可哀想に、あたしのエマは泣いて帰った！」

「ティカ、彼のことを訊きたいんだ」

「猫を憎む者がウルタールに来た！　今度は外から来たんだ！　奴は侵略者だ！」

「…………」

「止めないと殺される！　奴を消した者が次の王になる――」

「ティカァァァァ！」

わたしは一喝して、猫の群れに躍り込んだ。

パニックに囚われていた若造たちでも、わたしが二、三匹を蹴散らし、噛みついて引きずり倒せば目下の危機に対応した。わっと悲鳴をあげて暗がりや物影に逃げていく。一塊に集まっていた何色もの毛が散っていく中、わたしはティカの背中だけを見定め、追い打ちした。背後から突き倒して地面に押さえ込む。

ティカは逃れようと身をよじったが、わたしが首を噛むと観念して全身の筋肉を固めた。

騒ぎが一転、静寂に包まれる。かたかたと震えるティカに、毛皮に牙を突き立てたままわたしは告げた。

「これから解放する。だが、逃げたら今度は引き裂く」

「……はい……」

返事を待って、わたしは口を離した。

歯に残った毛を拭い取って、ティカの正面に回る。若い猫はすっかり縮こまって動かなかった。

「パルロ……」

相手が誰かをようやく理解したティカに、わたしは続けた。

「あの少年について訊きたい」

「今、話していました。今……」

言い訳のつもりなのだろう。ティカは恐怖に引きつり、しきりに鼻から吐息を漏らした。

ただそれはわたしへの畏怖なのか、それとも悪魔の子供とやらを思い出したせいなのか、わたしには計りかねた。

「お前はあれの匂いを嗅いだか？」

「嗅ぎました」

「なにか嗅ぎ取ったか？」

「いえ……子供の匂いでした」

「そうか」

わたしは失望して、かぶりを振った。

そのまま前脚を返して立ち去った。

用をなくして場を去ろうとしたところ、コールが声をかけてきた。さっきと変わらず寝そべったままだ。

「だから言ったろう。お前は考えすぎる」

「用心に越したことはない」

「どうかな。さっきの奴らを見てもそう言えるか？」

と、耳を傾けてティカのほうを指す。

確かにそうだが、わたしは認めたくなかった。

「用心と言ったんだ。妄動とは違う」

ティカはわたしが十分に離れたと考えたのだろう。起き上がって、また同じ内容の演説を再開しようとしていた。しかしティカも、そして聴衆もすっかり熱が冷めてしまっていた。話には加わらず、各々適度に離れて毛づくろいや爪とぎして身体に染み込んだ緊張を取り除こうとしている。

実を言えばわたしも、さっさと寝床にこもって同じことをしたかった。しかし足を止めて話に応じた。このまま帰っても、この指に刺さった棘のようななにかを取り除ける気がしなかったのだ。

「しかし、王がいないとああも混乱を抑えられんか」

コールのつぶやきに、わたしは同意した。

「ああ。遠方の助力を得て、積年の澱みは消えた。ウルタールは危機を脱したと同じくして使命をなくしたんだ。騒擾は王も案じておられた」

言いながら気づいた。

今夜の《猫場》が若い猫ばかりだったのは王がいないせいもあったか。経験を積んだ猫は羽を伸ばしているのだろう。

「そういえば、王はどうされたのだ？」

一昨日あたりから王がウルタールにおられないのはなんとなく察していたものの、理由は知らなかった。

コールは大きくあくびしてから答えた。

「人間が隣町に連れていった」

「なんで」

「知らない。いい病院があるらしい。尿道がどうとか。来週にはお帰りになるようだが」

「ジャスパーやバーニーは？　誰かに留守を任せなかったのか」

「いきなり人間に籠に入れられ、そのまま車で連れていかれた。なにも言い残せなかったのさ」

「病院からでは伝言も届かないか」

ため息をつく。

静かにコールが言ってきた。

「パルロ、お前は賢い猫だ。猫の中でも賢い。俺よりずっと」

「……そうか？」

「たかだか人間の子供にビクつくな。井戸のネズミだ。いるかどうか分からない獲物のために水に飛び込むべきじゃない」

「お前も十分に賢いよ」

わたしはそう言って、今夜の《猫場》をあとにした。


これで終わりにしても良かった。

不可解なことはすっきり忘れて、そのまま身を潜めておく。実際になにか起こったら思い出せばいい。実際に……実際にあの子供が再び澱みを生むようなものだったとして、手始めに殺されるのがわたしということはあるまい。そういう人間は猫の区別などつけない。最も近くにいた猫からやっていくだけだ。

最初はティカだろう。そう思った。

夜が明けてから口の中に、噛んだ首の味がじわりと蘇った。というより口の中に残っていた毛でくしゃみした。強がっていてもまだか弱く、震えていたティカを思い出した。

それで考えを変えた。不承不承、いつもの巡回コースを外れてあの子供を探した。

ウルタールは必要十分な世界だ。広すぎることはない。すぐに見つけることができた。

ティカの家から裏手の生垣をくぐって、排水の溝を飛び越え、原っぱを進む。途中、バッタが顔の前を横切っていったがそれには目もくれなかった。二十秒ほどしか。

ジョギングするマコーウィックはすっかり足を引きずって、歩くわたしのほうがよほど速かった。並走すればするほど彼の悪臭を我慢しなければならない。人間の飲むアルコールの息だ。マコーウィックは特によく飲む。よく、真夜中頃にはいつもパブからふらついて帰途につくマコーウィックを見かけた。その時のほうが、今よりよほど足取りがまともだった。

どうにかマコーウィックの行く先と別れることができてから、わたしは深呼吸して気持ちを改めた。目的地に着く。古くからあるパン屋の塀に、崩れたところから駆け上った。

その時に声が聞こえた。

「あーあ」

声というより、ため息だ。それも人に聞かせるための。

ティカの家の子供だった。わたしは彼女の声を聞きながら、そのまま店の屋根に飛び移った。風が吹くのに合わせて着地したので足音はしていない。あとは忍び足で見晴らしのいい出窓の上に移動した。

「いっつも悩みが尽きない。ママに、今週分のスコーンを買ってきていいって言われてるの。一個を六等分して一週間分ね」

「少なくない？」

「ママが決めたんだから仕方ないでしょ。日曜はデザートがあるからノースコーンデーだし」

少女は一方的に説明を続けていた。

わたしは屋根の陰に隠れながら、パン屋の前で話しているふたりの子供を視界に入れた。

女の子と、例の少年だ。

ティカは、少女が泣いて帰ったと言っていたが。彼女はもう機嫌を直したのか、それとも母親に、そんなことで邪険にするなと叱られたのか、とにかく今日も彼といた。

わたしもあれからそれなりに、この少年の噂は集めておいた。見覚えがなかったのも当然で、彼がウルタールに来たのは昨日のことらしい。ティカの家の人間たちは遠い親戚だとかで、彼と彼の母親とを世話しているそうだ。

少年と母親は空き家のひとつを借りて住む予定だとか。大人たちはその家の掃除で忙しいので、娘に彼を案内するよう命じたようだ。

彼女はともかくとして少年は、あまり本意ではないように見えた。といっても今なかなか返事できずにいたのは単に呆気に取られていたからだろう。

「……買えばいいんじゃないかな」

ようやくそう言った少年に、彼女は問題を提起した。

「だけど、今週の分を我慢すれば来週はチョコスコーンにアップグレードできる」

「試してみたことあるの？」

「ない。夢に見たことはある」

少女は腕組みしてぶすっと、人生の難問に対峙（たいじ）している。具体的には懐の紙切れか金属片の価値と、甘いお菓子の交換についてだ。

確かに難しい問題ではある。どれだけ望んでも騒いでも、手に入るものは増えようがない。ネズミは無限にいるようでそうでもないのだ。

「どうしたの？」

が、少年は明らかに興味がない顔で空を見上げていた。そして突然、はっと身構えた。

少女に問われて彼は、あたりを見回した。

「また猫がいる」

彼がこちらを見やる前に、わたしは耳を引っ込めた。

驚いた。見つかると思っていなかったからだ。

やはり、ここの子供たちとは勝手が違う。ウルタールの人間は猫がいることを気にしない。どこにでもいるからだ。彼は違うのだろう。どこから来たのか知らないが、そこはウルタールほど猫がいる場所ではなかったようだ。

狼狽（うろた）える少年に、少女が吹き出した。

「あなた、猫が嫌いっていうより猫が怖いんじゃないの？」

「そんなわけないだろ。猫なんてなんにもできないし、役立たずだし」

少年は抗弁した。ぶつぶつと続ける。

「役に立たないのは家族にいる必要ないんだ。力もなくて、なんにも分かってないようなのは」と、彼は指さした。

「ほら、やっぱりいた！」

示したのは路地のほうだ。こっちではない。

猫が一匹、声をあげる少年のことなど気づいてもいないような態度でふらっと姿を現した。猫を見て、彼はますます顔を険しくする。

「黒猫なんて縁起もよくない」

「黒くない。灰色よ」

「でも、気味悪い」

ふたりが言い合っている猫のことを、わたしはもちろん知っている。

ジャスパーはななつめの猫だ。

ウルタールでも古株の一匹だった。最古老ではないが、最も敬愛される猫のひとりだ――王を除けば。

濃い灰色の毛並みはいつも滑らかで美しく、影そのもののように俊敏で捉えがたい。賢さは言うまでもない。

こんなところでジャスパーに出くわすと思っていなかったので、わたしも面食らった。わめく少年を気にせず、ジャスパーは近づいていく……一瞬、肝が冷えた。あの子供が本当に悪魔であったら、と。

しかし、だとすればむしろそんな簡単に化けの皮を剝がされるものでもないだろう。ジャスパーは軽い足取りで少年の前を横切った。縁起を言われたのを意趣返ししたのかもしれない。子供の悪態を浴びながら、ジャスパーはふたりの間を抜け、また茂みに飛び込んだ。姿を消して、そして……

「パルロ」

わたしは思わず飛び上がりかけた。それはせずに首だけ向き直ると、わたしの背後にジャスパーがいた。道の向こう側に消えてからまだ少しも経っていないのに。相変わらずの素早さだ。

「ジャスパー」

どぎまぎするわたしに、ジャスパーは軽く額を撫でて横に腹を置いた。洗顔を続けながら、言う。

「まさか、お前がとは」

「……噂に？」

「コールが気にしている。わざわざわたしに言いにきたほどだ。お前らしくないと」

「可哀想だと思って」

言い訳というわけではないが、わたしは早口に言い切った。

言葉足らずに過ぎたのだろう。ジャスパーはきょとんと前脚を止めた。

「誰がだ？」

その問いがあるということ自体が、わたしの行動がらしくないという意味なのだろう。

ややうなだれて、尻尾まで屋根に下ろした。つぶやくように答える。

「ティカが。あんなに愚かで弱いのに、殺されるのは可哀想だと」

くっくっと、ジャスパーが笑った。

「お前もすっかり守る立場になったか。歳を取ったな」

「わたしは、悪魔を知りません」

「……うん？」

これもまた通じなかった。本当に、らしくない……のだろう。

繰り返すまいと、わたしは気を取り直した。猫らしく、すべては的確に、俊敏でなければならない。

「どの猫もです。澱みなら知らぬ者はない……けれど、あの澱みになったのがどんな者だったのか、実際には見ていない」

「ふむ」

「だから、正しい兆候も分からないのです。若い猫の軽挙だと笑えないところがあります。誰しも、ウルタールの歴史そのものより若輩なのですから」

「正論だな。お前が感じたものはなんだ？」

「匂いです。離れていたので、確かではないですが……」

「お前の鼻なら確かだ」

「そうでしょうか。今はただの子供の匂いに思えます」

今日はあの少年に違和感を覚えていなかった。

ジャスパーはその答えを吟味するようにしばし黙考した。そして。

「そうか」

とだけ言ってから、完全に寝転んだ。

並んではいても、少年を監視しているわたしとは違って日光浴にひたる。

失望させたのだろうか。わたしは小声でうめいた。

「わたしは愚かでしょうか」

「そうは思わない」

「しかし、ありもしないものに怯(おび)えるなというコールのほうが正しく思えます」

「それは、コールのほうが正しければコールのほうが正しいのだろうな。いかにも意味のない話じゃないか」

ごろごろ言い出すジャスパーが、ふと目を開いてわたしを誘った。

わたしは恐る恐る手を出した。ジャスパーの毛を踏んで、舐める。ジャスパーもわたしの耳に毛づくろいを返した。

「あの少年のことはわたしにも分からない。が、お前の鼻については助言できる」

ジャスパーの言葉にわたしは耳を立てた。

「というと？」

「異変はあの少年にあったのではない。お前だ。そろそろ嗅ぎ分ける頃合いだったのさ」

「頃合い？」

謎めいた物言いに疑問ばかりだ。ジャスパーは手を止めて種明かしをした。

「むっつめになる日が近づいているのだろう。なれば、人間の心を嗅ぎ分ける」

「…………」

わたしも止まった。

「では、わたしが嗅いだのは」

「あの少年が発する、この村の子供にはあまりない……なにかだろうな」

「今は感じません」

ゆっくりと身を起こして、少年を見下ろした。

ふたりはもう別の話をしている。少女がしきりにマフィンについて語りたがったので、彼はすっかり退屈していた。彼の心はすぐ読めた。が、匂いではない。表情で分かるだけだ。この退屈な村にはマフィンの話題くらいしかないのか？　と。

それ以上はなにもない。もちろん、倦怠くらいで悪魔にもなるまい。

わたしの毛に彷徨う動揺をジャスパーがつくろってくれた。それと、言葉とで。

「わたしの鼻も、あの少年に特段のものは感じないよ」

「心。人間の」

人間にも心があるのは知っている。ひとつめでもなんとなくは察することだ。ねだれば食べ物をくれたり、毛並みを整えさせたりできる。扉の前で鳴けば開けてもくれる。鈍重なただの装置でもそれはできるだろうが、人間には気分があって、それをしてくれる時としてくれない時がある。嘘もつく。だから心はある。

しかしそれは想像上のものだった。鼻で嗅げると言われてもにわかには信じがたい。感じられるということは、心を確信するということではないか。人間の言う神のごとくに。

「人間の心には、どういったものが？」

わたしの問いかけに、ジャスパーは立ち上がり、語った。

「驚くかもしれないが、人間の心のほとんどは愛だ」

「愛」

思わず尻尾が振れた。うめく。

「尻尾もないのに、愛を知るのですか」

「そうだな。人間は尻尾もないのに、愛を知っているよ」

「尻尾がないのに」

愛は厄介な尻尾だ。

猫であればこの言葉の意味を知らずにいられない。

ひとつめの猫にとって最も身近な友は尻尾だ。どんな時も尻尾がともにある。勝手に動いてどこまでもついてくる。

ふたつめにもなればその欺瞞(ぎまん)に気づく。いくら思ってもいない動きをする愉快な奴に見えたとしても、尻尾は所詮己の身体の一部なのだ。噛みつけば自分が痛い。

宇宙に自分はひとりぼっちなのだろうか？

猫ではない可哀想な種族でも、この疑問に突き当たって孤独を知る。

独りであることが孤独なのではない。孤独かどうかを知るのは自分しかないことが孤独だ。尻尾遊びも役に立たない。そして気の置けない仲間を得ても、伴侶や可愛い子猫たちの世話をどれだけ焼いても、結局は尻尾と変わらない。

だから。愛は厄介な尻尾だ。と猫は知っている。

「心が嗅げるなら何故、あの少年を分からないと言うのです？」

わたしには理解できなかった。ジャスパーが間違うとも思わないが。

ジャスパーはまた笑った。

「結局のところ、澱みは愛から生まれた」

その笑みは風のように消えてしまった。最初から笑いなどしなかったように。感触だけを残して。

「……だから兆候などというものはない。生きている限り心は澱む。大抵の人間は最悪になる前に死ねるが、常命の運命すら歪ませるほど崩れてしまうこともある」

「尻尾がないせいですか」

我ながら、本気とも冗談とも分からないことをつぶやいたが、ジャスパーは案外真に受けたようだった。

「かもしれないな」

うなずいて、続ける。

「尻尾のない人間は、孤独を知るまでもなく孤独だ。悪魔の資質とはそれなんだ。しかし、だからこそ、愛を求める。求める力はそのまま知る力となる。知れば変わる。人間よりも恐ろしいものでさえ、伴侶を得て変わるやもしれない。それは愛か？　澱みか？　天と地ほどに違うものか？」

「既に、知ってしまっているわたしたちは」

「変わらないのだろうな。鮫や、竜と同じく」

ジャスパーはただ、静かにそう言った。立派なひとりの猫が誇ったのか、それとも独りの囁きだったのか、やはりわたしには分からなかった。

　ふと思い出したように付け加える。

「そういえば、王は己の所有する人間のことを自分の飼い主と呼んでいるよ」

「……聞いたことは。奇妙な考え方をされるとは思ってました」

「わたしは実際、問うてみた。王は、それは変わらなくていい、変わらないことしか我々にはできないと」

　そうして最後にこれだけ言って、去っていった。

「やはり屋根は暑い。熱い屋根の猫なんて異国の駄洒落じゃないか。木陰を探すよ」

　現れた時と同じく、疾く消えた。

　わたしは改めて屋根から顔を突き出した。長話をしているうちに子供ふたりはとっくにいなくなっていた。

　熱い屋根の上にわたしだけ。厄介な尻尾が勝手に振れて、わたしの視界の端をかすめていった。

　もうあの少年を追う理由はなかった。

　人間を危ぶむのは意味がない。ジャスパーも、コールもそう言った。わたしだって分かっていた。

　それでもやはり、翌日も、その翌日も巡回コースから逸れ、少年を探した。

いちいち隠れることもしなくなり、少年の見える場所でわたしは寝そべった。わたしを見つけて少年はうめいた。他の猫を見た時も、やはり声をあげた。二日目を過ぎると少年は、ひとりで村を歩くようになっていた。猫を見るたびに悪しざまに言う人間は、このウルタールでは異質だ。人間は異質なものを孤立させる習性がある。

わたしにはどうもそれがよく分からない。他の猫たちも分からないと言う。孤立のなにが嫌なのか。所詮宇宙に独りだというのに、小さな集団を組まなければ寂しいのか。

猫も群れは作る。仲間を守り、見回り、お産と育児を手伝って、王に仕える。だけれど誰ひとり、自分と身体がつながった者はいない。尻尾ほどにすら親密にはなれない。

愛か。

生から溢れて澱むほどの。

尻尾の代わりに呪いを抱えた人間たち。

わたしは、自分の尻尾と話がしたかっただけかもしれない。

別にわたしを咎(とが)める者もいない。猫は仲間の奇行をいちいち咎めない。無視するか、加わるかだ。

そのうち、通りかかった猫が噂を持ってくるようになった。

「あれは呪いを避けるためにここに来たのだそうだ」

小川の縁でなにをするでもなく立っている少年を見ていた時に、通りかかった猫が耳打ちしていった。

「呪い？」

「邪悪な血の契約を破棄できなかったとかなんとか……」

鉤尾（かぎお）のジョバンニは他の猫をからかうたちでもない。

わたしは問いただした。

「避けるとなると、あれは贄（にえ）なのか？　捧げられた者か？」

「そうなのかもしれない。ひ弱そうだ。ネズミも捕れそうにない」

「それは大抵の人間はそうだ。いくら獲物を持っていってやっても悲鳴をあげるばかりで」

変わることが人間の性質なら、教育だってできそうなものだが。まあそれは関係のない話だ。

「まだ続けるのか？」

ジョバンニもまた訊いてきた。

わたしは同意とも逆ともつかず、ただこう言った。

「ふと思うんだ。わたしたちは人間の見えない世界を見ている。同じように、わたしたちに見えない世界を彼らも持っているのかも」

それを聞いて、ジョバンニは鼻で笑った。猫たちの普通の反応なのだろうが。

「人間は単純だ。人間はなにも猫に隠せない」

と、話は罵声に遮られた。

「ご、ごめんなさい」

少年が謝っている。彼の前に、マコーウィックが尻もちをついていた。息が上がってろくにしゃべれないが、汗だらけの腕を振り上げて怒鳴り散らしている。

「ふ、ふざけんな！　どこのガキだ！」

どうやら、今日もジョギングをしていたマコーウィックに少年がぶつかったのだろう。少年はこのところ心あらずだった。

「ごめんなさい……すみません！」

猫に悪態をついていた時とはまるで違って、少年は今にも泣きそうに後ずさりしている。

それを見てジョバンニがつぶやいた。

「対処としては間違いだな」

「そうだな」

わたしも同意した。なにがあろうと、仮に自分が悪かったとしてもマコーウィックに謝ってはいけない。ますます図に乗って怒らせるだけだ。

ジョバンニは続けて言った。

「生まれて五十年、一度も走ったことのないようなあの飲んだくれが必死にジョギングしてるよ。どうしてあれが先週から走るようになったか、知ってるか？」

「いいや」

「あいつは因果を侮ってた。その報いを受けてる」

ややや意地悪い口調で、ジョバンニは曲がった尻尾を身体に巻き付けた。

「昔、シングルマザーを口説くのに生意気な息子が邪魔だからって、ミリタリースクールに送るよう世話した。で、うまくいって結婚した。それから十年経って人を殺せる訓練をみっちり積んだ大男が帰ってくるわけだ。来週」

その焦りもあるのか。マコーウィックの怒りはやや危険域に近づいているように見えた。いつもならひとしきり大声を出せばそれなりに満足するところを、逃げたがる少年を捕まえて怒声が止まらない。

「まったく、気味悪いガキだ！　なに考えてるかも分かりゃしねえ。どこの野郎だって訊いてるんだ。答えられないのか！」

一応、助け船を出すべきか？

わたしとジョバンニが目配せしていると、また新たな声が加わった。

「なにやってんだい！」

マコーウィック夫人だった。

彼女を連れてきたのは、あのティカの家の少女だ。近くから声を聞きつけてきたのだろう。

少女のことは目に入っていなかったろうが、夫人を見てマコーウィックはそれこそ猫のように飛び上がった。

「お、お前！　なんで……」

「なんでもあるか！　村中聞こえるような大声出して！」

「だ、だってこのガキが……俺が一所懸命やってるのに、馬鹿にしやがって」

「なにをさ！　あんたが自分で赤っ恥さらして回ってんだろ！　樽(たる)みたいなのが泣きながら村中を転がってるって笑われっぱなしだよ！」

「うう……う」

さんざんに言われて、マコーウィックはとうとうその場にへたり込んだ。

「もうやらん！　もう絶対走らん。一番褒めて欲しいから結婚したのに！　二度とやらん！」

「助かるよ！　変に健康になんかなって、あんたわたしより長生きしたらどうやって生きてくつもりだよ！　死んだあとの心配なんかさせんじゃないよ！」

泣き崩れた夫を引きずって、夫人が道を引き返していく。

わたしはそれを見送ってから、なんとはなしにつぶやいた。

「愛、か」

「なにが？」

疑問の声をあげるジョバンニに、わたしは首を振った。

まあ、どうでもいいことだった。人間のすることだ。

うるさいマコーウィックはいなくなったが、まだ少年は泣いたまま残っていた。少女が寄って、やや戸惑いながらも彼の肩を撫でてやっている。

「う、あああ、あああ！」

少年はただただ、引きつって泣くばかりだった。助けを呼んでくれたのだろう少女に礼も言っていない。しかし無礼というより、そんなことすらできないくらい明らかに我を失っていた。

「ああまで泣くものかね」

ジョバンニが言う。

わたしには答えようがなかった。そういう子供もいるかもしれない。ただわたしはまた、少年からあの匂いを嗅ぎ取った気がしていた。


少年が泣きやむまでに、それなりの時間がかかった。ジョバンニはあくびを五度ほどしてからいなくなったし、日もかなり傾いた。風も涼気を帯びた。

どうにか呼びかけにうなずける程度に回復した少年に、少女はぽつぽつと話しかけていた。

「マコーウィックのおばさんが、迷惑かけてごめんなさいって、お小遣いくれたの。あなたとわたし、両方によ。これで悩みなんてなくなった。チョコスコーンを山ほど買える。プレーンならもっとたくさん。どっちがいいかな。どっちにしよう。決められない」

四角い紙を手に、少女は次第に顔を暗くしていった。

「……そうか。どうなっても人生から悩みはなくならないのね」

「ごめん。ありがとう……もう平気」

　連れ立って、マコーウィック夫妻とは反対の方向に歩いていくふたりに、わたしはついていかなかった。

　もう、そうしなくていいと思ったのだ。いつもの寝床に帰り、寝た。翌日は元の巡回コースにもどった。塀の上で寝そべるわたしをジョバンニとコールが見つけ、なんだ飽きたのかと言った。わたしは答えなかった。

「確かに、あの泣き虫じゃあ悪魔にはならないよな」

　ジョバンニがそう言った時だけ、わたしは反駁した。

「理由があって泣くのは、弱いのではない」

「……なにか知っているのか?」

「いや。ただ、すべきことは分かったから、もう見る必要がない」

　次の日には王も帰られた。

　浮足立った猫たちも落ち着いてウルタールには平穏がもどった。

　なにもない夏の日が繰り返し、日差しに陰りが感じられるようになれば秋だ。また冬のことを思い出す。

　少年の姿を一度も見かけなかったわけではない。むしろ日に一度くらいは目に入った。少年は相変わらず猫を見るのも嫌がったが。少女や友達はそれに慣れたようだった。異質が再び子供たちの輪にもどれたのは、マコーウィックのおかげかもしれない。あの飲んだくれに泣かされるという共通の通過儀礼を受けたからだ。

そういえばマコーウィックの義理の息子は村に来たが、あの男は殺されなかったし、適度に痛めつけられもしなかった。息子は母親や家族に礼儀正しく接し、短い休暇を過ごして都会に帰っていった。彼には輝かしい未来があって、もうウルタールは過去になっていたのだろう。

あの日以来マコーウィックはジョギングをしなくなったが、酒も控えるようになったらしい。以上が、次の秋分までウルタールに起こったすべての出来事だ。少女が一週間で臨時収入を使い切って親に叱られたのは数に入れていない。

そして夜が存在を増そうという時期に、わたしの待っていたものは姿を現した。悪魔ではない。

しかし悪魔じみた轟音（ごうおん）で、ウルタールの外から走ってきた。

わたしはその夜、少年の家にいた。

正しくは家の裏手にある木の上だ。土砂崩れのような激しい音は遠方からでも分かったし、それが近づいてくるにつれ、闇夜を切り裂く光も届いてきた。

車だ。その音と速度は、ウルタールではあまり見たことがない。

石の舗装路をがたがた跳ねながら走ってくる。家の裏口が開いて、少年が外に出てきた。物音に驚いて……という風ではない。彼にとっても予定通りだし、わたしにとってもそうだった。数日前、母親のいない時にかかってきた電話の声をわたしは窓の外から聞いていた。少年は電話の相手に何度か時間を確認していた。それが今の時刻だ。

この季節にはまだ早いと思える厚手のセーターを重ね着しているのは、少年の精いっぱいの旅装なのだろう。車の旅になると分かって用意したなら、人間にしては頭のいい子だ。だったらなんで体毛をなくしたんだとも思うが。

いや、車のほうから指示されたのか。ウルタールの道をそれほど迷いなく進んでくる車を、わたしは上から見定めた。真っ赤な車なので目立つ。なにを考えてそうなっているのか、屋根がなかった。ウルタールでよく見る車とはまったく似ていない。雨の日にだって出かけなければならない人々ではなく、道楽者が乗る車だというのを聞いたことがある。屋根つきのガレージ(猫には心地いい場所だ)を持っている者でないといけない車だとも。つまり人の中でもたくさん物を持っている種類の奴らだ。

そうした人間の車はぴかぴかで速い。というものなのだが、今見ているそれはまた少し違っていた。あちこちに凹(へこ)みがあるし薄汚れている。外に置いていたのだろう。後ろの席には大きいバッグが何個も積まれていたし、なにより車を動かしている男に違いがあった。物を持っている人間は、あんなに必死の形相で車を走らせたりはしない。

まるでなにかから逃げているような顔だったが、追っ手はいない。あるいはその男にしか見えていない追っ手がいるのだろうか。後者は案外ないでもないのではないかとわたしは思った。

車は家の裏で停まった。そこには少年が待っていた。彼は車の男を見るなり声をあげた。

「パパ！」

男は返事しなかった。ただ手を伸ばして助手席の扉を開け、少年を促した。

母親も異変に気づいて、家の中で少年の名を呼んでいる。

だが間に合わないだろう。少年は車に乗り込み、そして男は車を走らせた。

車は来た時と同じ勢いを取り戻し、たちまちにウルタールを通り過ぎた。明かりもない道をうなりながら抜け、登りの山道に入っていく。もっと広いところに向かうための道だ。王が連れていかれた隣町よりももっと、ずっと遠くに行く道へ行くための道。道のための道。

わたしは車が停まった時に、バッグの積まれた後ろの席の隙間に飛び込んでいた。幸い男も少年も気づかなかったようだ。木から飛び下りた時に体勢が逆さまになってしまったが、どうにか立て直す。

「パパ！　パパ！　来たんだね」

少年は興奮して男に呼びかけている。

男も熱っぽくうなずいた。

「ああ。来たぞ。来てやった」

「ぼく……待ってたんだ。分かってた。ほら、パパはお酒飲んでない。車も運転できてる」

「そうだ。大丈夫なんだ。俺は大丈夫だって言っただろ」

「ママには黙ってた。きっと信じないから。でも……大丈夫なんだったら、もどって会ったら、分かってくれるんじゃ」

「あいつを信じるな！」

がん！　と激しく車が揺れたのは、ガタガタ道のせいじゃない。男が力任せにハンドルを叩(たた)いたのだ。

「あいつらは……俺を……痛めつけるために！　監禁して。俺を。この国の男を辱めようと……お前は、同じ目になんか遭わせてたまるか！」

「でも、パパ」

「うるさい！　お前のためなんだ！」

返した平手が、少年の顔をはたいた。

こんなに騒がしい車の中で、静寂というのもおかしいが。でも確かに静けさが世界を凍らせた。

少年からははっきりとあの匂いがした。

「パパ……治ってない。病院から逃げてきたんだ」

「…………」

男は答える気がないようだった。

少年が、横から彼の腕にしがみつく。

「パパ……パパ！　駄目だよ。そんなの。ママは言ってた。絶対にパパは治るって」

「黙れ」

うなるように声を漏らし、男は少年を睨みつけた。

わたしはそれを鏡で見ていた。車の脇にある小さな鏡だ。その小さな世界に、男は映り切らないほど大きくはみ出していたが、顔のどこが映っていたとしても分かるほど引きつっていた。

「信じるなと言ってるんだ！　あのクソ女を！」

「ママのことそんな風に呼んじゃ駄目だ」

「なんでお前は分からないんだ！」

「帰る！　帰ろうよ！」

子供は身体を縮め、外を見やった。

しかし言うまでもなく走る車の上だ。屋根がないので飛び出そうと思えば飛び出せるが。少年には無理だろう。

だから男はわざわざ少年を捕まえもしなかった。横目で震えながら鼻で笑う。

が、少年の一言で雲行きが変わった。

「嫌なのから逃げたって、逃げるところなんかないよ」

「…………」

男は息を呑んだ。

勢い込んで少年は続ける。

「だから帰ろうよ。帰ろう……」

少年の訴えに、止めていた息を男が吐いた。

そしてそのまま、こうつぶやいた。

「……本当にお前は俺の子なのか？　本当に？」

「パパ？」

「嘘なんじゃないのか。あの女、俺を騙してたんだ。お前も嘘なんだ。治る？　俺のなにを治すんだ。あの女も、お前も、医者も、警察も、どいつもこいつも嘘ばっかりだ」

それが発していたのもあの匂いだった。

宇宙にはひとつ真理がある。

猫であることより良いことなどない。

何故なら猫はそれを必ず信じるからだ。

人間はそうではないのだろう。脆い心を大事に抱えて頼りもなく生きている。

そして大事にすらできなくなるほど弱くもなる。

これは心が崩れる匂いなのだ。

わたしは後ろの席で、音を立てず鞄の上に位置を変えた。

タイミングを計る。

わたしはきっと死ぬだろう。

これが、猫が死ぬような価値のあることなのか、それは分からない。王ならぬわたしには、猫が死すべき時など知りようもない。

だが仕方がない。わたしは猫なのだ。己より弱いものを支配する。わたしの支配下において、この匂いは嫌いだから禁じる。

蛇のように曲がった道。車は速度を落としていた。大きく右に曲がろうとするのをわたしは待った。

そして後ろの席から跳躍して、男の頭上に飛びかかった。

男がどれほど慌てたとしても、猫からすれば重い、芋虫のような動作だ。わたしは男の瞼に爪を立てた。車は回転し、わたしは外に投げ出された。

あとのことは知らない。身体になにかが当たったのか、なにかに身体が当たったのか。深い、深い暗闇に包まれた。


ウルタールが初冬を迎える頃、わたしはマーゴット嬢のひざ掛けの上で寝返りを打って、撫でるべき場所を彼女に指示して午後を過ごした。去年と比べても彼女はあまり動かなくなってきた気がするが、ひざ掛けはいい香りだし、言葉はしっかりしている。今日はわたしに、ひ孫のことを語っていた。

「そうだねえ。ちょうど、あんな格好だよ。あたしに分からないことでずっと騒いでる。でもいいんだ。あたしには分からない玩具買うんでも、お金は一緒なんだから、喜ばせ方は簡単さ……」

人生で変わるものと変わらないものとを知っているマーゴット嬢は、人間にしては悪くない話し相手だ。

と、不意にマーゴットが身動きした。わたしを押しのけるほど無粋なことではなかったが。

見ると彼女の足元に、ボールが転がってきたのだった。離れた空き地で遊んでいる子供たちの投げ損なったものだ。マーゴットがそれを拾うと、子供たちのひとりが取りに近づいてきた。

「ごめんなさい、お婆さん」

「気を付けてね。道のほうに投げちゃ駄目よ。ここ、バスが通るんだから」

「はい」

あの少年だった。

後ろから少女も駆け寄ってくる。ただ彼女はボールより、単にわたしを触りたかったようで、軽く腹を撫でていった。

ふたり、話しながら仲間のところに走っていった。

「あの猫、元気になったんだね」

「そうみたいだ。怪我のことも忘れちゃって、呑気なもんだよ」

「マシューが連れて帰ってきたんでしょ？」

「……事故のあと、道に倒れてたの見つけて」

「猫嫌いなんじゃなかったの？」

彼女の問いに、少年は立ち止まって振り向いた。

そして少し考えてからこう言った。

「猫は嫌いだよ。今も、前より嫌いなくらいだ。でもここは猫だらけなんだから、逃げるのは……きりがないし、嫌だ」

よくは分からないが、あの少年には尻尾が生えたのかもしれない。

そういえば言われて思い出したが、わたしは死ななかった。まだむっつめになってもいない。

わたしの鼻も変わらない。おかげであの匂いが本当にしなくなったのかどうかも見失ったが。

なんにしろウルタールも宇宙も、なにも変わらない。

けれど急ぐ必要もない。どれだけ速く走ろうとも厄介な尻尾はついてくる。

それでいい。変わらぬ場所で昼寝をしていれば、このウルタールの時は豊かに過ぎていく。


〈了〉

魔法使いの嫁
The Ancient Magus Bride

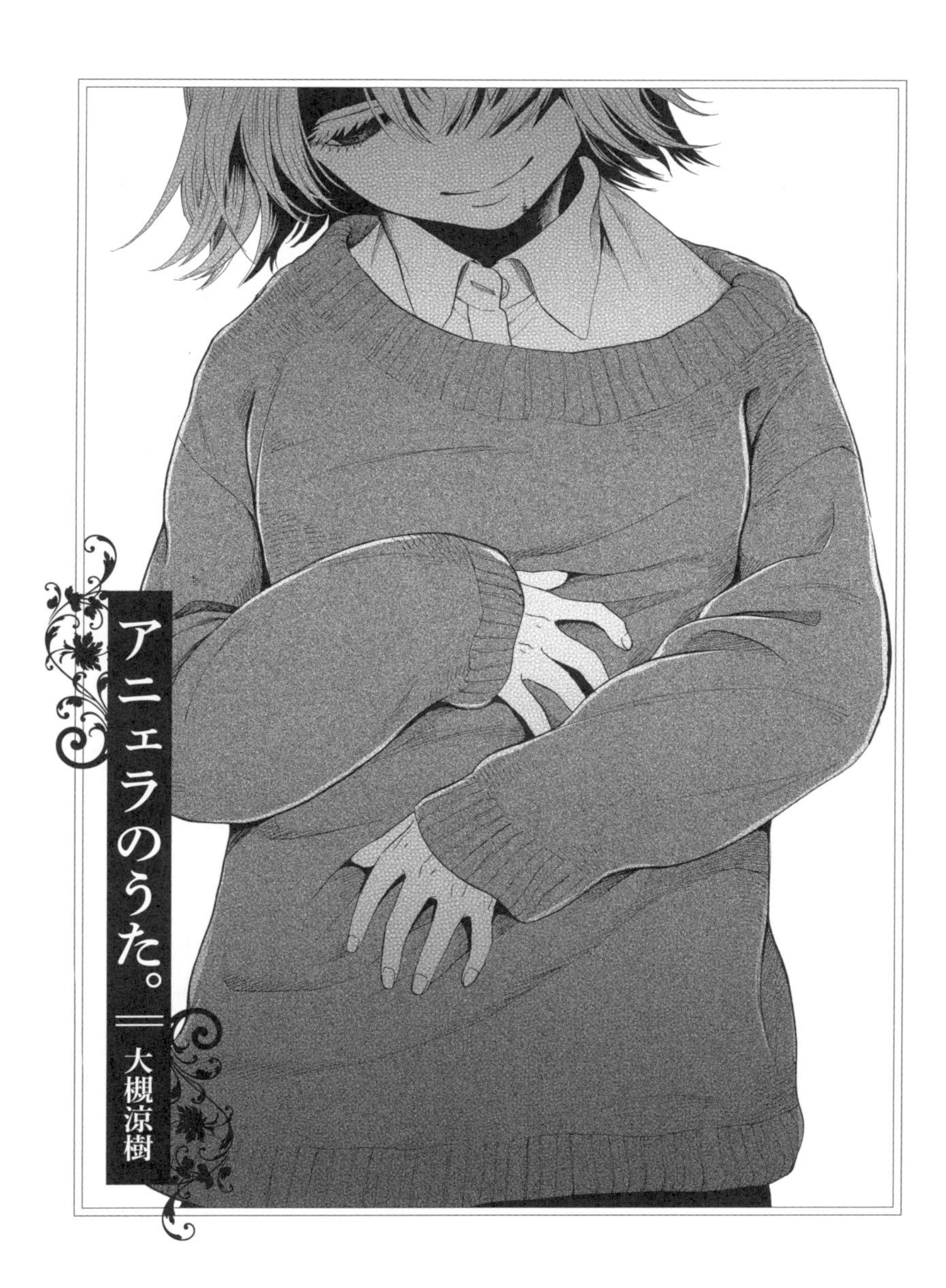
アニェラのうた。
大槻涼樹

私のなかで、いちばん旧(ふる)い、きおく。

おぼえているのは熱だ。ぬくもり。熱量(ジュール)。その下に流れる生命(いのち)の拍動。その表(おもて)を形作る骨(こつがら)や、肉(ししむら)や、血(ちしお)や、皮(すはだ)。けれどそれらもやがて、熱力学の第二則——すべては、冷めゆく——に従い、拡散し、蝕(むしば)まれ、かじかんで、冷えて、動かなくなる。だから私はそれを懸命に押しとどめる。結びつけ、縛り付け、せいぜい大事にだいて、抱えて、包んで、慈しみ、そして交わり、さいごには——溶かす。咬合(こうごう)、合一、交合、混合。混ざる。溶け合う。ひとつになる。熱だ。

ああ。あたたかい……。

*

世界のどこかでは。あたたかで黴(カビ)も生えておらず、かつて持ち主だった老人の臭いが染みつき落ちぬシーツではなく、息を殺さねば泣き女(バンシー)のように軋(きし)みをあげる錆(さ)びたコイルの固く粗末なベッドではない快適な寝床で、飢えず、渇かず、母親からは歌を習い、父親からは物語を得て、羊を数え、安らかに眠る子どもたちがいるのだという。

わたしにはあらかじめ、そのどれもがなかった。だからわたしにとってはそれこそが夢のような想像上の物語で、背中の痛みや空腹にすすり泣く子どもたちの声と、歪（ゆが）んだベッドの軋むギシギシという怨嗟（えんさ）の音声（おんじょう）こそが子守歌であり、毎夜数えるのは治りかけて疼（うず）く背中の傷ばかりなのだった。その痛みと、今日も一日無事に太陽が西へ落ちたという事実だけを背に負い、胸には両膝を抱え、身体を丸めて横になる。それがこの孤児院（ホーム）に流れ着いた子どもたちが初めのうちに学ぶ、夜の過ごし方のひとつだった。

わたしは、十一歳になる。

同じ歳月を遡（さかのぼ）る嵐の夜。年の瀬も押し詰まり、数日後には聖誕祭（クリスマス）を迎えるという世の折、わたしは、とある貧しい農夫の持つ、今にも風に吹き飛ばされそうなボロボロの厩（うまや）で生まれ落ちた。にもかかわらず、メルキオール、バルタザール、カスパールの三博士は枕元には現れなかったようで、そのままわたしは誰の祝福も受けず、ただただ犬の仔（こ）のように産み捨てられた。

普通であれば、そこでわたしの一生は終わっていたことだろう。生まれ落ちて間もない嬰児（みどりご）に、英国の真冬の夜を乗り切る体力のあろう筈（はず）もない。だから、実に惜しい話なのだった。そこで命が尽きていれば。極寒のなか、親の足元からはぐれ、身を寄せあい暖めあう円陣（ハドル）からもはじき出され、動かなくなったペンギンの仔のように冷たくなってさえいれば。そうすればわたしの生命（いのち）の灯火（ともしび）は朝までにも尽き、あとは終末のラッパが天に鳴り響くまで快適に惰眠（ねむり）をむさぼることができた筈なのだった。

だがそうは終わらなかった。東方の三賢者でこそなかったが、厩の持ち主がわたしを発見してしまったためだ。その、後の養父でもある農夫が事あるごとに云い含めてきた来由（らいゆう）に曰（いわ）く。

――厩の屋根の明かり取り用の窓の近辺に、不可思議な緑柱色の光がチラチラと躍っていたため異変に気がついたものであり、それはまず間違いなく自分の善性に頼んだ主によるお導きであったのだろうと云うことだった。しかし後日の調べによると明かりや火の類が当夜に使用された痕跡は特に見つかっておらず、わたしの実母ないし両親は最初からそのつもりで暗闇の中わたしを産み捨てたものと思われた。よってそれらの緑の光とやらは、まず間違いなくその日も些（いささ）かを越していた酒精と、疲労した眼精とが見せた幻であろうというのが、養母による冷厳なる分析結果だった。

ともあれ、この突如現れた廃棄物の処遇に関し、後の養父母の意見は〝あらためて棄てるには及ぶまい〟という点で一致をみたため、わたしはその命を拾われることとなったのだった。

無論、決して善意からのものではない。そんなあやふやなものではなく、元より夫婦、祖母、子が四人の大所帯だ。食費のコスト増はそれほどでもなく、当面の世話はまだ働き手としては足りぬ末の娘や手練れた老婆に見させればよし。そのまま育ち労働力になるならそれもよし、将来売り飛ばせるような玉になるのであればそれもよし。何かの拍子に実親や縁戚が見つかり賠償の類がとれるならそれもまたよし、自分たちの僅かな良心には無私博愛の慈善行為であると云えば気分もよしと、貧民の投資として孤児育成はこの二十一世紀の現代にあってすら、そう回収率の悪くない選択肢なのだった。

そしてわたしは、アニェラと名付けられた。

――『純粋』。その家で半年ほど前に寝台死した五人目のそれを横流しし、再利用しただけのあり合わせの名。そうしてみると、わたしは幸福でこそなかったが強運ではあったのだろう。今にして思えば、突然に降って湧いた乳幼児を包むに都合のいいアフガンやおしめに使う端布が余っていたことも、彼らがわたしを拾い育てた理由へ大きく貢献していたであろうことは想像に難くない。そして経緯は別として、その名の響きだけはわたしはとても好きだった。アニェラ。養父母をはじめ、大抵の場面で大人はわたしを〝おい〟〝お前〟としか呼ばなかったが、それでもその名だけは誰にも奪えない、わたしのたったひとつの、わたしだけの物だったからだ。

以降、九歳に至るまでわたしは養父母一家へ奉公し続けた。食事は良くて日に二度。労働時間は太陽が昇る早朝から、少なくともそれが西へ姿を隠す刻限まで。寝床には痩せさらばえた雄牛のブラウン、粗食に強いため飼われていた二匹の山羊、グレイとホワイトの計三頭しかおらず、空きの目立つ厩の片隅が与えられた。元よりそこが生まれ落ちた場所だ。厭う理由もなかった。云われるままに草藁を閨とし、夏は寄りくる蠅の群れを友に、冬にはブラウンやグレイ、ホワイトらと身を寄せ合うようにして暖をとり、彼らを観衆とし歌を唇に灯しながら月明かりのみの夜を過ごした。何も考えず、云われるままに働いた。殴られることもあったが、それらを不満に思ったこともない。有りや無し、足る足りぬの問題ですらなかった。わたしは――それ以外の世界を識らなかったからだ。厩と、畑と、その周辺の森と川、物々交換のために時折向かう小さな村、牛と山羊、養父母とその家族がわたしの識る限りの世界のすべてだった。

　だが二年前の冬に突如、わたしはそんな世界をすら失った。契機はブラウンの死だった。ある朝、寒さに震えながら目を覚ますと、それを待っていたかのように彼が長いため息を吐き、ゆっくりと瞼を閉じた。普段と違う様子に訝しさを覚え、その身体を揺すり声をかける。すると一度だけ彼がそれに応じて目を開き、こちらを見た。次に視線は天窓を向いたようだったが、それもすぐに閉じた。

　彼の心臓が完全に止まるまで、わたしは彼のそばに居た。やがてその生命の火が消え、彼の発した熱の痕跡がこの世界から無くなるまで一緒に。

　ともあれ自前の耕牛を失うということは、養父母一家にとって相当の死活問題だった。しばらく、彼らはあちらこちらと金策に走り回っている様子だったが――ある朝、とても久しぶりにわたしを名前で呼び、今日は仕事はいいから、昼までに川で水浴みをし、持っている中でもっとも汚れの少ない服に着替えてくるようにと申し渡した。云われるままそれらを果たし、戻ったところでわたしは見知らぬ〝迎えの人〟へ引き渡され、碌な別れの挨拶もなく、二度と戻らぬ旅路へと出た。

何のことはない。養父母はまず換金に容易なものを売り払い、投資を回収することにしたのだ。わたしは生まれて初めて車にのり、東へと向かった。

わたしの買い手の名はアーカム・ホーム。ノーフォーク州ノリッチの街の外れにある、小さな孤児院だった。

＊

孤児院（ホーム）は石造りの古い修道院を流用した、頑丈さだけが取り柄の陰気で監獄のような建物だった。天井が高く、周囲をかこむ石壁は威圧的で昼なお薄暗く、夜には明かりを灯してなお陰鬱な影がどこかしらに落ちて闇をかたちづくる。夏はじめじめと湿度が高く、かといって涼しい訳でもなく、しかし冬ともなれば身体を芯から凍らせるほどに仮借（かしゃく）のない冷気を放つ。建造された時代の要請か、いざという時にはある種の防衛拠点として機能するよう設計されていたものらしく、実際になんらかの収容所として使用された過去があるという噂（うわさ）もあった。おそらくそのうちの何割かは真実だったのだろう。後背は小さく切り立った崖、周囲は堀で仕切られ要害堅固（ようがいけんご）の地形を為しており、脱走も侵入も困難なつくりになっていたし、何よりいざとなれば生命線となる、小さいが水量の豊富な井戸が敷地内に備えられていた。皮肉なことに、それゆえかホームの内部は現在（いま）もなお上水道がごく一部にしか導入されておらず、必然として孤児たちの生活のほとんどはこの汲み上げ水に頼らざるを得ないままとなっていた。それは運ぶに重く、触れるに冷たく、硬水であることから洗濯の泡立ちも悪くと飲用以外のすべての面において子どもたちを苦しめたが、経営者であり寮母であるシスター・アビゲイル・ウィリアムスにとってはそれも〝神の与えたもうた試練〟のひとつでしかなく、そこに改善や改良を加える余地は認めていないようだった。

朝晩と日に二回、生活用水を汲み上げるのは主に五歳から十歳の年少の子どもたちの役目になる。地下深くから湧出する水は清冽で、一年を通して肌を刺すほどに冷たい。それは、ただでさえ栄養が乏しく代謝の落ちている幼い子どもたちの指先を容赦なく荒らす程に。赤く腫れて皮膚が割れ、指紋が消え、曲げにくくなった小さな指を唇と舌とで湿らし、温め、痒みと痛みに耐えながら眠る。しかし彼らは技能を持たないため、シスターたちや年長者の監督下で畑仕事や家畜の世話などの単純労働をするより他になかった。逆に読み書きや数学といった技術を習得した者は、より複雑な作業や〝外〟での仕事をあてがわれ、孤児院へ寄付金や公的な補助費以外の〝外貨〟をもたらす役目を担うようになる。

わたしも一年目の頃には毎日、水汲みへと駆り出されたものだった。飲用、調理用、洗濯用、風呂用その他の目安量を満たすまで手押しのポンプで黙々と汲み上げ、桶を満たし、運び、注ぎ、汲み上げ、満たし、運ぶ作業が続く。終わっても、後には日々の労働が待っている。冷水に侵され荒れた手指で行う農作業は、養父母の元で朝から晩まで同じような作業をこなしていたわたしにとってすら厳しく、辛いものだった。ただ、午後のいくらかと就寝前のわずかな合間に行われる授業の時間は苦ではなかった。なにしろ椅子に座り、教導者の話に耳を傾けるだけでいいのだ。向学心というよりも、空の器にどれだけ物が入るのかを試すような感覚でわたしは学びを続け、半年ほどで基本的な読み書きと算術とを身につけた。それが功を奏し、しばらくしてわたしは読み書きのできる者が必要な仕事にまわされ、水汲みからは開放された。

　子どもたちの識字率は、そう高くない。また、読み書きや計算といった能力を持っていると、それらが高い者から外の世界へ引き取られる機会が増えるというホームならではの特性もあり、この割合が一定を超えることはまずなかった。当然ながら孤児院は、ここがかつてそうであった修道院とは在りようが異なる。根本的に終生（パーマネント）を過ごす場ではなく、あくまで仮初め（テンポラリ）の宿なのだ。だから、大きくなれば追い出されるし（自立、と称する）、それ以前に積極的に養子や里子として〝縁組み〟され、積極的に〝出荷〟される。当然、能力や外見に恵まれた者から勝ち抜けしていき、後には何も無い者ばかりが残される。わたしがこのホームへと買われてきたのは、なんらかの公的な補助金を得るための、たまたまの頭数の充当であったようだった。

　苦しみとは罰ではなく、神へと近づく最善の道であり、また喜びであると云うのがシスターの主張であり、ホームが唱える教養の根幹だった。それは世界を前向きに捉える方法としてはそれほど悪いものではないのだろうが、しかし世界と自分とを俯瞰（ふかん）することのできないホームの子らにとっては、なんの慰め（なぐさ）にもならないということを完全に見落としていた。彼女はその喜ばしい試練とやらを孤児らへ負わせることで彼らの魂を磨きあげ、その功績によって己も神の国の門へ至るのだと思い定めているようだったが、それはもはや〝神の与えたもうた試練〟ではなく、ただ〝彼女が生み出した試練〟でしかなかった。わたしたちに必要なのは試練そのものではなく、おそらくそうした試練を耐えて越えるための、温もりのようなものだったのに。

代わってわたしたちに与えられたのは〝ジュリアン〟くらいのものだった。例えば同室の三人、八歳になったばかりのキャシーが朝食のテーブルでミルクを溢せば軽くひと振り。朝、六歳のジョージィがおねしょでシーツを濡らせばさらにひと振り。ふたつ上で十三歳のヨランダが仕事で配送ミスをすれば、強めにひと振り。汚い言葉を使えばさらにひと振り。神を呪えばさらにひと振り。――〝彼女〟は、かつてこのノリッチの地に住んでいたとされる聖女の名にあやかった、俗に〝九尾の猫むち〟と呼ばれるバラ鞭だった。教導用とはいえ、九本それぞれの革紐の先端は結ばれて固いこぶになっており、鞭撻の加減によっては皮膚など簡単に裂ける。夜、寒さと背中の痛みで眠れず、わたしのベッドへと潜り込んでくるジョージィとキャシーを抱きかかえ、その温もりにふと厩での生活を思い出しながら二人をなだめすかし、小さな声で歌をうたう。どうも、ジュリアンの試練による恩恵の効果は、一向に感じられなかった。

孤児院の日常は、おそらくはかつて同じ場所に寝起きした修道僧たちとそう変わり映えなく、厳しく単調なものだ。朝は五時前に起きねばならない。年長者はいちど町まで下り、新聞やミルクの配達といった外部の早朝作業へ従事する。年少者は家畜の世話や掃除、水汲み等に駆り出された後、七時には全員が一度集まり朝食となる。食後は祈りの時間。さらにその後は町の洗濯屋（ランドリー）や仕立て屋（テーラー）から下請けした衣類の洗濯や裁縫、飼育している鶏や牛の本格的な世話といった作業に入り、さらに職能のある一部の年長者は町での仕事へと向かう。昼食をとり午後は作業を継続、合間に授業も行われる。十八時には全員が帰宅し夕食。夜は祈りと勉学とごく短い自由時間を経て、二十一時までに就寝する。朝は五時前に起きねばならない。そして繰り返し、繰り返し、繰り返し。あとは時節でいくらかの差違が発生する程度だ。

　例えば、春。英国の四季の例に漏れず、ノリッチのこの季節も長くはない。天候も気まぐれで、日中の空模様は油断をすればあっという間に変化する。気持ちの良い朝かと思えばすぐにも厚い雲が空を覆い、午前のうちから雨が降り出すことも珍しくない。雨は弱く短いが突風を伴うことが多く、まだまだ外套（がいとう）やフードが欠かせない。ただし夕方を過ぎる頃には西の風が雨雲を押し流し、青空が顔を覗（のぞ）かせるのがほぼ毎日のことで、子どもたちはそのタイミングを見計らい、つかの間の晴れ間と乾いた空気を楽しむ。四月、五月になってもまだ肌寒い日が続く。降水量は決して多くはないものの一年を通してほぼ横ばいで、降雨日数も毎月二週間前後とほぼ横ばいを描く。雨と共に生きるのが、この地で生きるということなのだった。

　初夏の頃になると日が伸び、六月ともなれば就寝後に至るまで空が明るい。子どもたちもいつもより少しばかり夜更かしをし、眠りにつくまでのひとときを使って他愛もない夢を語る。室内に二台ある二段ベッドのうち、わたしの側の上段を縄張りにしている泣き虫ジョージィはいつも、いつか両親が自分を見つけ出してここからすくい上げ、共に暮らし、美味しいものを沢山食べさせてくれるのだと語ったものだった。向かいのベッドの下段をあてがわれている夢見る少女キャシーはいつも、やがて神が善良な伴侶を使わし自分は〝お嫁さん〟となり、たくさんの子どもを産んで大家族をつくり、幸せに生きるのだと語ったものだった。その上段で横になっている勝ち気なヨランダはいつも、この監獄を抜け出し、自らの才覚だけで外の世界を生き延び、自分がしたいよう自由に振る舞い生きるのだと語ったものだった。

そして、夏。七月も半ばを過ぎる頃には、ようやくあたりがそれらしい陽気になり、普段はぼやけた鈍色(にびいろ)のモザイクを描く天候も明瞭(はっきり)とした晴れ間を伴い、空を薫風(くんぷう)が覆う。気温が三十度を超え真夏日になると、男子は上半身(シャツ)を脱ぎ、半裸になって午後を過ごす。女子もホームの敷地内に限っては、厚手のシュミーズで陽光を浴びることが許されていた。何となれば、貴重なビタミンDの吸収機会だ。これが不足すると子どもたちが病気を得る頻度が増えるため、シスターたちも不承不承(ふしょうぶしょう)ながら黙認せざるを得ないのだった。また、子どもたちにとっては極力薄着であることがそのまま、自分たちを護ることになるという意味もあった。シスター・アビゲイルも、さすがに外部の人間にバラ鞭(ジュリアン)の〝試練〟による痕(きずあと)を見られることを良しとはしなかったからだ。この時期ばかりは彼女の出番も目立って減り、夜に忍び泣く子どもたちもいくらか減るのだった。

だが、そんな温順な日々も長くは続かない。九月に入ると一気に気温がさがり、曇り空の割合が増え、小雨のそぼ降る肌寒い日々が戻ってくる。そして、秋。十月が過ぎ、ラジオでは暴風警報を告げる声が続く。〝十一月は北風を運び、あたりには枯れ葉が舞う。十二月は霰（アラレ）を運び、暖炉には火が灯る〟という一節がマザーグースにもあるように、秋を一足飛びに越えすぐに忍従（にんじゅう）の季節が訪れる。冬。

だがそんなわたしでも、ひとつだけ楽しみにしていることがあった。

勿論（もちろん）、誕生日ではない。ましてや、大工の息子の誕生日（クリスマス）のことでもない。確かに夕食には痩せた七面鳥（ターキー）や、薄ら苦い芽キャベツ（ブラッセル・スプラウツ）のロースト、甘みと木の実の足りていないクリスマス・プディング等、普段とは異なる品が饗（きょう）されるがどれも申し訳程度の量と質でしかなく、翌朝配られるプレゼントに至っては年少組が質素なおもちゃやぬいぐるみ、年長組では寄付によって集められた、何処かの誰かの厚手の冬服（おさがり）と相場が決まっている。あるいは大晦日（おおみそか）や元日のことでもなかった。その日ばかりは遅くまで起き、ウェストミンスター（ビッグ・ベン）の花火やエディンバラの晦日祭（ホグマネイ）中継をテレビでみることが許されるからといって、わたしたちにはそれを楽しみながらつまむプレッツェルすらないのだ。そうではなく――

毎年この季節になると、ノリッチにも移動式遊園地（ファンフェア）がやってくるのだった。

沢山の遊具と出店とで普段は寂しいだけの町外れの広場が賑（にぎ）わい、人々がこぞって足を運び、寒空の下に明かりがキラキラと浮かび上がり幻想的な光景が広がる。当日よりも、前日前夜が見物だと云う者も少なくない。どこからともなく、沢山の巨大なトレーラーが現れ、技師や職人たちが忙しく立ち働き始めたかと思うと、ほとんど一日にしてすべての設営を終わらせてしまう。小さな観覧車が現れ鮮やかな色合いで空に円を描き、小さな二階建てバス(ダブルデッカー)の遊具が警笛を鳴らす。腕自慢の高校生らがハンマーを振り下ろし重しを跳ね上げ鐘を鳴らす柱(ピラー)が立ち現れ、子どもたちが中に入って跳ね遊ぶことのできる巨大なバルーンのピエロが大きく膨らみ、見物にきた小さな子どもたちを早くも怖がらせている。そして機械にさすための油と、ポップコーンを弾くバターの香りが混ざり合い、町中に漂いはじめる。

　そしてフェアの開催期間中、ホームの子どもたちは連日四、五名の班(グループ)を組んで会場内を練り歩き、ガールスカウト・ビスケットならぬ〝孤児(オーファン)・ビスケット〟を売り歩くのだった。無論、それは口さがない人々や子どもたち自身が使うところの俗称であり、正式な名を『アーカム・ホームメイド・チャリティー・ビスケット』と云う。年末年始のこの時節、人々の博愛精神を刺激しささやかな慈善的行為を誘いだそうというもので、衛生局にも許可をとり会場内には小さな出店も設けられる歴(れっき)としたファンフェア公式プログラムであり、市長や政治家が顔を出して試食した後、おもむろに数箱を買い求め、新聞社がそれを撮影するという予定調和(イベント)もあることから、シスターらが特に力を入れる行事でもあった。あまり見窄(みすぼ)らしくなりすぎぬよう――というより、大人達や児童保護監察官の目を引かぬよう――厳しく服装と身だしなみのチェックを受け、会場へ向かい、夜までビスケットを売り歩き、別働隊はひたすらにホームの調理場でビスケットを生産しつづける日々が続く。

中にはフェアの雰囲気やアルコールにあてられ、酔いや悪意を以て絡んでくるような輩もあり、開催中は嫌な目に遭うことも一度や二度ではない。また、人々が家族や恋人、友人たちと連れ立って祭りを楽しんでいる様子を目の当たりにしていると、つい今の自分の境遇と引き比べてしまい、辛い思いをする子どもたちも少なくない。しかし、それを乗り越えるとお楽しみが待っている。

ファンフェア最終日に、市から十枚綴りのトークンが一シートと、ホームからは十ポンド程の小遣い金が支給されるのである。

トークンは遊具を利用するためのチケットだ。トランポリンやバルーン程度の遊具なら一トークン、乗り物ではだいたいが二トークン、ジェットコースターなどの目玉マシンになってくると四トークンほどが必要になる。つまり、十枚とはいえ迂闊に使えばあっという間だ。小遣いに至っては、二つか三つ、屋台で何かが買えるかどうかといったところだが、そもそもホームの子らにとって自由意志で現金を使用する機会それ自体がまずこの時をおいて他にはない。一年を通し、この祭りがまさに特別に足り得る由縁だ。

ホームに来て最初の昨冬のこと。このファンフェアでわたしは、生まれて初めてお金というものを使ったのだった。はじめは、どうしていいのかわからず呆としていた。あてもなく歩き回り、人々やホームの他の子どもたちの様子を観察する。嬉しそうにポップコーンを頬張る子。奇声をあげジェットコースターに乗る子。哲学者の如く真剣な表情でフランクフルトを食べている子。本物のコインを使ったメダル落としで、おそらくは絶対に落ちることのない十ポンド札を狙い連投を続ける子。

やがてわたしは、ふと目に入ったペイント屋に足を踏み入れていた。

ビスケットを売っている間、時折フェイスペイントをしている人々が歩いていることには気がついていた。サッカーボールや色とりどりのフルーツ、英国旗（ユニオン・フラッグ）、可愛らしい動物や天使の絵を頬や肩に入れて歩いている人たち。時にはハロウィンも顔負けのフルメイクで練り歩いている人たちもいた。あわせて、ネイルアートを施してくれる屋台や貸衣装屋台なども並び、人々のお祭り気分を盛り上げるのに一役買っているようだ。ひとつ、このあたりで手を打っておくべきだという気がした。まずは慣らしが必要だろう。そう考え、わたしはおずおずと受付へと近づいた。すると、大きな角をもった野羊（やぎ）らしきワンポイントを頬に入れたお姉さんがニッコリと微笑みかけ、注文を聞いてくれた。

フルフェイスやハーフペイントは値段もそれなりで勝手もわからない。一番安いワンポイントを注文するのが精一杯だった。左頬に薄く、下地に生まれて初めてのファンデーション。おまけで右頬にもひと叩（たた）き。ほんの少しだけ、頬紅（チーク）。そしてお姉さんの筆先が躍り、ほどなくリクエストした図案が左頬に浮かび上がる。――『アニェラ（AGNELLA）』。わたしの名前と、その名前の上でのんびりと寝そべる茶色の雄牛。それを鏡で見せてもらったときの、高鳴る胸の音を憶えている。それと熱。紅潮し、顔が熱かったこと。普通はみんな、猫とか犬とかを頼むものだけどね。

そう云って笑った屋台のお姉さんの顔。その頬の山羊。すべて憶えている。それから、初めてトークンを使った時のこと。もぎりの係員に差し出した手が目に見えて震えたこと。訝しまれて捕まるのではないかと怖かったこと。そして、さして高くないはずの観覧車からの眺めがとても綺麗(きれい)だったこと。夜空。遠くに小さなホームが見えたこと。

……果たして、今年はどうしようか。キャシーやジョージィらと連れ立って、みんなでまわるというのはどうだろう。ビスケットを売り歩きながら、そんなことを考える。

いよいよ、ファンフェア最終日の夕日が西の地平へ落ちようとしていた。

見あげれば、暗い色の濃くなりつつある空を背景に観覧車が。周囲を見渡せば、射的にバルーンショップにリンゴ飴(トフイーアップル)の出店、コーヒーカップの乗り物に男の子たちの喜びそうなゴーカート乗り場が。会場の中心には一際目立つ、大きな回転木馬が置かれ、老若男女を問わず様々な人を乗せてあたりを光と音楽とで満たしている。そしてそれらの放つ喧騒(けんそう)とあふれる光が、天頂から降りきたろうとしている夕闇をまるで地上から押し返そうとでも云うように輝いていた。会場は沢山の家族連れや友人同士の客で賑わい、笑顔が飛び交っており、他の孤児たちもすでにこの先のお楽しみへの期待で気もそぞろな様子が見て取れる。

実際、そろそろ撤収を指示された時刻だった。同じ班のリーダー、孤児院では最年長にあたる十六歳のケイが、手慣れた様子で売り上げを確認しつつ帰還を宣言し、他の子たちが喜びの声をあげる。昨年と同じなら、店を出している場所まで戻り、売り上げを提出しチェックを受けたのち全員が揃い、シスター・アビゲイルによる『本年度ファンフェアにおけるアーカム・ホームメイド・チャリティー・ビスケットを介した慈善と博愛の調和をはかる活動終了の辞』を受け、皆がいいかげん焦れきった頃にようやく、トークンと小遣いが下賜され、一年に一度しかない二時間ほどの……あの、得がたい自由時間を給わることができるはずだ。今日は売り上げも悪くなかった。途中で得た情報のままなら、他の班も同様に好調だったはずだ。順調ならシスターの気分も良いままで終わり、明日からもしばらくは平和な日常をおくることができるに違いない。わたしたちは足取りも軽く、待ち合わせ場所への帰路についた。

だが。ホームで出しているショップの前まで戻ってきたところで、不穏な気配が漂っていることに気がついた。先に戻っている他の子どもたちが一様に表情を固くし、声も出さずに佇んでいる。それは誰かがシスターから叱責を受けているときに、その火の粉が自分へと及ばぬよう、無干渉を装う為に皆がする典型的な反応だった。ここまで一緒に戻ってきた班の子たちもすくんだように足を止めるが、わたしだけは歩みを進めた。中心部から漏れ伝う泣き声に、ひどく馴染みがあったのだ。

そこには地面に両膝をおとし、身も世もなく天を仰いで泣くジョージィの姿があった。そして、その前にはシスター・アビゲイルを先頭とした複数名のシスターたちの姿。ジョージィの背後、少し控えた場所に立ちこうべを垂れている若干名の子らは、彼と同じ班のメンバーだろう。こちらはさすがに無関係を装うわけにもいかず、いかにも居心地の悪そうな様子でぼんやりと立ち尽くしている。

それを遠巻きに見守る子らのなかに馴染みの顔を見かけ、急いで駆け寄る。

「――ヨランダ！」

「ああ、アニェラか」

同室のヨランダが、声を押し殺し泣いているキャシーを片手で抱き寄せながら、険しい顔で立っていた。

「なにがあったの？」

「アニェラ！　ジョージィが、ジョージィが……！」

キャシーが顔をあげ、今度はわたしの胸元に抱きついて頭を埋めてきた。かすかに体温の高い、小さく幼い温もりが広がる。ヨランダが、肩をすくめて首を振る。

「ジョージィの奴、〝孤児ビス〟の売り上げをくすねて、こっそり綿あめ（キャンディ・フロス）を買おうとしたらしい」

「えっ⁉　でも……」

当然、厳に禁じられた行為だ。そもそも可能なこととも思えない。売り上げは班ごとに集計され期間中の成績が競われるほか、在庫数との整合はシスターしか使用できないパソコンで一元管理されている。釣り銭が一ペニー足りないだけでも厳しく追及を受けるため、現金をやり取りする係は誰もやりたがらないほどだ。

「ああ。バレない訳がねえ。でも、アイツは新入り(ニュー・ボーイ)だからな。そのへんも識らねぇまんまで、釣り銭係を押しつけられたみてえだ」

苦々しく、ジョージィの後ろの同班の子らを顎で指す。

「で、魔が差したんだろうさ。フルスイングでジュリアン三発は堅いところだな。しばらく仰向けには眠れないだろうぜ。ついでにアイツだけ、トークンも小遣いもナシだとさ」

「そんな……！」

泣き虫ジョージィ。ホームに来てはじめてのフェアに、幼いジョージィが数日前から興奮し、落ち着かない様子だったのはわかっていた。だがまさか、それがこんな事態になるとは。

「まったく……やるならバレねぇようにやれってんだ。あとちょっとで、てめぇの金で堂々と買えたってのによ。フロスだって結局ひとくちも喰(く)わねぇうちにとっ捕まって、袋も破れて泥まみれって話だ」

やり切れない様子でヨランダが吐き捨てる。

「ちなみに、あたしたちがアイツになにか差し入れしてやるのも禁止だってさ。悪いことに、お偉いさんが居合わせてな。シスターもすっかりキレてる」

「せめて、わたしかヨランダがついていれば……」

「仕方ねぇよ。班分けはシスターの仕切りだかんな」

「かわいそうなジョージィ……。いっしょに、クリームがたっぷりのった、甘いヨークシャー・

プディングを食べようねって、やくそくしてたのに」

キャシーが呟き、声を詰まらせる。彼女はわたしたちよりも幼いが、ホームは三年目で入所歴は一番長い。ここで生きることの何たるかを、誰よりも理解しているのかもしれなかった。

「…………」

ヨランダと眼が合う。わたしたちは識っていた。ジョージィが親から捨てられたのは、彼が二歳の時だったことを。ジョージィはそれを、ただ自分が親とはぐれてしまっただけだと信じていることを。その日は何かの祭日だったらしく。親とはぐれたきっかけは、大きく透明な袋に詰められぶら下げられた、フワフワとした……雲のような菓子を買うために並んでいたせいで。これで買いなさいと親に握らせてもらったコインは……。その代金には、足りていなかったことを。

「——ね、アニェラ。ひょっとしたら、ファンフェアだったのかなあ」

「なんのこと?」

「ぼくが、パパとママからはぐれちゃったおまつり。おぼえてないけど。だとしたら本当は、はじめてじゃないのかも」

幼いジョージィが数日前から興奮し、落ち着かない様子だったのは……わかっていたのだ。

「わたし……シスターに云ってくる」

「アニェラ……?」

「おい、何をだよ」ヨランダがゆっくりとため息を吐いた。「云っても今回の件はあいつ自身の過ちだぜ。自業自得ってヤツだ」

「うん。でも……」

チカリと、脳裏で緑の光が瞬いた。透明感のあるエメラルドの光。頭痛がする。そしてそこに溶けるように混じる、ドロリとした赤の色。

なんだろう。

動悸がして、胸が苦しくなる。

考えるよりも先に身体が動いた。抱きつくキャシーの温もりは惜しかったが、ゆっくりとそれを引きはがす。キャシーは再度わたしに向かって手を伸ばしたが、それよりも先にヨランダが腕を伸ばし、その身体を抱きとめた。

「どうなっても識らねぇぞ」

「……うん。できたら、二人はファンフェアを楽しんでね」

「アニェラ⁉」

叫ぶキャシーに手を振り、踵を返す。

その時、頭痛とともに視界の隅で何かが動いた気がした。

「……？」

それを追いかけ、首を振る。だが何も無い。気のせいだろうか。すると今度は反対側に動きを感じた。急いでそちらを見る。世界が揺れる。その揺れにあわせて、不安げにこちらを見守るキャシーと、訝しげに目を見張るヨランダとがチラリと見えた。だが、それだけだ。明るく灯った遊具の光が目の奥に残像をのこす。一瞬見えた〝何か〟はこれだったのだろうか。

少し気分が良くなったので、わたしはそのまま様々な方向に頭を振りながら歩を進め、ジョージィとシスターの間に割って入った。頭を振れば振るだけ、頭痛が和らぐ気がする。

「……おねえちゃん!?」

首を振るわたしを、怪訝そうに見あげるジョージィ。

「シスター」

「なんですか」ジロリと、シスター・アビゲイルが視線を向けた。「終了の辞は、先に彼を導いた後です。お待ちなさい」

「いえ、そうではなく……どうか、ジョージィを赦していただきたいんです」

わたしは云った。その言葉に、シスターの眼が細くなる。

「彼は罪を犯しました。その報いは受けねばなりません」

「……その報いは」

――頭痛。

牛のブラウン。頰の山羊。観覧車。トークン。冬の厩。霜が降り、凍った土。唐突に、養父母とその家族との別れの日のことが思い起こされた。とは云っても、彼らのことはどうでも良かった。どこか怯えたような眼をした養父と、養母。その陰に隠れてこちらを覗く子どもたちのことはどうでも良かった。気にかかったのは二匹の山羊、グレイとホワイトのことだった。わたしは果たして、彼らときちんと別れの挨拶をしていただろうか。それに、ブラウンの亡骸はいったいどうしたのだっただろう。本来であれば、生まれてすぐに食用として処分されてしまうジャージー種の雄。おそらくは寒さと老衰によるものだったであろう彼の死。刻一刻と冷たくなってゆくその温もりを惜しみながら、採光と換気のために開いている、厩の天窓を見あげたことを思い出す。そこには、緑の光と……。

緑の光と？　なんだろう？　酷く頭痛がする。首を振る。たくさん振る。

わたしをみあげるジョージィの顔に、困惑の色が濃くなる。脳が揺れる。わたしを見つめるシスターの視線にも、訝しげな色が浮かぶ。

「――報いは、わたしがすべて……引き受けます。あ、あなた方を、すべて、わたしが……。ブ……ラウン、の」

「ブラウン？」

「ブラウンの、おはか……を……」

つくった記憶がない。

「何を云っているのです？　ブラウンとは誰のことですか？　アニェラ。今は、ジョージィの罪の話をしているのですよ」

「罪は……わ、わたしが……すべて」

舌がもつれたように、うまく回らない。なんだか、言葉を繰るのが難しい気がする。

何処からか、甘く焦げた、メープルシロップの香りが漂ってきた。キャシーの云っていた、プディングの屋台だろうか。

それと。腐った、沼のような汚泥の臭い。

「グレイと……ホワイト、も。そうして……」

考えが、急速にまとまらなくなっていた。ただ身体が燃えるように、瞼の裏がチカチカと点滅するように熱い。頭痛。首を振る。

もう、我慢ができない。

「もう、がまんができない」

考えたことが、口に出ていた。

寒い。

「さむい」

欲しい。

「ほしい」

……ぬくもりが。

「おねえちゃん……？」

「……どうやら錯乱しているようですね。よろしい。ともあれ、同胞（はらから）の罪を引き受けるという意志は伝わりました。それは汲みましょう。大いによろしい。かつてこの地にあって神の啓示を幻視（ヴイジョン）によって受けたという〝幻視の聖女〟ノリッチのジュリアンも、こう云っておられます。〝すべて事もなし（All shall be well）〟と。よって、ジョージィの罪の一切は赦しましょう。代わって、我がジュリアンによる試練はこれを三打としてあなたに与え、またトークンと特別慰労金の権利はこれを没収とします。それまではこちらで少し、お休みなさい」

シスター・アビゲイルが云い放つ。皮肉にも、試練を至高とする彼女にとって、誰かが誰かの贖罪（しょくざい）を引き受けるという図は大いに高揚するものがあったらしく、わたしの異常も好意的に受け取られたものらしかった。

その指示を受け、後続のシスターが二人ほど歩み出してわたしの両腕をとる。他のシスターがホームの公用車（バン）の扉をスライドし、大きく開く。

「そんな……！　おねえちゃん……！」

ジョージィが再び泣き出す。

「アニェラ……！」

遠巻きに事態の推移を見守っていたキャシーも、シクシクとすすり泣いている。

「馬鹿野郎」

ヨランダが苦く呟く。

何故か全てが見え、全てが聞こえた。けれど。――そして。

私は。

＊

――雨のように、あたりに噴血が降り注いだ。まだ、心臓が動いている。

心躍るミチミチという音が限界までいきつくと、やがて骨と肉とが蛮力に耐えきれずへし折れ、その奥に隠されていた腱や筋や鞘や管がこぞって体外へとまろび出た。あたりを染める血の赤が、酸素を失って徐々に色を暗くしてゆき、温度を失って冷めてゆく。地中の水分が染みだし柱状に凍結した霜柱たちが、表面張力によって血泥を吸い上げ、鮮やかな赤に染まり眼に映える。朱の霜柱。ああ。勿体ない。私は、その傷口を私で塞ぐ。痛みで彼が叫ぶ。声はよくない。遠くまで響くし、意図せぬ来訪者を呼んでしまいかねない。私は両腕を伸ばして彼の首をかき抱き、顔を寄せ、その唇を私で塞ぐ。そのまま彼の口蓋に押し入り、喉の奥まで入り、胃の腑を通ってさらに腸まで至り、そこでゴボゴボと彼が私で溺れる音を聞きながら、つかの間、彼に包まれうっとりとした時を過ごす。

わたしは。

＊

目が覚める。バンのドアは開いたままで、身体はまだそこに押し込まれていなかった。

おかしなことに、周囲には誰も人がいなかった。客はおろか、屋台の店員や遊具の係員もいない。わたしを摑(つか)んでいたシスターたちもいない。ホームの子らも、シスター・アビゲイルもいない。ただ、立ち並ぶ遊具やそのギミック、店の看板の明かりは賑やかに動き続けていた。まるで何事もなかったかのように陽気な音楽が流れ、煌々(こうこう)と光が瞬いて夜を染めている。とすると、まだファンフェア自体は終わっていないのだろうか。

「……ジョージィ？　ヨランダ……？　キャシー……？」

誰からも応答はない。

念のためシスター・アビゲイルや他のシスターの名も呼ぶが、やはり反応はない。そもそも、人の姿が見当たらない。一体どういうことなのだろう。

「痛っ……」

頭痛はすっかりと治っていた。靄(もや)が晴れたかのように、思考はスッキリとしている。ただ、下腹が重く、鈍い痛みを感じた。しかしいずれこうして呆(ぼーっ)としていても始まらないので、辺りを歩いてみることにする。

歩く。それは、いつかみたコニーアイランドの写真——どこか外国の、古く、客よりも係員のほうが多く、寂寥感だけを友としたような有り様の巨大な遊園地——を彷彿とさせるような、奇妙な空間だった。フェアの中心部におかれた、大きく派手な回転木馬を眺めながらさらに歩く。誰も居ないチョコバナナ屋台の前を通り、パンチングマシンの脇を通る。何かの景品か、マジック・エイトボールのたくさんぶら下がった屋根の下を通り抜け、誰も歩いていないフェアの表通りをまっすぐに歩き続ける。

「また、回転木馬……？」

呟く。気がつくといつの間にかフェアの最奥にあたる、小さな回転木馬が設置されている空間へとつきあたっていた。それは先刻見かけた大ぶりで鮮やかなものとは異なり、オレンジを主とした温かな電球色に輝き、オルガンに似た優しげな音色で音楽を奏でながら、しかし小さく機関車のようなガシュガシュという賑やかな音も立てつつ、ゆったりと回転していた。もちろん、ここにも人影はない。回転盤を巡り続ける動物の半数以上はポニーだが、よく見ると子象やペガサス、キリン、ドラゴンなど様々な種が入り乱れ、見目にも楽しい様子を醸し出していた。アンティキティラ、ベッキー、シャーロット、デーヴィド、エリザベス……。身体のどこかにそれぞれ、アルファベット順につけられた名前が入っている彼らはどれも古めかしく、かなり昔からこの小さな舞台を走り込んできたであろう風格を感じさせる。クランクが変換する上下の動きはお世辞にもなめらかとは云えないが、潤滑油は充分に差されているようだし、ボディは丁寧に蠟(ワックス)がかけられ磨き上げられ、大事に使われていることが窺(うかが)えた。

「あッ……」

光に浮かぶ見事なアールデコ調の装飾に見とれていると、その時。手綱を繋(つな)がれ、回り続ける仔馬たちに併走しながら舞い踊る、電飾とはまた趣を異にした淡い、緑の光の瞬きが目に入った。

〝彼ら〟。もしくは〝彼女たち〟だ。

彼女たちが回転木馬のポニーたちと戯れ、遊んでいる。しかもそれは〝羽つき〟だった。

しとやかになびく髪。人間大にすればさぞ美しく可憐(かれん)に映るであろうすらりと伸びた手足。ただしその足は途中から鳥類の脚に取って代わり、さらに云えば肩の先には色とりどりの風切羽(かざきりばね)の並んだ、美しい翼が生えていた。ただそれは体長からするといかにも小ぶりで、一体どうして揚力を得ているのかはわからない。そして、好奇心の強そうな、くるくると良く動く大きな黒目がちの瞳。それでいて身長はせいぜいが一フィートほどしかない小さな、だが人の姿をした少女たち。それが、空中でゆらゆらと繰り返し揺れ動きながら、楽しげに踊っている。

街中(まちなか)で彼らをみるのは珍しい。

いつの頃からだったろうか。初めて〝彼ら〟に気がついたのは小さい頃、養父母の実子たちと連れ立って森へ入った時のことだった。小さな湖のほとりでわたしは、見たことの無い羽虫が柱状に螺旋(らせん)を描いて群れ飛び、大きな蚊柱を作っているのに気がついた。そこに義兄弟らがまったくの無防備で突っ込んでいき、しかもそれらが一切見えていない様子だったことが全ての始まりだったように思う。気のせいかとも思ったが、ひとりだけ頭から突っ込み、蚊柱を吸い込んでいた長女が帰宅後、おもむろに原因不明の熱を出し倒れたことでそれは確信へと変わった。

どうやら、自分にしか見えていないものがこの世にはあるのだと。

彼女たちのようにヒト型をしているものはまだいい。

それは時に、上空を横切るまるで見たことの無い鳥であったり、畑の隅をうろつく、全く種類の判らない偶蹄目(ぐうていもく)の動物に見える何かであったりした。判りやすい時には、口吻(くちばし)も眼もなく手脚すらもない、ただ風に揺れて空に浮かび、微かに陽光を透かす鞘翅(しょうし)だけの虫の群れや、どれだけ目を凝らしても明瞭(はっきり)とは像を結ばない、黒く小さな靄のような何かであったりすることもあったが、多くは現実のものなのか、そうでないのかすら判らないのだ。意志を持っている様子がないものも多かったし、逆に、意志があるとしか思えないものも多かった。

時には明らかに、見てはいけない種類のものと出会うこともあった。直視し、万が一にでも眼が合えばおそらく無事では済むまい、そう確信できるほどに危険な匂いのするもの。モノ。者。

不思議なもので一度それとわかると、遡って彼らがそこかしこに居たことに気がつく。居ることに気がつく。そして、気がつけば時折、視界の端にそうした彼らの姿を見かけるようになる。……となると。先刻の視界の端のあれは、ひょっとすると彼らだったのだろうか。

大抵は、森の中の古かったり大きかったりする樹やその虚（ウロ）や、苔生（こけむ）した巨石の陰や水場、キノコが輪をつくり群生する菌環の近くなどで、まれにしか見かけることはない。だから、慎重に行動し、彼らを避けて生きること自体は難しくなかった。

それ以上はよく判らないというのが正直なところだ。意思の疎通らしい疎通をしたことがないのである。どうも何故か、基本的にわたしは彼らに警戒されているようで、放っておけば向こうから近づいてくるようなこともなかった。

「ほんとに……何なんだろう」

独りごちる。

「――その子らかい？　その子らは〝ギャロッパーズ〟さ」

突然、返答があった。喉をオイルではなくアルコールで、長い年月をかけて手入れしてきた類のしわがれ声。

「誰……!?」

飛び上がって顔を向ける。と、回転木馬の陰になったさらに奥、広場のどん詰まりに小さな小屋が建っていたことに気がついた。屋根の上には、派手に電飾された『運命（フォーチュン）』という文字が躍っている。恋人達やその前段階にある男女が、フェアの雰囲気や酒の勢いを借りたフリをしてその庇（ひさし）をくぐり、自分たちではない第三者――神や、タロットや水晶。超自然の何か――からなんらかの保証を受けようと試みる、よくあるタイプの占い小屋のようだった。

　近づいてみる。

　その入り口の垂れ幕の陰に、脚が三本しかない不思議な形のテーブルを前にして座っている老婆の姿が見えた。いかにも占い師然とした放浪者(ロマ)の恰好(かっこう)をしているが、本物かどうかはわからない。確かなのはひどく老齢であるということだけだった。雑然とした机の上にはひとつ、細緻な塗装の施されたイースターエッグが尻を下に不思議とバランスを保ったまま立っており、ゆらゆらと揺れている。

「そのよく見える眼をひん剝(む)きゃ一目瞭然(いちもくりょうぜん)さね。木馬どもがみんな、時計回りに駆けているだろう？　そいつが〝英式回転木馬(ラウンダバウト)〟の印(しるし)でね」

　老婆は、わたしの質問には答えずにそう云った。確かに木馬は右回りだ。手前の動物たちの顔も皆、左を向いている。

「こいつが〝米式回転木馬(キャラセル)〟なら反時計回り(カウンター)になる。おそらく、ここにたどり着くまでに見かけただろうよ。広場の中心にある、疲れを識らないヤンキー馬どもをね」

　老婆がひらひらと手を振り、肩をすくめてみせた。

「その子らは名前こそ〝暴走馬(ギャロッパーズ)〟だがね。古式ゆかしく蒸気で動き、降りて歩いたほうがなお早い時代遅れ(オールドタイマー)さ。なにせ、百歳にもなろうかって子らだ」

　そこまで聞き、小さく自分を笑う。タイミングがタイミングだったので、てっきり〝ギャロッパーズ〟というのが〝彼女ら〟の名かと勘違いしそうになった。

「……で」老婆がなおも言葉を繋ぐ。「その子らのまわりを飛び跳ねている連中が――〝良き隣人（グッドネイバー）〟さね」

「え……!?」

不意を突かれ、間の抜けた声をあげてしまう。

「見えてるんだろ？　あの子らが」

どう答えたらいいものだろうか。絶句していると、老婆は凝（ジッ）とわたしの顔をのぞき込んできた。その瞳の色は左右で異なっており、こちらの底を見透かすような光を放っている。また、瞳の色のせいかなのかどうなのかは判らないが、その所作（うごき）から見るに彼女の視力そのものは、ほとんどが失われているようだった。

「フム。何故かと思えば……なるほど。そういうことかい」

ひとり、得心したように頷く。

「……？　そ、それよりその。グッドネイバーっていうのは……？」

「おや、識らないのかい？」

老婆が眉尻を上げる。

「読み聞かせ（ベッドタイム・ストーリー）で聞いた覚えも？　誰しもが、子どもの時分には彼らの縁戚と中つ国（ミドルアース）を旅するものだろうに」

なにを云っているのかわからない。首を振る。

「わたしは……その、両親がなくて。そういうことは、一切」

「親が。ふむ。そうかい。まあ、そうだろうさね」

悪びれもせず老婆がうなずいた。

「あの……」

「ああ。聞く気があるならそこに腰をお掛け」

そう云って、彼女がテーブルの前に置かれた椅子を指し示した。素直に座ることにする。籐の茎を編み上げ座面に布張りをした、見慣れない形の椅子だった。軽いので荷にならず、彼らのような放浪者(ロマ)には使い良いのだろう。奇妙な形だが、腰回りを優しく包むようで座り心地は良かった。

「それで、あの子たちは……」

チラリと回転木馬を振り返る。正確には、その遊具の周辺に遊ぶ彼女たちのことを。

「云ったとおりさ。真の友、良家の方、英雄(ディーナ・シー)たち、おちびさん共……。森の中や湖の水底、土中、泥中、岩陰、時に山査子(サンザシ)の樹に住む。それが彼ら〝お隣さん〟さ。ひとくちに云えば妖精や精霊の類さね」

老婆が懐に手を入れ、くたびれた古くて大きなアルカナ(タロット)を取り出した。束を切り、それを細かく震える手でゆっくりとテーブルに並べてゆく。

「ちなみにあの子らは、空気や風に属するもの（エアリエル）。シェイクスピアの『あらし（テンペスト）』にも出てくるアレさ」

わからない。首を振る。だが、云わんとするところはわかるような気がした。空気や風……。だから羽や触角を——大気に生きるものの概念を——彼女たちはその身にまとっているのだろうか。

「妖精……だったんだ」

口中で呟く。どこかで、何となくそうだろうとは思っていた。しかし、そもそも彼らが見えるということを誰かに云ったことがなかったし、また、彼らを見ることができるという人間にも巡り会ったことがなかった。だからそれは、わたしの中では長らく保留とされてきた言葉なのだった。

老婆が小さく鼻から息を吐く。

「あの子らに限らず、〝お隣さん〟は概して気まぐれでね。ともすれば幼子や花嫁をさらったり、田畑を枯らして害を為す厄介者さ。危なくて迂闊には本当の名前も呼べない。だから通り名ばかりが多くなるという寸法さね」

「通り名……」

「始めに言葉ありき。〝光あれ〟なんてのは、先に言葉があってこそさ。名前ってのは、それ自体を内側から外側から支配するものでね。……そうだね。お前さんの名前は？」

「あ……アニェラです」

「希望、か。フン、父無し子にしちゃ良い名じゃないか。……どれ」

そう云いながら老婆は、テーブルに並べたアルカナの一枚をめくった。

美しい全裸の乙女が、両手にもった水壺で大地に水を注いでいる。注いだ水のひとつは池となり、もうひとつの水からは草木が萌え出し地表を覆いつつあるようだった。空にはひときわ大きく光る星と、それを囲む小さな七つの光とが瞬いているが、おそらく朝が近い。何となれば、背後の枝々を夜明けを告げる鳥が渡り歩いている。

「〝星〟」

老婆が呟いた。そして再び手を伸ばし、無作為か或いは手順に沿ったものか、もう一枚をめくる。

出てきたのは白く豊かな鬚をたくわえ、ローブをまとった老人だった。右手には灯りのついた角灯を掲げ持ち、左手には杖を持っている。どうやら雲海を眼下に望むほどに高い頂の上に立っているらしく、周囲には何も無く空ばかりが広がっている。どことなく胡乱なその瞳は、はるか下界へと向けられているようだった。

「〝隠者〟」

「…………？」

めくった瞬間、老婆が眉をひそめる気配を感じた。あまり良くない出目なのだろうか。嫌な特技だ。長く人の顔色をみて育つと、そんな徴候（しるし）にすら気が向くようになってしまう。

「で、お次は……何が出るか」

指先が次のアルカナに伸びる。めくりあげ、それがテーブルの上に開示される。

「これは……？」

図版が眼に入り、思わず呟いた。

書いてある文字は英語ですらないようで、わたしにはさっぱり読めなかったが、しかし何が書いてあるのかは明白だった。その絵は全体として、不吉な示唆にあふれている。

「〝塔（タワー）〟」

老婆が、低く云った。雲が浮かぶ夜空だ。そこに、崩壊する塔が描かれている。吹き上げる炎にも、轟（とどろ）く稲妻（いなずま）の一撃にも見えるそれが、山頂に建った塔のそのさらに頂へと落ちている。燃え上がり、崩れていく塔。空中には金の王冠や飛び散る炎、放電、破片、投げ出され悲鳴を上げながら落ちていくふたりの男たちが描かれている。

「……最後に一枚だけ、お前さんが手ずから選んで返しな」

目線をあげると、老婆がわたしを見ていた。

「でも……」

「どれでもいい。ただし、あたしやそこのランダバウト（仔馬ども）よりも古い紙きれさ。乱暴にはお触りでないよ」

「は、はい」

並べられた二十枚ほどのアルカナを眺める。すでに開かれた三枚のカードは、それぞれ開示された場所からこちらを見ている。

こちらも見る。どれを選ぼうか。……すると。

ふと。

冬の夜なのだから、当たり前といえば当たり前なのだが……。寒気がした。

伸ばした指先がかじかんで、なんだかひどく動かしにくくなる。それは、身体の末端から忍び寄るのだ。

寒さは。

わたしは、それを良く。とても良く識っている。

頭の中身や、臓物や……何かどろどろとしたものは。基本的には大事なものほど身体の中心で、温かな場所で、大切に護られていて……。脚の指が、手の指が。寒さはそれらを、末端から徐々に駄目にしてゆく。ゆっくりと——熱が。

「……そうきたか」

老婆が顎をひき、息を呑んだ気配が感じ取られた。

それが合図になったように、目が覚めたように我に返る。またも呆としていたらしい。

首を振り、改めてテーブルに目をやる。すると。開かれたカードが四枚に増えていた。

「これは、わたしが……？」

「ああ」

半ば盲（めし）いた瞳でカードを凝視したまま、老婆が頷く。

そこに描かれているのは、男だった。男がカップやナイフ、ダイス等が散らかった三本脚のテーブルを前にして立ち、こちらの様子を窺っている。その足元には一枚の葉が生えている。男は短い金の巻き髪に無限大の記号にも似て歪んだ大きな二角帽子（バイコーン）を被り、左手には短いステッキ、右手には硬貨（コイン）を持ち、上着には左右が非対称に染められた派手な色使いのチュニック、脚はぴったりとした脚衣（ショース）につま先の尖った革靴（プーレーヌ）を身につけており、見てくれはまるで——

「道化師、ですか？」

「いいや」

同じように雑多な品の散らばるテーブルを前に、老婆が首を振る。

「まあ、そう云えないこともないがね。こいつは……〝魔術師（マジシャン）〟。あんたが持っている〝力〟を示唆するアルカナさ」

「力というと、このおかしな……」

老婆が首を振る。

「おかしなことなど何もあるもんかね。蛇は熱を見る。鯨は音を見る。狼（おおかみ）は匂いを見る。あんたはお隣さんを見る。どれも見えない者には見えない。そういうもんさ」

「でも……」

「あるいは誰にでも、なにかのはずみに見えることもある。つまりそれ自体は、そう特別でもない。その程度の力さ。魔法使いや魔術師の素養を持つ者なら、大概が持つ能力でもある」

「魔法使い……」

話には聞いたことがある。数は少なくなったが、本物はいるのだと。中には教会も無視できないほど力ある者も今なお存在し続けており、逆説的に神の存在を証明し続けているのだと。

「アニェラ」

突然名前を呼ばれ、わたしは驚いて顔をあげた。老婆の眼が、まっすぐにわたしのそれを見つめている。

「おかしなことを聞くようだが……ひとつ、教えておくれ」

「……はい」

老婆は少し躊躇(ためら)って、そして云った。

「アンタは、今、幸せかい？　それとも、不幸せかい？」

「……え？」

どうなのだろう。わたしは、はたして幸せなのだろうか。それとも、不幸なのだろうか。養父母の元にいた頃なら、その質問の意味すら理解できなかっただろう。だが、今は少しだけわかる。

……都会のラバが道端で田舎のラバに出会う。田舎のラバは背中に重い荷を背負い、蹄鉄はすり減り、いかにも鈍重に歩みを進めている。一方で都会のラバは身軽で、陽気に、弾むようにして歩いている。

都会のラバが云う。

「おやおや、キミはなんて可哀想なラバなんだろう、そんな重い荷物を抱えて、酷い苦労をしていそうじゃないか」

だが田舎のラバは無邪気に問うのだ。

「苦労って何さ？」

わたしは今や、禍福（かふく）が相対であることを識っている。そして自分が、どうやら幸福ではないことを識っている。だが同時に、相対化の基準にするべき〝幸福な状態〟のことを識らないでいる。それはたして不幸なのだろうか？　幸福なのだろうか？

「……で、お前はどうしたいんだよ、アニェラ。あたしたちは云ったぞ」

ヨランダが向かいにある二段ベッドの上段で横になり、肘枕をしながらわたしを見おろす。

眠りにつくまでのひとときのこと。あの時、わたしには云えることがなかった。わたしには、あの三人のような『夢』というものがなかったからだ。

「わたしには……わかりません」

「そうかい。そいつがわかるようであれば、あるいは……。お前さんのような存在にも、人間というものが理解できることがあるかもしれないと、そう思ったのだけどね」

　机に広げられたカードを回収しながら、老婆がゆっくりと首を振った。

「だから、喰らったのかね？　夢を。丸ごとにさ。それでも、わからなかったのかい？」

　夢。まるで心の中を読んだように、老婆が云った。

「え……!?」

　どういう意味だろう。わたしは何を云われているのだろう。何故そんなことを云われるのだろう。これは、ただの占いじゃないんだろうか？　心が痛んだ。そして先刻まではむしろ心地よい程だった下腹が、内側からひどく痛んだ。

「あの、お金は……。ごめんなさい。一ペンスもなくて……。だから」

　だから、良い占いをしてもらえないのだろうか。しかし、払えるものは何もない。

「……良いも悪いもないよ。あたしはただ、ミルクが溢れた事を確認しにきただけなんだ」

　老婆がため息を吐くようにして云った。

「……ミルク？」

「因果なもんでね。先回りして止めるでもない。結果を見るだけさ。溢れたミルクは、盆には還らないって云うだろ。にしたって、もう少しマシな溢れ方があったかもとは思っちまうモンさね」

　はー。と、老婆は今度はハッキリため息を吐いた。

「よくお聞き、アニェラ。あんたはね……取り替え子（チェンジリング）だ」

「……チェンジ……リング……」

「云っただろ？　妖精は時に、人間の子をさらう。連れて帰ってただ可愛がることもあれば、召使いとしてこき使うこともある。喰っちまうこともあれば、やがて愛を交わすことだってある。たださらうならそこで済む話だが、代わりに妖精やトロルの子をのこしていくことがあってね。そいつを――取り替え子（チェンジリング）と云う」

「じゃあ、わたしは……」

養父から、何度も聞かされた話を思い出した。厩の天窓の、緑柱の光。エメラルドの色。誰にでも、なにかのはずみに見えることもある……。

生まれ落ちてから感じていた違和感が、すべて繋がった気がした。

一体、どういう皮肉なのだろうか。では、わたしは……。わたしの本物は、そもそも生まれた瞬間に親から棄てられたのに。それなのに彼らはそれを欲し、しかも誤魔化すためにわざわざこのわたしを置き……。

ああ。本当に、わたしには何もなかったのだ。徹頭徹尾、最初から最後まで。わたしは……。

「人間じゃ……ない……？」

「さて、それどころか」

最後のタロットを回収し懐に仕舞うと、老婆は机の脇に移動していたイースターエッグを手に取り、小さく振ってみせた。

「普通の取り替え子は、心得さえあればこの卵ひとつでご破算にすることだってできるもんだがね。どうやらあんたはもう少し厄介な眷属(タイプ)さ」

「…………？？　よく、意味が……」

「──山羊は。グレイとホワイトはどうしたね。お別れの挨拶は、したのだったかい？」

老婆が云った。

「……!?」

「牛は。ブラウンのカラダはどうしたね。彼の墓はつくってあげたのだったかい？」

「う……。ああ……」

「なぜ、養父と養母は、あんたを怯えたような眼で見ていたんだい？　なぜ、やっと育った労働力を、ただでさえブラウンを亡くした後だというのに、二束三文で施設なんかにやっちまったんだい？」

「わ、わたしは……。わたしは……！　グレイも……ホワイトも……」

「……だから云ったろ？　ミルクはもう、溢れちまったんだ」

「一体、いつからわたしは……」

「そうさね」

両肘をテーブルに置き、顔の前で両手の指を合わせ老婆が云った。

「いつこぼれたのかと云えば、結構な昔からさ。死んだはずのブラウンの遺体がどこかに消え去り、しばらくして――今度は山羊が二匹とも、消えちまった時にね。さらに云えば、あんたが自分(アニエラ)を喰って、アニェラ(あんた)に成った時からかもしれないね。あんたは人さらい本人でもあり、同時にさらわれた当人でもある。そして……」

「ああ……」

「最初から妖精ですら、なかったのさ」

*

ゴロリ。

やがて、今度は彼の……ブラウンの首が溶けて落ちた。無理も無い。両腕を回し外からも、そして喉(うちがわ)にも私が流れて溶けたのだ。大事に拾いあげ、大切に今度はぜんぶを包み込む。頭蓋を穿(うが)ち、硬膜を破り、淡い灰褐色の柔らかな脳組織と溶け合いながら、私は彼の頭の中に満ちてゆく。溶け合いすぎたのだろう。一時的に体積を増し、彼の眼窩(がんか)や口腔(こうこう)、鼻腔(びこう)や耳孔(じこう)のすべてから私があふれて、流れ出す。

もう、心臓は動いていない。厩の天窓からは妖精たちが、緑の光を身にまとい、好奇の目でそれらを眺めている。

やがてその温もりがすべて失われると、あたりには幾片かの彼の身体のかけらと、吹き出た血の染みだけが残った。ある程度は拭き取り、土間を削れば誤魔化せるかもしれないが、すべては無理だろう。ある程度の疑念を抱かれてしまうことはもはや避けられそうにもない。

だが、仕方が無い。それでも、弱りきった彼の心臓が止まってしまう前に、彼の温もりのすべてを感じ取ることができてよかった。

小屋の隅ではグレイとホワイトが身を寄せ合い、怯えて鳴いている。ああ、いずれは彼らとも別れねばならない日がやってくるのだろうか。その温もりを失ってしまうようなことがあるのだろうか。そんなことになったら私は……わたしは。いったいどうしたら。

*

ああ……。わたしは。ならば、いっそ。

*

目が覚めると、眼前には地獄が広がっていた。

一面の、血と臓腑（はらわた）の海。観覧車と、月と、風の匂いと、私が放つ、腐泥（ふでい）の薫香（かおり）。それらが渾（こん）

然一体となり、辺りには地獄の釜の蓋が開いたような光景が現出している。

泣き叫ぶファンフェアの客。ホームの子どもたち。その中にはキャシーも、それを連れて逃げようとあがくヨランダの姿もあった。可哀相に。とても可哀相に。心が痛んだ。そして、痛む心があることを不思議に思った。

〝それがわかるようになっているのであれば、あるいは……〟

老婆はそう云ったが……。もしかするとこうした感情こそが、その答えに近い何かなのではあるまいか。だとしたら、本当はもう少し、違う未来があり得たのではないのだろうか。どうなのだろう。とはいえ、もう遅すぎた。ミルクどころではない深真緒の朱の色が、そこかしこに零れて、溢れて、そして私の中にも満ちている。

空気が、ひどく煙い。寒い。いつの間にか辺りには霧の都もかくやという深く濃密な霧が立ちこめている。

周囲を見渡す。そこに、シスター・アビゲイルの顔面の半分とジュリアンとが、泥に塗れて落ちていた。限界にまで見開かれた眼が、むなしく空を睨んでいる。他の部分は、どこかそこいらにでも飛び散り落ちているのだろう。他のシスターたちも、ホームの他の子らも。混ざり合い、勝手に、中途半端に溶け合って、拡がって。そうして地に満ちているのだろう。寒い。だが、彼らは私を満たすに値しない。私が満ちるに値しない。私をあたためるには至らない。

「ジョージィ……」

そう呟いたつもりだったが、それがきちんとした音節になっていたかどうかはわからなかった。だが、それに応えるようにぞろりと、下腹で愛おしい温もりが蠢いたのは感じ取られた。泣き虫ジョージィ。先刻まで暴れていた力も、もう無い。彼が、ママとパパの夢をみながら、私の胎内で溶けてゆく。

——果たして、あの老婆は一体何者だったのだろう。ふと、思考が夢と現を結ぶ。あれは本当に夢だったのか。たぶん違う。あれは、本物の魔法使いだったのだろう。だから、どちらかと云えば啓示や幻視の類を受けたことになるのだろうか。聖女でもなく、人間ですらなかった私が、シスターを差し置いて。

その皮肉にグツグツと喉が鳴った。それが喉なのかどうかもわからなかった。いずれにせよどうでもいいことだ。とにかく今〝わたし〟は此処に居る。〝私〟も此処に居る。いまやどちらも自分なのだから、それでよかった。首を振って、小さく息をつく。粘度の高いしずくが僅かに飛び散り、ゴポリと重たい音がした。

寒い。温もりが必要だ。キャシーと、ヨランダが必要だ。ジョージィを入れて三人。それで私を満たせば、彼らで私が満ちれば、彼らの熱を取り込めば。咬合、合一、交合、混合。混ざる。溶け合う。ひとつになる。そうすれば今よりも少し、ほんの少し。何かがわかるような気がする。人間の。何かが。うん。きっとそうだ。

そしてわたしは、小さく歌をうたいながら。粘液の筋を描き、二人へと向かって這い進み始めた。

〈了〉

魔法使いの嫁
The Ancient Magus Bride

稲妻ジャックと虹の卵
後篇
五代ゆう

7

「さて」わたしは両手を腰にあてた。「最初から話を聞かせてもらおうじゃないの」

「話って、何をだよ」

ブルックリンを見下ろすわたしのオフィスだった。ジェフリーをあのギャング集団の真ん中からひっぱりだしてここへ連れてきてから、半日近くが経過している。おそらくギャングどもは噂のお化け骸骨を目の当たりにした衝撃からなんとか立ち直るが早いか——まあ、少し時間はかかっただろうけれど。ロデリックは久しぶりの晴れ舞台でとても張り切っていたに違いないし——パンク・バンドのTシャツを着た若い男を捜しにニューヨーク中に散ったに違いない。男を連れ去ったのがジーンズをはいた女、というか妖精であることは知らないだろうけれど。

もちろん、人間がこのオフィスに気づいて入り込むことはあり得ない。ジェフリーをひとまずここに連れてきたのもそれが理由だ。たとえ魔術師、あるいは妖精のたぐいであっても、わたしが知らない相手、わたしが入室を許さない相手は無理にここに入り込むことはできない。このビルの大家はひどい因業魔術師だが、高い賃貸料をとるだけのセキュリティは提供してくれる。

ラリーはわたしのなけなしのへそくりからいくらかせしめて、新しいジャケットを買いにパークロウのお気に入りの雑貨屋へ出かけている。すねて騒ぎ立てるちびっ子Aが退出し、あとに残ったのはすねてむっつりしたちびっ子B。

ジェフリーはわたしに引きずられてここにひっぱり込まれるまでは目まぐるしい出来事に呆然としていたが、オフィスに入り、ソファに放り出されると、にわかに正気づいた。

ひとしきりうろたえてわめきちらし、ローラのところへ返せだの、ボスが知ったらどうなるかだの、安っぽい脅し文句を並べはじめたので、しばらく口を開けられないようにして床の上で棒になってもらっていたら、いくらか頭は冷えたようだ。今はソファの上にむっつりと座り込み、落ち着かないようすで膝をゆすりながら、テーブルの上に置かれた革袋にちらちら視線を投げている。

「先にあんたが誰だか聞かしてもらわねえとな」

せいいっぱい凄んでみるものの、声が多少震えている。ぴくっと手が動いて革袋をさっとつかみ取ろうとした。わたしの方が早かった。

「おい！」空中高く浮かび上がった革袋を見上げて、ジェフリーはあせった声をあげた。必死につかもうとするが、そのたびに袋はもう少しのところで逃げ回り、風に吹かれる風船のようにゆらゆら漂った。

「いったいどうやってんだ？　なんの手品だよ、これ？　あんたいったい何者なんだ？　あいつらに何をしたんだ？　あの骸骨――」

「はいはい、そこまで」わたしが手をあげると、革袋はひゅっと飛んできて、わたしの手のひらに収まった。袋の遮蔽を通しても、竜の卵の放つ魔力が生きた小鳥を手に乗せているかのように脈打つのがわかる。

「いま訊いてるのはあたしなのを忘れないで。あたしがいなかったら、あんたは今ごろスイスチーズなみに穴だらけになってたはずよ。スイスチーズなら撃たれても血は出ないけど、あんたはそういうわけにはいかないでしょうね」

ジェフリーは黙った。逆立てた黒髪の生え際が赤くなり、それから青ざめた。わたしの手に収まった袋とわたしの顔を交互に見比べ、急につっかい棒を抜かれたかのようにふらふらとソファに座り込む。

「あたしはジャック。とりあえず、自己紹介はこれですんだことにしといてちょうだい。あたしはこの――宝石の本来の持ち主に頼まれて、品物を取り戻す調査をしてるの」

竜の卵だのなんだのの話をわざわざ人間にする必要はない。それでなくとも、ジェフリーはもう十二分に混乱しているのだし。

「で、ローラ・ウィンフリーに会いに行ったら、あんたにぶつかったわけよ、ジェフリー・チャンドラーぼうや」

「なんで俺の名前知ってんだよ！」

わたしはテーブルに目をやった。先ほどまで袋があったところに、ノートパソコンが現れた。ぱっとディスプレイが開き、ひとりでに起動した画面に次々とファイルが開く。バロンが送ってくれた資料の数々だ。

パソコンが現れた瞬間、ジェフリーは爆弾でも鼻先につきつけられたようにのけぞった。けれども、それが勝手に動いて立ち上がり、誰も操作していないのにあれからそれへと資料を展開していくのを目にすると、しだいに前かがみになり、やがて画面に食らいつかんばかりにしがみついた。

「うそだろ」目をむいてぼそぼそ呟く。「なんでこんな写真、あんたが持ってんだ。あそこにゃ絶対に誰もいないはずで――」

「壁に耳あり、障子に目あり、よ」アニメで覚えた日本のコトワザだ。ジェフリーはぽかんとしている。

「つまり、どんなに隠れてると思っていても、絶対に秘密は漏れるものだ、ってこと。こっちにはものすごく目も耳もきく調査員がいるとでも思っておいてちょうだい」

調査員よばわりしたことに関してあとでバロンに謝ること、と心の中にメモをした。また先日みたいに、キーを叩くそばから画面の文字がラインダンスを踊り出すようないたずらはされたくない。

「で、その情報網に、あんたとあんたのガールフレンドがひっかかってきたってわけ、ジェフリー・チャンドラー。リチャード・ディーフェンベイカーはどうしてローラをそんなに気に入ってるの？　彼女を監禁して、自分のためだけに歌わせてるなんて。それに、こんなすごい宝石まで取り寄せて」

手の上で軽くはずませると、ジェフリーは今にもそれが羽をはやしてまた飛び立つのではないかと思っているかのようにびくっとした。

「念のため言っておくけど、これはまっとうな経路で流通してるものじゃありませんからね。本来なら、そもそも世間に出ることとさえないはずの品物なのよ。そんなものを、なんであんたが持ってるわけ？　それにリチャード・ディーフェンベイカーみたいな大物なら、あんたみたいな相手と取り引きしなくても、もっとまともなバイヤーから、同じくらいすごいジュエリーを手に入れられるはずだわ」

もちろん、単なる宝石という意味で。竜の卵に肩を並べられる宝物なんて、この世にそうそうありはしない。

でも魔力を理解しない普通の人間にとって、これはすばらしいけれど、単に大きなオパールというだけにすぎない。ダイヤモンドや、ルビーや、エメラルドの方をほしがる女性だっているだろう。これだけ物凄い魔力の結晶になると、普通人でもなんとなく目が離せないとか、気にかかるとか、もちろんそういうことはある。でも裏ルートから流れてきた品物を、いかがわしいとわかっている相手から買うようなへまは、少なくともリチャード・ディーフェンベイカーという人物のイメージにはそぐわない。

「それに……そうだわ、なんだってディーフェンベイカーはホテルだかペントハウスだか、彼ならいっぱい持ってるはずの、豪華な隠れ家にローラを入れてないの？」

浮かんできた疑問をふと口にすると、たちまちその問題が頭にとりついた。

「地下室に閉じ込めて、自分のほうから歌を聞きに通ってくるなんて、ウォール街の覇者のすることじゃないわ。こんなに高価な、しかもいかがわしいプレゼントまで買い与えてるのに、どうして自分の宝石箱に彼女ごと入れてしまわないの？　どうしてもステージにこだわるんなら、どこか手頃な劇場とスタッフをまるごと買い取って、彼女のための演目を書かせて、ローラ・ウィンフリーをスターに押し上げるほうがずっとかんたんなはず。なのに、どうして彼はあんな古くて小汚い場所で」

あとでロデリックにも謝ること、とわたしは心のメモに項目を追加した。助けてもらっておいて、彼の大事な劇場を侮辱するような礼儀知らずはわたしの流儀ではない。

「わざわざあんなギャングどもまで雇って、客を呼ぶんじゃなくて追い払うなんて。ディーフェンベイカー本人がどういうつもりだか知らないけど、あれじゃ女の子を怖がらせるだけよ。いったい彼は何を考えてるわけ？」

「俺だって知らねえよ」

わたしがしゃべっている間に、ジェフリーも多少落ち着きをとりもどしたらしい。両肩にこもっていた力が消え、いくぶん小さくなったように見えた。緊張がとぎれて、疲れが出たらしい。彼はだらりと両腕を垂らしてうつむき、力なくソファに沈み込んだ。

「ローラは俺の幼なじみなんだ。カンザスの出でさ。同じ小学校に通ってて、隣の席だったんだ。あいつはそのころから歌がうまくて」

ジェフリーの瞳に夢見るような色がやどった。人がしあわせだった過去を思い返すときにあらわれる、虹のような色だ。わたしの胸がちくりと痛んだ。わたしはまだ、そういう過去を持ったことが一度もない。

「いつも学校のコンサートじゃソロを歌って、いつかきっとミュージカルのスターになるんだって言ってて、俺もぜったいそうなるって思ってた。だからあいつが高校を出てすぐニューヨークに出て、ブロードウェイで仕事を探すって言ったときも、心配はしたけど応援したんだ。あいつならきっと大スターになれるって。けど」

都会の不良っぽい早口の下から、カンザスののんびりした男の子の、ゆったりした南部訛りがのぞいていた。

「だんだん連絡がとれなくなって、電話しても出ないし、メールにも返事がこなくなって。それで俺、我慢できなくなって、母ちゃんにはこっちで仕事探すって話して、ニューヨークに出てきたんだ。そしたらあいつ、ウェイトレスの仕事もやめてて、部屋も引っ越してて、見つからなくって」

彼とローラがカンザスの生まれで、双方がどういう経路をたどってニューヨークにたどりついたのかは、バロンの集めたデータである程度わかっている。

ローラは最初にありついた食堂の住み込みウェイトレスの仕事をやめたあと、職を転々とし、その間に、さまざまなオーディションを受けては落ちることをくりかえしていた。たまに端役の補欠やコーラスの一人として出ることはあっても、現実はドラマのようにはいかない。田舎から出てきた才能ある少女がたちまち神のようなプロデューサーに見いだされるというシンデレラ物語は、そうそう転がっているわけではなかった。

その間に、ローラを探して（なんだか映画のタイトルみたいだ——『ローラを探して（チェイシング・ローラ）』）ニューヨークに迷い込んだジェフリーは、道に迷うと同時に人生の道にも迷った。便利な使い走りとしてその辺のワルにいいように使われ、むろんまともな職にはつけず、なんとかカンザス訛りを洗い落としてからも、車を盗んだりへたなスリやひったくりをやらかしては、短い期間拘置所で過ごしてすぐに出てきていた。警察は彼のようなちんぴらにかまけるよりもっと重大な事件を山とかかえており、認めるのも癪だけれど、バロンが言った「ガムの噛みかす」という形容は、警察にとっても、また彼をあごで使っていたワルの集団にとっても、まったくそのものだった。

「そのカンザス生まれのあなたが、なんだってこれを手に入れることになったの」

「ＪＦＫ空港でカモを探してたときだよ」

そわそわと身をゆすりながらジェフリーは視線をそらした。組み合わせた両手の親指をぐるぐる動かしている。

話によると、彼はＪＦＫ空港の乗降客の荷物をかすめ取るつもりで、つるんでいた仲間といっしょに空港ロビーをうろうろしていたらしい。盗みの手際に関してはあまり信頼されていなかったようで、主に見張りとカモの探し役を引き受けていたようだが、そのうち、税関で騒ぎが起きていることに気がついた。

人間、目の前のことに気を取られると、手元の荷物はおろそかになるものだ。好機とみて近づいた彼は、税関の職員とつかみ合いにならんばかりの騒ぎにぽかんと見とれていたある女性のショッピングバッグに、目立たない男が通りすがりにひょいと何かを投げ入れ、歩き去っていくのを目にした。

何も知らない観光客の荷物に高価な品を隠して、国外に持ち出させるのは密輸者のよくやる手口だ。これは一儲けあるぞ、と考え、ジェフリーはその女性のショッピングバッグをすり替えて、トイレに持ち込み、中を調べた。

「中はくだんねえ安もんばっかりだった。チョコレートとか、スカーフとか、自由の女神のスノードームとか。でもそういうのの中に、あれがあったんだ。青い布張りの箱に入った、すっげえ宝石の首飾りが」

その時の衝撃を思い返すように、ジェフリーはしばし言葉をきって目をつぶった。もしかしたら、彼は魔力に対する感受性を多少持っているのかもしれない、とわたしはひそかに思った。やせた頬に浮かんだ深い畏敬の色は、およそ彼のような不良少年の顔には無縁に思えたからだ。

「俺はお高い宝石なんて見たこともねえけど、こいつはマジもんだってすぐわかった。それで箱ごとシャツの下に入れてベルトで押さえて、ほかは置きっぱなしにしといた」

「仲間には教えようと思わなかったの？　すごい獲物なのに」

「あいつらに？」

ジェフリーは心外そうに鼻を鳴らし、そのこと自体に驚いたようにびくっとした。まばたいて、不安そうに視線をめぐらし、

「まあ……うん……本当なら教えるんだろうな。うん。そうなんだろう。でもあんときは、頭がボーッとなっちまって、ただもうその宝石のことだけでいっぱいいっぱいで、そのままバスに乗って空港を出ちまったんだ。そんときの仲間とはそれっきりさ、一度も会ってない。俺はヤサを変えたし、しばらくは表に出ないようにしてたし」

またしばらく口をつぐんでから、思い切ったように、

「ほんと言うと、そのネックレスに夢中になってたんだよ。箱を持っただけで、身体じゅうがポカポカあったかいみたいで、そりゃもう幸せな気分になるんだ。ハイってわけじゃないぜ。ずーっと昔、俺もローラもまだちっちゃくて、ドニー伯父さんの農場でピクニックして、子馬をなでながら苺のケーキだのサンドイッチだの食べてたときみたいな、フワフワ雲の上まで浮いてくみたいな感じなんだ」わたしに向かって、ジェフリーはすがるような目をあげた。「わかるだろ？」

わかった。完璧に理解できた。ことに妖精であるわたしには。

やはり彼には、魔術師とまではいかなくても、一定の魔力を感知する能力はあるようだ。でなければ、あの宝石——竜の卵——に対して、そのような感じ方をするはずがない。普通の、魔力をまったく持たない人間にとっては、あれはどんなに美しくとも、ただの宝石にすぎないのだから。

そして感謝しなければならないだろう——たまたま卵を手に入れた人物が、多少なりともあの品の真の意味を悟れるだけの感受性を持っていたことに。もし、ジェフリーではない無感覚なちんぴらがこのネックレスを手にしていたら、たちまち卵はニューヨークの闇にまぎれ、どこともつかない都市の暗渠（あんきょ）へ流れていってしまったはずだ。

「で、リチャード・ディーフェンベイカーはここにどうかかわってくるわけ？」

「まあ……カネがなくなってきてさ」ジェフリーは両手を尻の下にしいてもぞもぞした。

「ちょいと稼ぐつもりで、アップタウンのほうへ出たんだよ。仲間とは顔あわしたくなかったんで、ちゃちゃっと手早くすませようって、五番街あたりをうろうろしてたら、急に目の前に、その」わたしの顔をうかがうように見る。「なに?」とわたしがきつい口調でうながすと、うつむいてぼそぼそと、

「その……目の前にカラスが降りてきて、しゃべったんだ。人間の声で」

今にも、嘘をつくなと怒鳴りつけられるのを予期しているような顔でわたしを見上げた。わたしが眉ひとつ動かさないのを見ると、いくらか勇気づいたような口調になって、

「お前が何を持ってるかは知ってる。そいつを高く買うものがいる。お前が持っていても意味がないが、自分と取り引きすれば、安全と大金が手に入る――そう言ったんだ」

わたしはうなずいた。ここで黒幕、魔術師のご登場、というわけだ。動物やその死骸に術をかけてあやつるのは、彼らの常套手段である。

「俺はすっかりびびっちまって」とジェフリーは言った。

「その場で回れ右して部屋へ飛んで帰ったけど、うちん中でも、あっちこっちから声がするんだ。しょっちゅうカラスはくるし、ゴキブリやネズミも騒ぐし、カーテンの端がめくれて口をきくし、テイクアウトの空き箱が転がってきてしゃべるし、なんだか、頭のおかしいディズニー映画みたいになってきちまって」唇をなめる。

「最初は怖くてどうかなりそうだったけど、だんだん、これ以上頭が変になりそうもないんだっ

たら、いっぺん返事してみてもいいんじゃねえかって、やぶれかぶれになっちまってさ。カネもないし。結局、うんって言ったわけさ。その、取り引きに応じるって」

「その相手があなたの言うボスなの?」

「ほかにどう呼べってんだよ。名前も知らねえんだぜ」ジェフリーは肩をすくめた。

「で、そいつがセッティングして、ハドソン川のちっちゃい船着き場で受け渡しがあったんだ。その写真のやつだよ」

わたしはもう一度その写真をながめた。粒子の粗い監視カメラの映像。一張羅らしいスーツを着ていっそうひょろ長く見えるジェフリーが、でっぷり太って石のような横顔をしたリチャード・ディーフェンベイカーとその取り巻きに、細長いケースに入ったネックレスを確かめさせている。

「でもこれは」わたしはほんの少し声を強めた。「本物じゃなかった。そうね?」

「ボスがそうしろってったんだよ!」

ジェフリーは青くなった。指で肩をつつけばその場にひっくりかえってしまいそうな有様だ。わたしは空中からコップ一杯の水を取り出し、彼に渡した。ジェフリーはそれがどこから出てきたのか気にする様子もなく、一気に飲み干して額の汗をぬぐった。

「ニセモノもちゃんと用意してあったんだ」

膝のあいだに目を落として彼はぼそぼそと言った。

「すげえ本物そっくりの、ちょっと見たくらいじゃ誰もニセモノだなんてわからないやつが。俺はそいつを箱に入れてあの爺さんに渡して、本物はボスが別に用意してた袋に入れて、ボスに流す。引き替えに、ボスは俺に金をくれる。大金を」また唇をなめる。

「でも、俺は、見ちまったんだ。あいつが財布に入れてる写真を」

「ディーフェンベイカー？」

「そうだよ！」ジェフリーはとつぜん激したようにコップを机に叩きつけた。

「ローラだよ、ローラがいたんだ！　そこに！　着飾って、ものすごい化粧してたけど、俺がローラを見間違えるはずなかった。あいつだったんだ。あの腐れひひ爺いに捕まって、閉じ込められてたんだ。

俺は本物をボスに渡しておさらばするつもりでいた。でも、ローラの顔を見たとたん、水かぶったみたいに目が覚めたんだ。俺、なんでこんなところにいるんだ。ローラを探しにニューヨークへ来たんじゃねえか。今あいつを助け出さないでどうすんだって思って。

その足で、つてをたどっていろいろ調べた。爺さんが誰かってこと、それに、あの劇場を買って、ローラを閉じ込めてることがわかった。

俺は考えたんだ。この宝石がありゃ、ローラを連れてどこへでも逃げられる。どこへでも行ける。ボスから金をもらえば、いや、ボスなんか通さずに、ちょっとずつネックレスを切り離して売っていけば、ばれないし、ずっと割がいい。そう思って」

「もう一つあるわ。あなた、ネックレスを手放したくなかったんでしょ」

熱した調子でしゃべりつづけるジェフリーを、わたしは遮った。ジェフリーはぎくっとした顔で口をつぐんだ。

「正確に言えば、そのネックレスの中心の宝石。オパール」

わたしは続けた。もし魔力に関して多少の感受性を持ち合わせているなら、この宝石——竜の卵——を、やすやすと人手に渡せるとは思えない。倫理観にいささか問題のある、魔力を感知できるちんぴら。手の中のあるまたとない宝物を、いかに大金と引き替えにとはいえ、かんたんに手放すことはできないだろう。

おそらく黒幕の魔術師が用意したにせの品も、それなりの値打ち物ではあったはずだ。本物の宝石と貴金属でこしらえた、ジュエリーとしては文句のつけようのないもの。でも、竜の卵の持つ値打ちとは換えようもないもの。

至純の魔力の塊である竜の卵は、どんな地上の富とも比べようのない、この世ならぬ至宝だ。若い娘に血迷った億万長者には相応のものをつかませておいて、本当の宝は自分がかっさらう——たちの悪い魔術師の考えそうなことじゃないの。

ジェフリーはどぎまぎした顔で口を動かしている。

「いいこと、坊や、あんたは自分の踏み込むべきじゃないところに首をつっこんじゃったのよ」

わたしは言った。

「カラスが話しかけてきたところで、とっとと何もかも捨てて逃げ出すべきだったわね——といっても、あんたがこれを持っていてくれたのは、あたしにとっては幸運だったけど。これはあたしが預かっておくから、しばらくここに隠れていなさい。ディーフェンベイカーも、それからあんたのボスとやらも、あたしが話をつけてあげる」

「ローラは？」ジェフリーは泣き出しそうになって声をあげた。「ローラをあんなとこに置いとけねえよ！」

「静かにしなさいったら！　ローラのことも、ええ、なんとかしてあげるわよ。だから、ここでおとなしくしてなさい、坊や。あたしはこういうことのプロなの。これを正当な持ち主のもとへ返したら、あんたのこともなんとかしたげる。ローラのこともね。たぶんあたしの依頼主も、それくらいの経費は認めてくれると思うわ」

「それ、やっぱり返さなきゃだめかい？」

「あたりまえでしょ」わたしは一喝し、とたんにジェフリーはびくっと首をすくめてソファに小さくなった。むち打たれた犬のような顔をしている。ひょっとしたら、本当になにか一撃してしまったのかもしれない。わたしはいまだに感情につき動かされて魔力をほとばしらせてしまうくせがある。この仕事ではあまりよくないくせだ。

「あたしは依頼主に話を通してくるから」

哀れっぽい目で見上げてくるジェフリーの視線を避けて、わたしは言った。

「あんたはここで留守番よ、ジェフリー・チャンドラー。ラリーが帰ってきたらあの子に言って、なにか注文するかテレビを見るかゲームをするか、好きにしてて。けど、ここから出てまた劇場へ乗り込もうなんて思っちゃだめよ。自分とローラを穴だらけのスイスチーズにはしたくないでしょ」

その言葉だけでジェフリーには十分だったようだ。いっぺんにすくみ上がり、こくこくと何度もうなずいた。わたしは少し安心した。彼自身の倫理観にあまり期待はできないが、ローラに対する想いは本物だ。ローラに危険が及ぶと言われた以上、彼はここを出ることはしないだろう。まあ、入るのと同じく、普通の人間には出ることもできないオフィスだが、万が一ということもある。

「感心しないな、ジャック」

エイヴァン・デインはきょうもいつもの汚れた弁護士事務所で、せっせとタバコの吸い殻の山を高くしていた。だらけた様子で椅子にもたれ、すり減った靴をデスクにのせた姿は、弁護士(表向き)でも魔術師(内向き)でもなく、わたし以上にありがちな、さえない私立探偵そのものだ。

「ブツを手に入れたんならそれでいいだろうが。そんなちんぴらの世話を焼く必要がどこにある？　そいつを俺に渡して、けりをつけろよ。特別ボーナスがお待ちかねだぜ」

目顔でデスクの引き出しをさす。そちらを見ないようにするのはかなりの努力を要した。そこにわたしの憧れがある――イーベイで、ヤフーで、毎夜わたしのよだれを無益に垂れ流させつづけた、夢の一冊。あこがれのわたしの〝推し〟がウインクし、声優と原作者のサインが身をくねらせてポールダンスを踊っている――。

わたしは咳払いして声の通りをよくした。

「そういうわけにはいかないのよ、デイン」

「なんだと？」

デスクを越えて手を伸ばしかけていたデインはぱっと身を引いた。わたしは手の上で竜の卵の入った革袋を転がした。

「この袋には強い魔力遮蔽の魔術がかかってる。ジェフリー・チャンドラーの話も聞いた。この一件には、誰か糸を引いてる魔術師がいるのよ。そいつを見つけだして捕まえるまで、おしまいというわけにはいかない」

「魔術師のほうをどうするかは、俺たちの間でなんとかする」

うなるようにデインは言った。

「魔術師の問題は魔術師がつける。取り替え子（チェンジリング）の妖精ごときに、どうこう言われる筋合いはないぜ」

「なんと言おうと、いまこれをあなたに渡す気はないわ、デイン。なんなら、リンデルにそう報告してもらってもいい」

きっぱりとわたしは言い、指でくるりと輪をかいた。輪はそのまま金色に輝く紐になって落ちてきて、ひとりでに革袋に巻きついた。わたしはそれを首にかけた。袋はちょうど胸のあいだにぴったり収まり、わたしはそれを邪魔にならないよう、ブラジャーの隙間に入れてしっかりしまった。

「素早く飛び込み、素早く解決。でも事件を途中で放り出すのは稲妻ジャックのやり方じゃないわ。全部をまとめて、きちっと丸くおさめるまでやり抜くのがあたしの主義なの」

「おまえの主義なんぞ知るもんか」デインは唾をとばした。「そいつをよこせ!」

「おあいにくさま」

わたしはくるりと背を向け、ニコチンくさいオフィスを出た。背後でドアが叩きつけられるように閉まった。どっちが閉めたのか、よくわからなかった。双方が同時に閉めたのかもしれない。ドア越しにデインが吸い殻のむこうで食いつくような視線を送っているのが感じられた。

8

デインの言うことにも一理ある。いや、きっと彼のほうが正しい。わたしは依頼の品を首尾よく取り戻したのであり、それを返却すればことは終わったはずだ。リンデルはわたしが関係者の面倒を見るという口実のもとにぐすぐずするのを喜ばないだろうし、卵がわたし個人の手元に置かれることも、あまり喜びはしないにちがいない。なんといってもわたしも妖精であり、魔法に無関係とはいえないのだ。取り替え子という立場上、中間的な考えをある程度とれるとはいえ、リンデルが定義する「魔法に関係しない」にはとうてい相当しない。「魔法に関係する」とあってはなおさら。

でも、デインの手に渡すのはなんとなくいやだった。こんなに美しいものを、あの男のニコチンくさい拳に握らせることは、ひどい冒瀆のような気がしてならない。

リンデルなら、直接渡すことはできなくても、連絡をとればすぐに使者をよこしてくれるはずだ。依頼の内容はリンデルが自分で伝えてきたのだから、返すのだって、リンデルに直接返すのが、筋というものだろう。だいたい、事件の黒幕にいる魔術師だってまだわかっていないのだし、そもそもデインだって魔術師なのだし、わたしの手元にこれがあれば、問題の相手だってあぶり出されてくるかもしれない――。

わかった。認めよう。わたしはこの卵を手放したくなかった。

少なくとも、もう少しの間だけでも。プロらしくない、という非難はいくらでも受けよう。夜の愛し仔の甘い蜜に引き寄せられたことのある妖精なら、きっとわかってくれるにちがいない。これは理性を超える本能なのだ。強力で純粋な魔力のそばにいたいという衝動は、妖精にとってあまりにもあらがいがたく強い。自制力のない妖精なら、その場で奪い取って逃げ出してしまいかねない。ことこの宝物に関しては、わたしにはジェフリーを非難する資格はないのかもしれない。

ちょっとだけだから、と後ろめたさを感じながらも言い聞かせる。ほんのちょっとだけの間。ジェフリーとローラのカップルを救い出して、色ぼけ爺さんのリチャード・ディーフェンベイカーに一発くらわせたら、これは返す。そう、魔術師の問題は魔術師同士でなんとかすればいい。そういう委員会か何かが確かあったはずだ。妖精のわたしが口を出す問題ではない。古き魔法使い〈白花の唄(エコーズ)〉をこけにして、最強の呪物をかすめとろうとした抜け駆け野郎は、仲間の手で引きずり出され、相応の罰が下されるはず。わたしはブラの内側で第二の心臓のように脈打っている卵を確かめ、わたし自身の胸もまた、おなじ調子でときめいているのを快く感じた。

「ごめんなさいね」そっと囁く。「すぐにきょうだいのところへ帰してあげるから。もうちょっとだけ、我慢してね」

一度オフィスに戻ろうかと考えたが、ラリーを連れて行くほどのことではないと判断した。たぶん彼はまだ雑貨屋の棚のあいだでジャケットの試着に忙しいか、ゲームショップに寄って、新作ゲームの試遊に夢中になっているかなにかするだろう。へそくりからかすめとった金額ではジャケットを一着買ったらお釣りはさほど残らないはずだが、帰ったときの彼がジャケットの代わりに、新しいゲームのパッケージをぶらさげていても、わたしはさほど驚かない。

　さて、リチャード・ディーフェンベイカーだ。わたしはスマホを取りだし、ある番号にかけた。呼び出し音が数度鳴り、すぐに相手が出た。

『きみの瞳に乾杯』ハンフリー・ボガートのセクシーな声が言った。

『さて、ぼくの彼女(イルザ)はいったいどんな手助けが必要かな？』

「遊んでる暇はないのよ、バロン」わたしは言った。

「いま、リチャード・ディーフェンベイカーがどこにいるかわかる？」

『プラザホテルだね』即答だった。

『彼はあそこのコンドミニアムにもう一か月以上逗留してる。普通の人間にとっちゃひと財産を毎日散財してるはずだけど、彼の総資産からしたらそんなのはポケットの底の綿ぼこり程度のものさ。彼のところへ乗り込むのかい？』

「そんなところね。あなた、あそこの警報システムにいる仲間と話をつけて、あたしを通すようにさせられる？　非魔法的なあたりは自分でなんとかするけど、魔法的なセキュリティにはひっかかりたくないのよ」

『オーケイ。かんたんなことさ、ベイビー』

　バロンはうっとりするような含み笑いを響かせた。肉体や声を持たない電子の精霊たちは、しゃべる機会があると、さまざまな映画や音楽からサンプリングした声のデータを使う。『カサブランカ』はバロンのお気に入りの一本で、こういう時にハンフリー・ボガートを気取りたがるのはよくあることだ。

『あそこにいるのはもともとぼくのコピーから進化したやつだから、話は早いよ。ああ、大丈夫。話は通した。きみはまっすぐ乗り込んでいっていい。なんならスケジュールに、彼とのミーティングの予定でも滑りこませておこうか？　秘書はきっと、自分が見落としたんだって思い込むよ』

「ありがたいけど、やめとくわ。ほかの人に迷惑はかけたくないし」

それにプラザホテルとなると、おおぜいの魔法的人物もまわりにいる。あそこは歴史ある建築物で、歴史あるものは自然と魔力をもつものを呼び寄せる。非魔法的セキュリティと同じくらい、魔法的セキュリティが充実しているのもそれが原因で、あそこに出入りしている裕福な少数の魔術師は、邪魔をされることを極端に嫌う。もちろん、竜の卵なんてものを持ち歩いていると知られたら一騒ぎ起こるにちがいないのだけれど。

騒ぎ。邪魔。それだ。

「それから、わたしがホテルに入ったのを見定めたら、どこかでちょっとした騒動を起こしてくれない？　大層なものでなくていいの。ただ、しばらく人に邪魔をされないようにしてディーフェンベイカーと話したいのよ」

『おおせのままに、御主人様。きみの勤勉なる調査員に対する指令はそれだけかな？』

やばい。やっぱり調査員呼ばわりしたのは聞かれてた。

「今のところは、その、それだけ。ええと……ちゃんと埋め合わせはするわ。ほんとよ」

『期待してるぜ、スウィートハート』

もごもごと呟くわたしに思いきりセクシーに囁き、キスの音をさせて通話は切れた。バロンは姿を消した。どこかネットワーク上の、わたしには想像もつかない論理的隠れ家に落ち着き、わたしがこれから起こす騒ぎをわくわくしながら見守るつもりだ。

いくつものSF映画で、進化しすぎた電子知性が反乱を起こし、人類を滅亡させるという筋書きがある。ひどい中傷だ。バロンたちは基本的に人間を愛している。というか、彼らにとっての食事である雑多なデータを日々垂れ流す、興味深い乱数の塊と見なしている。人間が卵を産む鶏や乳を出す牛を殺したりしないように、彼らだって、おいしいランチや食べ応えのあるディナーをせっせと生産してくれる人間社会を、破壊するようなばかなまねはしない。たぶんバロンとそのお仲間は今ごろ、ナプキンをかけてテーブルにつき、ナイフとフォークを手に持って(比喩的な意味でだ、もちろん)舌なめずりしながら、わたしとわたしの行動が巻き起こす、一連のすてきな情報(データ)コース料理を待ち構えているはずだ。

それで調査員呼ばわりを帳消しにしてもらえればいいけど！　わたしはぶつぶつ言いながらブロードウェイを北に向かって歩き、セントラル・パークの手前で右に折れた。さいわいなことに、デインの事務所とプラザホテルの面する五番街はそれほど遠くない。

急ぎ足で行き来するニューヨーカーや、逆にぽかんと口をあけてきょろきょろしている観光客のあいだをぬってしばらく歩くと、五番街の噴水が見えてきた。

居並ぶ馬車と、たくさんの国旗がたなびく下をくぐり抜けて、巨大なロビーに足を踏み込む。ちょっとくらっとしたのは、ホテル全体にめぐらされたさまざまな魔法的セキュリティの影響か、それとも、圧倒される巨大なシャンデリアと豪華なフラワーテーブルのせいかはわからない。もちろんわたしは妖精の国でもっと圧倒的なものをいろいろ見たけれど、このホテルは……そう……わたしのような人間と妖精のあいだに立つものにとっては、特別なものに感じられる。人間社会と魔法が折り重なった、一種の夢の領域。さまざまな人間が夢をいだいてここを訪れ、いっときの陶酔にひたされて去っていく。歴史的なさまざまな事件と、そうした人間たちの心のときめきが秋の木の葉のように積み重なったここは、大劇場にも負けないくらいドラマチックで魔法的な場所だ。

ここには仕事で何度か足を運んだことはあるけれど、ロビーから奥に進んだことはまだない。わたしはつんと顎を上げ、退屈したニューヨーカーの顔を作って、スマホをいじった。バロンはホテルの見取り図を、誰がいまそこに泊まっているかの説明つきで送ってくれていて、それによると、ディーフェンベイカー氏はセントラル・パークを臨む十二階の、目玉の飛び出るほど高価な部屋(コンドミニアム)を所有しているらしい。

コンドミニアムの住人には専用の入り口があるのだが、そちらにはここを根城にしている魔術師の誰かが張りめぐらした個人的な魔術の防御網があって、近づけなかった。ま、いいか。中へ入ってから考えよう。わたしは知らん顔でロビーを進み、オーク・バーへ流れていくお客をよけながら、エレベーターにたどりついた。

制服でぴしっと決めたボーイは眉一つ動かさなかった。わたしはホテルに入るのと同時に妖精の国に足を置き、人間の目からは姿を隠している。魔法的にも非魔法的にも間違いなく不審な侵入者だが、少なくとも警報が鳴り響き、警備員がとんでくるようなことはまだない。バロンはうまく話をつけてくれたようだ。

トランクを引きずる宿泊客といっしょに、中へと進む。それ自体が平均的なニューヨークのアパートまるごとくらいある広いエレベーターが止まったのは八階だった。宿泊客がぞろぞろ降りる。わたしも降りた。どうやらこのエレベーターは八階以上は行かないようだ。それ以上はもっと金の払える客か、でなければコンドミニアムを購入できる選ばれしセレブだけということらしい。資本主義という洗練されたカースト制度。

立ち止まって天井を見上げる。落ち着いた間接照明に照らされた白い繻子とダークオークの羽目板を通して、重なり合った上階の様子がすけて見える。スマホを出して確認すると、ディーフェンベイカー氏のコンドミニアムはちょうどこの上だ。スマホをしまい、ひとつ息を吸って、もう一歩深く妖精の国に踏み込んだ。目の前のホテルの廊下が水を通したようににじんで揺れる。わたしはとんと床を蹴った。

周囲をきらきらしたものが流れすぎていく。妖精の国の森がきらびやかなホテルの室内装飾と混じり合い、黒っぽい魔術師の個人防御の端が目をかすめる。

一瞬の浮遊感のあと、足が毛足の長い絨毯にふわりと沈んだ。ふたたびあたりの光景が焦点を結ぶ。

わたしは広々としたダークブルーとモスグリーンのリビングルームの真ん中に立っていた。重厚な家具と革装の本がぎっしり詰まった壁一面の本棚。ただし一冊たりとて読まれた痕跡はない。あらゆる酒を取りそろえているかに見えるミニ・バーに、テーブルには赤ワインのグラス。趣味のいいルームライトがともり、大きな窓には五月の青空と、セントラル・パークの木々の緑が揺れている。窓のそばの巨大なウイングチェアには贅沢なガウンを着た男性が腰掛けていて、手にした書類に面倒そうに目を通していた。

どこかで何かが破裂するような音がし、かすかに人の声と足音がした。バロンは約束通り騒ぎを起こしてくれたようだ。物音に気づいたのか、ガウン姿のリチャード・ディーフェンベイカーは機械的なしぐさで頭を上げ、そこではじめてわたしに気づいてぎょっとした。手から書類が滑り落ちる。

「突然ごめんなさい、ミスタ・ディーフェンベイカー」

わたしは背中に回した手でドアをさし、厳重なロックがしっかり下りているのを確かめた。物理的なロックだけではなく、電子的、魔術的ロックも完備されている。よろしい。やはりバロンのお仲間に頼んでおいて正解だった。

「わたしは最近、あなたが手に入れたある宝石について話をしに来たんです。あれが正規のルートで手に入れられたものではないのはおわかりですね？」

時間稼ぎをしていても、いつまたあのギャングどもがもどってこないとも限らない。ディーフェンベイカーは今のところ驚いて固まっているが、われに返れば個人的な警報スイッチのひとつやふたつ持っていないわけがない。

ディーフェンベイカーの薄い青の瞳にちらっと警戒の光が走った。

「お前こそ、正規のルートでここに入ったとは言えないようだな」尊大な口調で言って、脇に置いていた黒いiPhoneをとろうとする。「出て行きたまえ。警察を――」

iPhoneは身じろぎし、ぴょんと床へ飛び降りると、わたしのほうへ絨毯の上を走ってきて、慣れた子犬のように足首にまつわりついた。かがんで撫でてやり、拾ってポケットに突っ込む。ディーフェンベイカーはなにもない空間に手を伸ばしたまま、わたしのポケットにぬくぬく収まっている、自分のiPhoneを凝視している。

「手早く話しましょう、ミスタ」

彼が動揺しているうちに話を進めてしまったほうがいい。わたしは腕を組み、リラックスした姿勢をとってみせた。

「わたしはあなたが違法なルートで手に入れた宝石の正当な持ち主から、その奪還を委任されたものです。あなたがジェフリー・チャンドラーという青年からそれを受け取り、ローラ・ウィンフリーという女性に与えようとしているのも知っています。ちなみに、彼女を監禁虐待と呼んでいい状況に置いていることもね」

ディーフェンベイカーは口を開いたが、そこから出てきたのはあえぎ声だけだった。

「おわかりだと思いますが、わたしは一般の警察にかかわる人間ではありません。あなたをどうこうしようという意思もありません。実を言えば、本物の宝石はすでに取り戻しました。わたしとしては、あなたに、ローラ・ウィンフリーの解放と同時に、彼女の恋人であるジェフリー・チャンドラーへの迫害をやめてもらうよう、交渉しに来たんです」

「本物……宝石……本物だと？」

わたしの言葉を聞いたディーフェンベイカーの反応は奇妙なものだった。何度かのど仏を上下させてから、しわがれた声で、

「しかし……しかし……あれは本物だぞ！　確かに最高級のダイヤとオパールとプラチナだ、間違いない。複数の鑑定家にしっかり鑑定させたのだからな。今もここにある。ローラにもまだ見せていない。外へなど出してはいないはずだ」

「なんですって？」わたしは耳を疑った。思わず胸に手をやる。竜の卵はわたしのブラの内側でしっかりと息づいている。

「私がいかがわしい相手から手に入れた品を鑑定させない愚か者だと思うのか？」

ディーフェンベイカーの視線がちらりと壁の小キャビネットに向くのをとらえて、わたしは

指をあげた。キャビネットのいちばん上の引き出しがひとりでに開き、中から青いベルベット張りのジュエリーボックスが浮き上がった。またディーフェンベイカーの目が飛び出しそうになる。手のひらに着地したのを開いて、中身を確認する。確かに中には、オパールのネックレスがあった。本物と寸分違わぬ――もちろん、魔力の有無は別として――偽物だ。使われている宝石は本物だけれど、なんの魔力も持っていない。

「じゃあ、あなたはこれをずっと持っていたんですか？」わたしは唖然とした。「なのになぜ、下っ端ギャングを雇って本物を探させたり、ジェフリーを追わせたり――」

「ばかな。そんなことをする必要がどこにある？　私は払った値段に見合う品物を手に入れた。それ以上の何が必要なのだ」

ディーフェンベイカーは多少落ち着きをとりもどしてきたようだった。視線が動き、テーブルの下をさぐるように見えたので、念のためにちょっと動けなくなってもらった。間一髪。チェアの肘掛けの下にセットされていた緊急警報ボタンを押す一瞬前に、彼は指を上げたまま固まってしまった。

「なんだこれは」唯一動く目と口を必死に動かして、ディーフェンベイカーは叫んだ。「おまえ……おまえは……いったい何者だ？　私に薬物でも使用したのか？」

「そういうことはいっさいしていませんからご安心を。ただちょっと、落ち着いて話をさせてもらいたいだけです」咳払いする。「それじゃ、あなたは自分は本物を持っているとずっと思っていて、誰かにすり替えられているなんてことは一度も考えなかったわけですね？　黒服の、銃を持った連中で劇場を固めさせたり――」

「なんだと」ディーフェンベイカーは心底動揺したようだった。「私はそんな連中とは関わりを持ったこともないぞ！　確かに、ネックレスを手に入れるのは賭けだったが、それ以降は絶対に関わらんよう強く要請した。昨今のビジネス業界ではクリーンさが不可欠なのだ。いかがわしい連中との関わりが表に出れば、株価は急落する。私の足を引っ張りたがっている人間はいくらでもいるからな」

妙な話になってきた。

わたしはあの黒服集団の「ボス」は、ディーフェンベイカーだと思っていた。ところがディーフェンベイカーは彼らを知らないという。しかも、ネックレスは本物だと思っていた。まあ、これはある意味間違ってはいない。魔力を感じないものにとっては、竜の卵といえども、ただの大きなオパールとさして変わりはないのだから。

だとすれば、黒服集団が本物のネックレスが持ち逃げされた事実を知っており、ジェフリーを追いかけているのはなぜだ。彼らには別のボスがいて、そいつがディーフェンベイカーの陰にかくれて竜の卵を奪おうとしているってこと？　それが黒幕魔術師？　でも、黒幕魔術師はジェフリーを使って、ディーフェンベイカーから大金と卵をかすめとろうとしていたんじゃなかった？

頭が混乱してきた。ディーフェンベイカーがもぞもぞしだしたので、もう一度きっちり椅子に押し込み直す。

「そもそも、あなたはどうしてあのネックレスを手に入れようとしたんですか。あなたみたいな人なら、正規のルートで、女の子にあげるのに適当なジュエリーをいくらでも買えたはずです。それに、ローラをあんな劇場の地下に閉じ込めておくなんてことも変。あなたみたいな人にふさわしいのは、それこそ、こういうホテルや、カリフォルニアのペントハウスなんかに女の子を囲って、ダイヤモンドと毛皮で着飾らせて連れ歩くことだわ。どうしてこのネックレスで、劇場で、ローラでなくてはならなかったの？」

言葉と同時に、そっと彼の心を押す。こり固まった心をほぐすのに、長い時間をかけている暇はない。かちんかちんの、北極の氷のような魂に触れるかという予想ははずれた。確かに冷たく、固い殻におおわれていたが、その内側には驚くほど柔らかな、ほとんど少年のような心があった。

ディーフェンベイカーの角張った顎がこわばり、緩んだ。彼はうす青い瞳でわたしをはじめて見たかのように見つめ、まばたいた。

「私はコメディアンになりたかったんだ」低い声で彼は言った。

「コメディアン？」つい聞き返してしまった。「舞台でスタンダップ・コメディをやったり、ジャグリングやパントマイムをするような？」

「それだ。スポットライトの下に立ち、観客の笑いと拍手の中で、陽気に歌って芸を披露する……」ディーフェンベイカーは憧れのため息をついた。

「だが、できなかった。父と祖父がそんなことを許すはずがなかった。ディーフェンベイカーというのは、曾祖父が大恐慌の時にうまく立ち回って富を築いてから名乗った名だ。もともとの名はバーンといった」

「バーン？」どこかで聞いたような……

「あの劇場は、私の先祖の一人が創設したものなんだ」

ディーフェンベイカー、本名バーン氏は頭をかかえて呻いた。

「祖父と父はどちらも、そういったことを軽蔑していた。くだらない、下品なことだと見なしていたんだ。私は彼らに抵抗できなかった。もし財産と、唯一の跡継ぎという責務に呪われていなければ、きっと家出して、ほかの若者たちと同じようにオーディションの門を叩いていただろう。

実際、一度だけ挑戦したことがあった。十六の時だ。変装してそっと家を出て、劇場の裏口まで行った。あの劇場だ。もうそのころは持ち主が変わっていたが、私の先祖が作ったあの劇場だ。だが、父と祖父が気づかないわけはなかった。私は戸口をまたぎもしないうちに、リムジンで乗りつけてきた父と秘書たちに襟首をつかんで引きずり出された。コメディアンのメイクをして、顔を黒く塗ったままで」

彼は両手で顔をおおった。まるで十六歳の少年のようにうちひしがれて。

「今でも目に浮かぶ……私が父に押さえつけられ、怒鳴りつけられている間、楽屋のほうから、きらびやかな舞台衣装を翻したダンサーの娘たちが出てきて、通り過ぎていったのが。ほとんどは私を無視していったが、一人だけ、後ろのほうを歩いていた娘が私を振り向いて微笑んだ。ライトと興奮に照り輝く顔で、ブロンドに赤い唇をして――

私はそのまま遠くの寄宿学校に送り込まれ、経済学を修めてMBAをとった。ショウビジネスにはいっさい近づくことを許されず、父が死んで会社を継いだあとは、山のような仕事で夢など見る暇もなかった。だが、この年になってようやく……」

「それが、ローラ？」わたしはそっと訊ねた。わたしが呼び起こした記憶の淵に、彼はすっかり浸りこんでいるように見えた。「財布に写真を入れているって聞きましたけど」

「いや、違う」ディーフェンベイカーはけげんそうな顔をした。「確かに写真は入れている。だが、ローラの写真ではない。唯一父の目を逃れて手元に残った、舞台のダンサーの写真だ。バーン・シアターのロビーで買った、たった一つの思い出の品だ」

「見せてもらっても？」

ディーフェンベイカーは財布を引っ張り出し、一枚の手ずれした写真を大切そうに取り出した。見るからに高級な革財布には似つかわしくない、安っぽい古い絵はがきだった。

モノクロの写真で、白っぽい髪を大きく膨らませた娘が、チュールと白い羽毛のストールに囲まれて微笑している。確かに、ローラに似ていないこともなかった。ジェフリーがちらりと見てローラだと思いこむ程度には。子供っぽいふっくらした丸顔と、少し垂れ気味の愛嬌のある目もとは、そこそこ似ている。

でもそれはやはりローラではなかったし、化粧を落とせばもっと別人に見えるだろう。似ているものといえば――そうだ、あの劇場の外のポスターだ。とんでもなく悪趣味で、しかもレトロだったが、この古いポストカードをもとにして、ローラを写真モデルにしてポスターを作れば、たぶんあの劇場の外のポスターができあがる。

「パーティの仕出しをやっている彼女を見つけた」ディーフェンベイカーはすっかり記憶にひたりこんでいて、わたしの暗示の力など必要ないようだった。彼の瞳は遠くを見つめ、もう手に入らないなにかへの渇望にうっすらと涙ぐんでいた。

「あの日と同じようだった……笑いさざめいている娘たち、みんな若くて希望に満ちて、真っ白な未来が目の前にあって、それぞれが新しい世界を丸ごと手にしている……それにくらべて、私はどうだ。巨大な会社と資産と体面に鎖でつながれたまま老いぼれていき、死ぬまでばか笑いの仮面をつけて、墓まで這いずっていかなきゃならん。劇場から引きずり出されて、祖父のまわしたリムジンに閉じ込められながら、どれだけ彼女たちをうらやみ、憎らしく思ったか、あんたにはわからんだろう。金目当てでむらがってくるハイエナ女どもには、もううんざりなんだ。私にはあの娘が必要だった。彼女の持っている若さ。可能性。なにも描かれていない未来、自由、世界への翼……」

「それならどうして、彼女を閉じ込めるような真似を？　あんなことをしたら、ローラが不幸になるのは目に見えてるのに」

「わからん」力なく彼は首を振った。

「たぶん……仕返しをしたかったのだろう。いろいろなもの……運命に、というべきかな。ローラには何の責任もないのはわかっている。だが、彼女があの日私に笑いかけた娘と同じ微笑を私に向けたとき、私はどうしても彼女を手に入れなければならないと思ったんだ。理屈にあわんのはわかっている。だが、彼女の可能性……彼女の世界……彼女の未来がすべて、私の手に入れるはずだった本当の未来のような気がして。耐えられなかった。リムジンに押し込まれて連れ去られる代わりに、私があの日、あの時、彼女の場所にいて、仲間と笑っていられれば手に入るはずだった未来が――」

彼にとって、若き日に見たコーラスガールとローラは同じ存在なのだろう。打ち砕かれた夢の象徴と、その後の仮面の下の鬱屈した日々。ローラがたまたま彼の記憶の、誰だかもわからない娘と似ていたのは不運としかいいようがない。

金持ちの贅沢な不満という人もいるかもしれない。誰の人生だって、そう輝きにばかり満ちてはいない。でも、望んで手に入れられなかった世界が、味気ない現実を暮らすうちにどんどんまばゆく見えていくのはわかる。わたしがそうだったから。自分が妖精だとわかるまでのわたし、妖精だとわかってからのわたし。

　どっちの世界も思い描いていたほどすばらしくはなかったにせよ、自分がそれまで暮らしていた世界だって、そんなに悪いわけではなかった。母の長ったらしいおしゃべりだって、実は最悪というわけでもない。夢の国なんてどこにもないけれど、少なくとも、自分のいる場所をちょっとでもいい所にしようと努力することはできる。

「あの劇場を買い取って、チャリティ・シアターを開くのはどうかしら」

　考えついたそのままをわたしは口にした。

「スターを目指す新人や、趣味で芸を披露しているアマチュアの人にステージを開放するの。飛び入りも大歓迎ということにして、ふだん舞台に行く余裕のないお年寄りや、子供たちを無料で招待するんです。新しい才能を探しているスカウトマンには必見の場所になる。たくさんの人が集まるだろうから、その中に、ちょっと年をとっていて手もとの危なっかしいコメディアンが一人二人まじっていても、きっと誰も気がつかないわ」

「そう思うかね？」

　はじめぽかんとしていたディーフェンベイカーの目が輝きはじめた。

「確かに、それはいけるかもしれん。会社はもう私の手を離れても運営していけるし、あそこの建物はすでに買収済みだし」ふと顔が曇った。「だが、世間がなんというやら」

「ほっときなさい」小さいころに覚えた最強の呪文をわたしは教えてやった。気にする価値のないことは放っておけばいい。世間の評判はそのリストのトップに位置する。

「もうお祖父(じい)さんもお父さんもいらっしゃらないんでしょ？」

「もちろんだ！　二人とも、しっかり墓の中に収まっているよ。私は――」そこで彼は大発見でもしたように目を見開いた。「私は自由だ！」

「じゃあ、今すぐに準備にかかるといいわ。あそこの状態はひどいものだから」喜色満面、今にも椅子を離れてタップダンスを踊り出しそうなディーフェンベイカーからちょっと下がって、わたしはもっと早く訊くべきだったあることを思い出した。

「あなたがローラにあげようとしたあの宝石、あれをどういう経緯で手に入れたのか教えてもらえません？　わたしの依頼人は、あれがどういう人間の手で奪い去られたか知りたがってるんです。そもそも、あれをローラにあげようと考えたのはどうして？」

「うん？　ああ」早くも楽しい未来に翔(かけ)りがちな頭をなんとか引き戻して、ディーフェンベイカーは眉根を寄せた。

「あれは誰だったか、うん、そう、弁護士だな。私の顧問弁護士のひとりがインフルエンザに罹って、代理でやってきた弁護士がもちかけてきたんだ。アーティストの才能を発掘するある特別な宝石がニューヨークにあると。そういえば、見たことのない男だったな。普段ならそういうあやしげな話には耳をかさんのだが、妙に説得力のある男だった。それに、ローラの歌は正直あまり上手くはない」肩をすくめる。

「そのネックレスの石だかなんだか知らんが、それで少しでも彼女の才能を引き出してやれればと思って……それに、もちろん、彼女を大切にしてやりたい気持ちもあった。ものを与える以外、私にはどうすればいいかわからなかったが。まったく、彼女のための部屋の調度すらどうしていいのかわからないありさまだった」

「この部屋はかなり趣味がいいように見えますけど」

「すべてインテリアコーディネイターの仕事だ。私にはその手の感覚がまったくない」

ディーフェンベイカーはふたたび絶望的な顔になった。なるほど。ローラの部屋のすさまじい混沌ぶりの理由がこれでわかった。

「で、その弁護士とか名乗っていた男のことですけど――」

そこまで言って、わたしは何かひっかかるものを覚えた。弁護士？

竜の卵がニューヨークにあることを知っているのはわたし、リンデル、それから、盗難に関わった黒幕魔術師。この三人以外いない――いや、もうひとりいる。リンデルからの依頼をわたしに取り次いだ男。デイン。

依頼は確かにリンデルから直接わたしに伝えられたけれど、デインが内容を知っていても不思議ではない。なんといっても、手配をしているのはデインなのだ。報酬を決める話をするふりをして、推測するのは難しくない。古き魔法使い〈白花の唄〉が、自ら乗り出してくるような大事件、しかも、彼が竜の守り人であることを知らぬものはない。竜の卵の盗難とリンデルの依頼。二つをあわせれば、ばかでも見当がつく。

胸がいやな感じで早鐘をうちはじめた。「その弁護士って男ですけど」わたしは無意識にブラをいじりながら言った。肌にぴったり吸い付くようにして、竜の卵の鼓動とぬくもりが伝わってくる。

「その弁護士って男、ひょっとして——」

『ジャック！』

とつぜん、わたしのスマホがきんきんしたわめき声をあげた。着メロなし、サンプリングボイスもなし。お気に入りのボガートの声を使うことすら忘れたバロンの叫び声は、ホワイトノイズを拡大したようなシャーッという雑音の寄せ集めだった。

『ジャック、今すぐ戻れ。きみの事務所が荒らされた。ラリーとジェフリーがいない』

9

わたしはめったにしないことをした。完全に妖精の国に飛びこみ、啞然としている同胞たちを突き飛ばすようにして森を駆け抜け、自分のオフィスへ飛び出した。時間の流れが違いすぎるのを主な理由に、あまり妖精の国には入りこまないようにしているのだが、そんなことにはかまっていられなかった。

わたしは散らばったピザの残骸と割れた皿の中に立っていた。チーズのこびりついた皿はこなごなで、コーラの缶は壁に投げつけられたようにへしゃげていた。ソファは後ろにひっくり返り、こぼれたコーラが血しぶきのように黒い染みを作っている。ゲームショップのロゴの入った袋――ラリーはやっぱり新作ゲームにお金を使い込んだらしい――が放り出してあり、電源の入ったニンテンドーがちかちかまたたいている。二つのコントローラーが死んだねずみそっくりに横たわっている。テレビにはゲームのスタート画面が映ったままで、タイトルロゴとPress Start の文字がむなしく明滅している。

「ラリー」わたしは呟き、すぐに叫んだ。「ラリー!」

返事はない。わきあがるパニックを抑えて、わたしは部屋という部屋、扉という扉をあけてまわった。

「ラリー!　ジェフリー!　ラリー、ジェフリー、どこ?　どこにいるの!」

沈黙。ぞっとするほどの。

つま先に何かが触れた。拾いあげたのはヤンキースの帽子だった。ローラのいた劇場で変身したとき、ラリーが持って帰った唯一のもの。それがひっくりかえった亀みたいに口をあけて、敷居の上にころんと転がっていた。

『だめだ。どこにもいない』

ポケットのスマホからバロンがしゃべった。少し落ち着きを取り戻したらしく、またボガートの声を使っている。ボギーの動揺した演技なんて見たことあったかしら。いや、そんなことを考えている場合じゃない。

『二人を連れ出してすぐ、隠蔽の魔術をかけたみたいだ。いま、仲間にも調べてもらってるし、ぼくのコピーをうんと送り出して探してるけど、ひっかからない』

わたしのオフィス。わたしの許可しないもの、わたしの知らないものは立ち入れないはず。そのために、わたしは高い家賃を払っている。

入れるのはわたし、ラリー、それから――デイン。わたしのビジネスパートナー。

これまで彼が直接このオフィスに足を踏み入れたことはあまりないけれど、皆無というわけではない。ビジネスパートナーという立場上、わたしのセキュリティは彼には開放されている。

望めばいつでも彼はわたしのオフィスに入れる。

たとえばわたしのきょうだいを誘拐するために。

『探索範囲を広げる。少し待って』

バロンが消えた。テレビから不安をそそるＢＧＭが鳴った。わたしが振り向くと、ロゴのバックに大写しになっているゾンビの横顔がゆっくりと流れて崩れ、ロゴといっしょになって文字列に変わった。真っ黒になった画面に白い光がちらついた。

《おまえの子犬を二匹預かった。雌犬のほうもつかまえた。返してほしければ、例のものを持って、セントラル・パークのグレート・ヒルまで来い。
来るときには魔力は使うな。こっちにはすぐにわかる。
もし来なければ、どうなるかはわかっているだろう》

光る文字は何度かちらつき、それからゆっくりと消えていった。わたしは麻痺したように画面を見つめ、それが完全に消えた瞬間、わめき声をあげて手に持ったラリーの帽子を投げつけていた。帽子は液晶に当たってぽてんと落ちた。同時にテレビの電源が切れ、今度こそ画面は真っ暗になった。

真っ暗。わたしはいつのまにかすっかり日が暮れていることに気がついた。これだから妖精の国に入るのはやりたくないのだ。プラザホテルから妖精の国に飛びこんだときはまだうっすら日が残っていたはずだが、外はもういつものニューヨークの夜景になっている。いらいらしながら地下鉄やバスを乗り継いだり、タクシーで渋滞につかまっているより精神的にはましかもしれないが、時間をひどく無駄にしたような気がして、いてもたってもいられなくなった。

ラリー。わたしのたったひとりの、本当の意味での同胞。わたしが人間世界に居残ることを決めたときも、ぶつぶつ言いながらこちらへ来てくれたのは彼だった。いつも子供っぽくて、世話のやけるふたごで、でも彼がいなければ、わたしは本当にひとりぼっちになってしまう。人間の両親も妖精の両親もちゃんとした家族とは感じられないけれど、ラリーだけは、文句を言いながらもいつだってそばにいてくれた。あの夕暮れ、コツコツ窓を叩いて、「やあ」と白い牙と狼耳を見せてくれたときから、ずっと。

こうしてはいられない。今すぐ行かなければ。でも、どうやって？　行くのに魔力は使うなとわざわざ念を押されている。相手が魔術師のデイン――裏切り者！――であれば、妖精であるわたしが姿を隠して近づくことは当然計算しているだろう。感知の魔術を張りめぐらしているかもしれないし、この部屋にだって、罠をしかけているかもしれない。ざっと感覚で探ってみたが、気持ちが乱れて本格的な精査はとても無理だ。ましてや解除なんてとうてい無理。

ほかの魔術師に訴える？　いや、それもきっと駄目だ。わたしの行動は監視されていると思った方がいい。おとなしく竜の卵を持って出頭しなければ、余計なことをした時点でラリーとジェフリー、それにローラの身に危険が迫るのは確実。

「ジャック？　いるのかい？」

コンコンと窓が鳴った。わたしは飛び上がり、真っ暗な部屋でつまずきかけた。よろけながら行って窓をあけると、そこには赤銅色の肌にドレッドヘアの若いケンタウロスがいて、わたしの顔と室内の惨状に、同時にぎょっとした顔をした。

「いったい何があったんだ？　小型ハリケーンにでも襲われたの？」

「ヴィンス」

あえぎながらわたしは言い、倒れないよう窓枠にしっかりつかまった。ヘッドライトとネオンサインの蒼白い光にも、自分の指がおそろしく色を失っていることはわかる。

「ヴィンス。仕事を頼みたいの。特急便よ」

ほとんど無意識にわたしは呟き、同時にそれが最良の方法であることを悟った。

「わたしを乗せて、セントラル・パークのグレート・ヒルまで行って。大至急。超特急よ。ラリーとわたしの依頼人が悪党に誘拐されて」

ジェフリーは厳密には依頼人ではないが、それを説明している暇はない。

「そいつのところへ行かないと、三人の命が危ないの。お願い、ヴィンス！」

「うーん、そいつはどうかな、ジャック」

わたしが必死なことはわかったらしいが、ヴィンスは困ったように顎をかいた。肩からかけた郵便鞄を揺らしてみせて、

「知ってるだろ、俺はあくまで郵便配達なんだよ。タクシーの仕事をするやつらは別にいる。俺があっちの領分に入りこむのは、あんまりいい顔をされないと思うんだ」

「個人的なお願いよ。あたしを一種の郵便小包だと思ってくれればいいの。生きててしゃべって考える郵便くらい、いくらだって運んでるでしょ。当の小包が発送人だからって、どんな違いがあるのよ」

「たぶんタクシー業の連中はそう考えてくれないよ」

「これは冗談じゃないのよ、ヴィンス。あたしは本気なの」

「悪いけど、決まりは決まりなんだよ、ジャック。きみんちの自ねずみ動車にでも頼んでおくれよ。そりゃ、助けてはあげたいけど——」

もうヴィンスは後ずさりして向きを変えかけている。

「ヴィンセント・マクニール＝ウィンドランナー！」

わたしは怒鳴った。フルネームで呼ばれたヴィンスはその場に凍りつき、蹴りかけていた後脚を途中で止めた。わたしはデスクに走り、引き出しを開けて、白い封筒を取り出した。中から一枚の菩提樹の葉を振りだし、ヴィンスの鼻先につきつける。

「これならどう？　特急料金と、それから、チャーター料金の前払いよ。なんならタクシー業の連中に払う賠償金もそこからとって。あたしは急ぐの。あたしをセントラル・パークへ運んで、今すぐ！　超特急で！」

「ヒャー」竜の谷の魔法使いから送られてきた葉をつまんで、ヴィンスは大きな目をさらに大きくむいている。「こんなのをもらっちまったら、今後まる一年は、あんた専属の個人タクシーをしてやらなきゃなんないな」

「無駄話をしてる暇はないのよ。早く、セントラル・パークへ！」

「アイアイサー、ボス」

わたしは窓を乗り越え、ケンタウロスの馬体の背中にひらりと乗った。同時にヴィンスが壁を蹴る。わたしは鉄砲玉のように、ニューヨークの五月の夜へ飛び出した。

「超特急って言ったね」革かばんを背中へ回したヴィンスが、肩越しにちらっと振り返ってにやりとした。「ちょっとばかり刺激的な体験になるけど、いいかい？」

「やって、ヴィンス」

「了解！」

ぐんと速度があがった。まわりの風景がかすみ、溶けて流れ、ライトは光の筋になって走り去った。

ケンタウロスが本気で疾走したらどんなことになるかを、わたしは身をもって知った。まるで暴走するローラーコースターだ。しかも物凄い勢いで跳んだりはねたり、急角度に曲がったり、地面に叩きつけられるかという勢いで落下する。猛烈な風圧でほとんど息もつけない。歯を食いしばり、ヴィンスの背中に懸命にしがみついたが、ゆさぶられまくる内臓が正しい位置に戻る日は永遠に来ない気がした。ビーズのネックレスが狂ったようにたなびき、ドレッドヘアの羽毛やシルバーがちゃらちゃら鳴る。

『きみかね、レディ・エージェント？』

耳元で声がして、つぶっていた目を無理に開く。そばにシルクハットをかぶった紳士姿の骸骨が浮いていた。猛烈な速度にもかかわらず、シャツの襟ひとつ乱さずに、ニューヨーク上空を駆けるヴィンスと併走している。

『あのならず者どもがやってきて、ローラ嬢を実に乱暴なやり方で連れ出していったことを知らせた方がいいと思ってね。まさか悪辣な陰謀が企まれているのかな？』

「そのまさかよ」しゃべると舌を嚙みそうだ。ごうごうと鳴る空気がわたしの言葉を吹き飛ばしていく。「彼らはあたしのきょうだいと、ジェフリーも人質にとって、あなたも見たあの宝石を……竜の卵を不当に手に入れようとしてるの。ちなみに、宝はあたしが持ってるわ。あたしから取り上げるのに失敗したから、卑怯な手段に訴えるつもりよ」

『なんと！』ロデリックはカタカタ顎を鳴らし、憤然と拳を振り上げた。

『かくのごとき悪行には、断じて釈明の余地はない。僭越ながら援軍を招集させていただくよ。今の時間なら、何人か持ち場を離れてもらっても問題ない。このあたりの住人のおおかたは顔馴染みでね。吾輩が声をかければ、かなりの数が集まるはずだ』

「助かるわ。お願い。あたしは早く悪党どものところへ行かなくちゃ」

『ただちに、マイ・レディ』

シルクハットの縁に手をかけて、ロデリックは姿を消した。わたしはまた猛スピードのど真ん中に取り残され、胃が喉元までせり上がってくる感覚に耐えた。そういえば、ロデリックの名字はなんといったろう。確かロデリック――ロデリック・バーン……？

「ヒャッホオオオオオ！」ヴィンスがわめく。エンパイア・ステート・ビルディングはとうにはるか後ろだ。垂直な鏡面仕上げのビルを駆けのぼり、てっぺんからひと飛びに飛び降りる。きっと今のはバンク・オブ・アメリカだ。中で働いている人たちは窓の外を駆け抜けていったケンタウロスと、その背中にしがみつく妖精に気づいたろうか。

視界が木々に埋まる。どうやらセントラル・パークに入ったようだ。夜の散歩やジョギングを楽しんでいる人々がちらほらいる。ざわめく木々の梢を蹴り、北上。グレート・ヒルはセントラル・パークの北西の端っこだ。

「ここでいいわ、ヴィンス」

パークウェストと一〇三丁目ストリートが接するあたりでとめてもらった。地面に足をつけると目が回ってくらっときた。ヴィンスは久しぶりの全力疾走にまだ走り足りない様子で、興奮気味に蹄を鳴らし、尻尾を振って行ったり来たりしている。

「もう一つお願い。デインっていう魔術師が仲間を出し抜こうとしてるってことを、誰か魔術師のリーダーに知らせて。あなたたなら誰か知ってるでしょ。彼らだって魔法使いリンデルと事をかまえるような事態になるのは避けたいはずだわ」

「リンデルだって？　へえっ！　あの葉がパワフルだったわけだ」

ヴィンスは歩き回るのをちょっと止めてまばたきし、納得したように頷いた。

「わかった。たぶんグラマシーに住んでる奴で心当たりがある。あいつに知らせればほかの魔術師連中にも連絡が行くはずだ」

「任せるわ。あたしは悪の一味と対決しなきゃ」

「気をつけなよ、ジャック」身をかがめて、ヴィンスはめったにないことに、わたしをぎゅっと抱きしめた。「ほんとに、気をつけなきゃいけないぜ」

　ヴィンスは身を翻し、梢をざわめかせて再びビル街へ駆け上がっていった。わたしは息をついてくらくらする頭をなだめ、暗い木立に向き直った。

　魔術で人払いされているのか、あたりに人影はない。パークの外の明かりもどこか暗く、重苦しい空気があたりを包んでいる。相手を探さなければならないかと思ったが、一歩進むと、すぐ近くの木の後ろから脅すような声がかかった。

「魔力は使うなと言ったはずだぞ、ジャック」

「使ってないわ。ただ、乗せてもらっただけよ」

　わたしは威儀を正して声のほうに向き直った。黒く塗りつぶしたような闇の中から、黒服のギャング集団を従えたエイヴァン・デインが姿を現した。ギャングどもは縛り上げられ目隠しと猿ぐつわをされたジェフリーとローラを連れており、そして——

「ラリー！」

　銀色に光るラインで脚をまとめてくくりつけられ、口輪をはめられた、わたしのきょうだいがいた。狼の姿で応戦しようとしたが、取り押さえられてしまったのだろう。銀色のラインはなにか妖精の魔力を封じる力があるようだ。ラリーは目を閉じたままぴくりともしない。自然に涙がこみあげてきた。なんてひどいことを！

「あれは持ってきただろうな。出してもらおうか」

「お断り。人質を解放するのがさきだわ」

わたしは腕を組み、足を開いて立ちふさがった。内心では一刻も早く、騎兵隊の到着を待ちわびていた。ロデリックの幽霊部隊でも、あわてふためいたニューヨークの魔術師連中でも、どっちでもいい。とにかく時間をかせいで、この見さげはてたげす野郎に思い知らせる機会を狙うのだ。肌に接した革袋が燃えるように熱く感じられる。

「あんたがやたらと竜の卵を渡させたがったときに気づくべきだったわ、デイン。あんたはあたしを利用して、たまたまニューヨークに流れてきた卵をまんまとかすめ取る気だったのよ。ディーフェンベイカーに買わせるふりをしてジェフリーに偽物を渡させ、そのジェフリーが本物を持って逃げたとわかったら、今度はあたしにそれを取り戻させて、そのまねこばばする気だったのね。リンデルをごまかせるとでも思ったの？　それとも、本物が戻らなかったのは、あたしがどじを踏んだからだと言い張るつもりだった？」

「べらべらしゃべるんじゃない、くそ生意気な半端ものめが」

デインは夜目にもわかるほど大粒の汗を額にうかべていた。

「もともとおまえのことは気に入らなかったんだ。たかが取り替え子（チェンジリング）のくせに、偉そうにしやがって。稲妻ジャックだと？　ふざけてる。俺はもう、他人にああだこうだとこき使われるのはうんざりなんだ。どいつもこいつもくそ食らえ。その卵さえあれば、俺は地上で最強の魔術師になれる。リンデル？　地の果てに引きこもってる老いぼれ魔法使いに、俺をどうこうできるもんか。そいつをよこせ！」

「自分でとってごらんなさいよ。できるもんならね」

「こいつらを撃つぞ！」

「そしたらあたしはこの卵を、妖精の国のどこかに投げ込むわ。あたし自身もどこだかわからない、深い場所にね。夜の愛し仔(スレイ・ベガ)に引き寄せられる妖精が大勢いる場所よ。きっとすぐにどこかへ運び去られて、あんたの手には入らない」

　部下のギャングどもは明らかに落ち着かない様子でおどおどしている。数人は拳銃をかまえているが、どちらへ向けていいのか、そもそも持っていていいのかどうか、決めかねているらしい。デインは彼らを金で雇ったようだが、魔法や魔術の存在に関して、くわしいことは教えていないようだ。魔法社会を出し抜こうとするからこうなる。

「あのう、ミスタ」ひとりが耐えかねたように、おそるおそるデインに言った。「いったいどういうことになってるのか、教えてもらえませんかね？」

「黙れ！」青筋を立ててデインはわめき、手を振り回した。デインに話しかけていた男が顔面に一発くらったようにふっ飛び、木にぶつかって動かなくなった。

「騒ぐんじゃない！」いっぺんに浮き足だったギャングどもを怒鳴りつける。わたしに戻った目は、すさまじいばかりに血走っていた。

「そいつを渡せ。早く。手遅れにならないうちに、こっちに渡すんだ！」

「手遅れってどういうことよ。どっちにしろ、あんたなんかに渡さないわ。絶対によ」

わたしはシャツから革袋を引き出し、かかげてみせた。金色にきらめく紐の先で、茶色い袋がくるりと回る。「ここまでおいで」

デインは吠えた。猛獣のように身を低くし、頭を下げてつっこんできた。わたしは身のうちに高まる魔力を感じた。叩きつけられる魔術を砕く。吠えるように轟いているのはデインの唱える呪文だ。何重にも重ねられた詠唱が雷鳴のように唸りをあげる。複雑に絡みあった織物のような魔力がこなごなになり、天地に消える。

続けてデインが自身を止めようとしたが、はじかれた。さすがに妖精よけの魔術は身に施しているらしい。つかみかかってきた手をくぐり抜け、地面を蹴る。助けを求められるセントラル・パーク在住の精霊たちを探したが、前もって追い払われているのか、見当たらない。いざとなれば自然の精は妖精であるわたしに味方するということを、デインも承知しているのだ。

木の枝にとびついて大きく身をゆすり、ギャングどもの真ん中に魔力をまとって飛び降りる。浮き足だった彼らはボーリングのピンのように四方に撥ねとんだ。縛られたジェフリーとローラがその場に崩れ落ちる。

「ジェフリー？　ローラ！」

二人の縄がほぐれて落ちた。大丈夫、息はしている。意識を失っているだけらしい。

そして隣に横たわる巨大な灰色狼に目を移す。わたしに気づいたようすはまったくなく、目を閉じてぐったりしたままだ。手を伸ばしたとたん、電気に触れたようなびりりっという刺激と痛みに顔をしかめた。銀色に光るコードが脅すように光を放ち、うごめいた。こいつは妖精の魔力に反応してそれを吸収し、場合によっては跳ね返すのだ。

「ラリー！　ラリー！」

びりびりする刺激を感じながらわたしは狼の頭をゆすった。口輪にも魔術が施されているらしく、ドライアイスに素手で触れているような、全身が急速に冷えていく感じがある。こいつはラリーだけではなく、わたしの魔力も吸い取っているのだ。

「ジャ……ック――」

狼がうっすらと目を開けた。金色に燃える瞳が炙られたようにくすんでいる。わずかにしか開かない狼の口から、かぼそい少年の声が漏れる。

「だめだよ……危ない――逃げて……」

振り返ろうとしたとき、頬をつむじ風のようなものがかすった。ラリーが細い悲鳴をあげ、またぐったり頭を落とした。

たてがみからじわりと赤いものがにじみ、地面にしたたたった。

銃声はずいぶん長かった。背後で、木に背を当てて腰を落としている男が、割れたサングラスを顔からぶら下げて、震える両手で拳銃を構えていた。

「ばか者！」デインが甲高い声で叫んだ。

「その女を無駄に怒らせるな！　そんなことをすれば、奴は――」

わたし？

わたしがなんだっていうの、このクソッタレ。

わたしは振り返ったのだろう。たぶん。

世界がわたしの周囲でぐるりと転回し、凹面鏡をのぞくかのように狭まった。狭まった世界の中心に、ひきつった顔のデインがいた。

耳もとですさまじい風の音が鳴っていた。魔力を持つわたしの妖精の血が荒れ狂う音だ。ふたごを傷つけられ、わたしの一部は苦痛と恐怖に泣き叫んでいた。ラリーが感じている痛みと流れ出ていく血の冷たさがわたしの心臓をむしばむ。乳房の下で竜の卵だけが、物凄い熱量を放って燃えていた。

「よくも」わたしは囁いた。「よくも！」

デインが何事かを叫んで手を伸ばした。でも遅かった。わたしはすべての抑制を忘れた。猛烈な量の魔力が身体から噴出するのにまかせ、その切っ先をすべてデインに向けた。わたしの周囲で空気がカミソリの冷たさと鋭さで渦巻いた。木立がすべてそそけ立ち、獣の毛のようになびいた。髪の毛が逆立ち、口の中で犬歯がとがった。肌が粟立ち、金色の微光を帯びるのがわかる。きっといま、わたしは人間の顔をしていない。

ラリーを縛る銀色のコードは苦しげに身をよじり、耐えかねたように破裂して消えた。口輪も同様に消えた。怒りにまかせたわたしの魔力を吸収しきれなかったのだ。ラリーを撃った男がぎゃっと叫んで拳銃を投げ捨てた。草の上で銃は真っ赤に灼熱し、あっという間に多少の滓(かす)を残して蒸発した。

でもおかしい。どうして？　デインは切れ目なく叫び続けている。あの男はとっくにわたしの怒りの集中砲火を浴びて銃と同様焼け焦げているはず。もちろん対抗呪文は唱えているはずだからすぐに何かが起こるのではないにしても、これだけの魔力を浴びせられて、単に焦った顔だけですませられるほど強力な魔術師ではなかったはず――

そのとき気がついた。ラリーを縛っていた魔術具ではない何かが、わたしの魔力を急速に吸い取っている。わたしは暴走する怒りをわきに、何が力を吸っているのか見極めようとした。それはすぐそばに、わたしの近くにあり、暖かく、小さく、脈打っていて――

そしてゆっくりと空中に浮かびあがった。わたしが首からかけていた革の袋。

竜の卵。

厳重な魔力遮蔽にもかかわらず、それはいまや分厚い革さえすかすほどの強烈な光を放ってきらめいていた。流れ出す魔力をわたしは抑えようとしたが、とめられなかった。卵を包む袋が端からちぎれ、解(ほど)けていく。

中から現れたのはコマドリの卵ほどの大きなオパール、いや、生きて脈打っている、魔力の心臓。はるか古代から伝えられた力の結晶。

その中にひとつの世界を、わたしは見た。魔力あふれるあまたの国々と、悠久の歳月が紡ぎ出した力強き存在の記憶が、その中で渦を巻き、形をとり、はばたいた。

思わずわたしは手をのばしていた。手のひらの上で、浮遊する竜の卵はまばゆい光を放ちながら少しずつ形を変えていった。

シャボン玉を思わせる、薄くて透明な虹色の翼が開いた。光のしずくを四方に散らしながら、すんなりと伸びた細い首と、小鳥のように小さな頭がもたげられた。

瞳は二つの夜空だった。どちらにも深く広い宇宙があった。

それはわたしをじっと見つめ、まだやわらかいくちばしを開いた。

『……じゃっく?』


とつぜん、天が落ちてきた。

わたしはすべての力を失って後ろに転がり、上にデインがのしかかっていた。わたしはもがき、相手を蹴ろうとしたが、力が入らない。全身が粘土のようだ。魔力とともに、わたしの体力はすっかり流れ出ていた。重力がいきなり数倍になったかのように手足をつかみ、血の味のする唾が喉にこみあげてくる。

「ジャクリーン、ジャクリーン、ジャクリーン」

デインは笑っていた。ゆがみきった顔が単にそう見えただけかもしれないが。彼は壊れたように笑いながら、両の目から涙を流し、わたしの首に手をかけていた。

「おしまいだ。お前のせいだ。お前のせいですっかり、なにもかもおしまいだ」

銃口が目の前にあった。つい先日、同じような光景を見たことを思いだした。あの時、銃口の向こうにいたのは単に不細工な男だった。だがいま銃のむこうにいるデインは、醜かった。おぞましかった。憎悪にゆがみ、絶望をむき出しにしてへらへら笑っている男の顔ほど醜悪なものは、見たことがなかった。

指が撃鉄を起こすのが見えた。

「死ね」

その瞬間、一気にさまざまなことが起こった。突風めいたものにデインが吹っ飛ばされ、銃声がこだました。耳もとをかすめた熱い風が唯一わたしに残したものだった。

一瞬にして、セントラル・パークの暗がりは光と人声に満ちた。悲鳴が聞こえた。スーツに身を固めた魔術師らしき男たちがわめきちらすデインを取り押さえている。

「ジャック！　大丈夫かい！」

『無事かね、レディ・エージェント？』

ふたつの声が聞こえ、たくましい腕がわたしを抱えあげた。重いまぶたを無理やりあげて見ると、ヴィンスがわたしの腰に手を回して支え、そばにシルクハットに手をそえたロデリックが、心配そうに骸骨の顔をのぞかせていた。

その横で、ギャングたちが、ホラー映画から抜け出してきたようなさまざまな亡霊に追い回されていた。ロデリックの幽霊軍団は、この時とばかりに恐ろしい装いをこらして爪をたて、唸り声をあげ、大穴のあいた胸や小脇にかかえた生首を見せびらかしていた。わたしがヴィンスにもたれて立つ前を、蒼白な顔に泥まみれのウエディングドレスをまとった花嫁が、青黒い唇から腐った歯茎をむきだし、気絶しかけたギャングの首にしがみついてげらげら笑いながら通り過ぎていった。

『すまなかった。もう少し早く到着するつもりだったのだが、あの男、妙な術をこの辺にしかけていてな』

「魔術師どもに術を解かせるのにちょっと時間がかかっちまった。おい、血が出てるぜ、平気かい」

ヴィンスに頰を触れられてびくりとする。彼の魔力と体温が、冷え切って氷のようだった身体に少しずつ染みわたってきた。

デインは何か拘束の魔術を使われたのか、不自然な姿勢でぎくしゃくと立ち上がった。残ったギャングたちは幽霊のお祭り騒ぎでほとんど気を失っている。リーダーらしき魔術師がなにやら身振りをした。半死半生でかろうじてふらついていた残りの数人がばたばたと倒れた。ダンスのお相手を奪われた幽霊が残念そうにうめき声をあげた。

「ジャック」

ラリーがよろよろと近づいてきた。まだ完全に人間には戻れず、なかば狼、なかば少年の姿で、裸足で草を踏んでくる。はじめてわたしの部屋の窓を叩いたあの日のように。毛の生えた胸には血が飛び散り、首筋をおさえて顔をしかめている。

「ラリー！　撃たれたのか？」

「もう平気。ちょっと血がついてるだけだよ」

ほらね、と赤く染まった手をあげてみせる。銃弾のかすめた場所には、もううっすら桃色のあとが残っているだけだ。

「ぼく、ジャック、あのさ――」

わたしはよろよろと数歩進み、倒れるようにラリーに覆いかぶさった。「おっと」ラリーはふらついたが、狼の力を発揮してそのままわたしを受け止めてくれた。

「ごめんなさい、ラリー」わたしは呟いた。三角の狼耳に鼻をすりつける。きょうだいの髪はさわやかな森のにおいがした。「ごめんなさい」

慰めるようにラリーはわたしを抱き返し、背中を叩いた。「いいよ。ぼくらはふたごで、取り替え子なんだもの。でも――」

「でも？」

「……もう一着分、ジャケット買うお金もらえない？」

　わたしとヴィンスは同時に吹き出した。ロデリックは不思議そうにわたしたちを見比べていたが、やがて、骸骨にできる種類としては最高にいたずらっぽい顔つきでにやっとし、気取った仕草で拍手をしてみせた。

「〈稲妻ジャック（ジャック・ザ・フラッシュ）〉」

　魔術師集団から一人が近づいてきた。一座のリーダーらしき男だ。見た目は特に普通の人間と変わったところはなく、寝入りばなにベッドから引きずり出されたような、眠たげで不機嫌な目つきをしている。

「仲間が世話をかけた。今回のことは契約に従い、以後、われわれ〈学院（カレッジ）〉と魔法使いリンデル、双方の間で処理される。君には――」

　むっつり言いかける男の前を、わたしは素通りした。男がぎょっとした顔になる。ふてくされた表情で引き据えられているデインの前に、わたしは立った。

　思いきり腕を振りかぶる。

　ごっ、と鈍い音がした。デインは鼻血をまき散らしてのけぞり、両腕をつかんでいた二人の魔術師があわてて肩をとらえ直した。

「言ったでしょ」わたしは囁いた。

「次にジャクリーンなんて呼んだら、ぶっ飛ばすからねって」

　周囲の音がにじむように遠くなる。暖かい暗闇がまぶたに触れる。ヴィンスとラリーがあわて駆け寄ってくる。身体が沈む。微笑んでわたしは目を閉じる。

「ジャック！　ちょっと！」

「稲妻ジャックは――電光石火……」

とってもイカしてるんだから。

10

「ジャック！」ラリーが泣き声をたてた。

「こいつ、ごま団子を全部食べちゃうよ！　ぼくまだ三つしか食べてないのに」

「がまんしなさい。お兄ちゃんでしょ」

「ぼくこんなのの兄ちゃんになった覚えなんかないもん！」

わたしはため息をついた。手の下にはデスクに広げたカラスの羽根の束がある。枯れ草をほどいて指をさっと振ると、羽根は一枚ずつがカラスの形をしたうすい影に変わり、ちらちら光りながら窓から飛び出していった。ニューヨークはもう黄昏だ。

つづいて青っぽい光と茶色い色が雷雲のように渦巻いている石に指を触れる。たちまち嵐は解き放たれ、砂埃と枯れ葉のにおいのするつむじ風が鼻先でうねり、小石のきしるような声で何事かを並べたてた。

わたしは肩をすくめ、レターヘッド入りの便箋をしまってある箱から、ブランデー色の琥珀を取りだしかけてやめた。そこまで卑屈になる必要もない。気を変えて隣の薄桃色をした紅水晶（ローズクオーツ）をとり、軽く石にあてる。紅水晶はうっすら輝き、そのばら色の光輝が嵐の石に染みわたる。離すころには石はすっかり桃色になり、謝罪と友情をあらわす六条の星（スター）の光が、表面に浮かびでていた。

ヴィンスが来たら渡せるように、窓辺へ持っていって敷居に置こうとしたとき、頭の上にぽすんと何かが乗った。日なたであたたまってぽかぽかになった猫を、羽根のように軽くした感じの大きめのハトくらいの生き物だ。

「こら」わたしは手をあげて喉をかいてやった。「あんまり詰めこむとぽんぽんが痛くなっちゃうわよ、おちびちゃん」

『じゃっくー』

しなやかな尾が親しみを込めて肩をたたく。髪の毛につかまったその生き物は長い首をのばしてわたしの顔をのぞき込んだ。口には白ごまがついた揚げ団子をくわえていて、見ているうちにひょいと宙に放り上げ、一口でぱくりと呑み込んでしまった。宇宙を秘めた黒い両目が虹色のきらめきとともにわたしを見つめる。

結局、わたしは特別ボーナスを手に入れることはできなかった。エイヴァン・デイン――あの悪党！――ときたら、どうせ使い捨てにするオタク妖精にわざわざお宝を渡すこともないと考えたのか、写真をとったあとのスペシャル・ブックは、ダウンタウンのコミック・ショップに捨て値で売り飛ばしていた。

リンデル、およびデインの尻ぬぐいをする羽目になった魔術師たちは、それを買い戻してわたしに渡す提案をしたが、さんざん迷ったあげく、断った。事件はとにかく解決したとはいえ、せっかくの〝推し〟のキュートな笑顔を見るたびにあのけがらわしい男を思い出させられるのは気が進まなかったし、それに、完璧に丸く収めたとはいえない仕事をしたのにボーナスをもらうのは、正直な妖精としてどうかと思えたからだ。

これでまたよだれを垂らす日々に逆戻りかと思うとため息が出るけれど、完全な失敗だったとまでは言わない。リチャード・ディーフェンベイカー、本名リチャード・バーン氏は、ローラ・ウィンフリー嬢にきちんと謝罪をし、拘束していた日にちに迷惑料を上乗せした金額を支払って、解放した。もちろん、恋人のジェフリー・チャンドラー氏にも。

二人には彼が新しく開く予定の劇場、〈バーンズ・ファミリー・シアター〉での仕事の口も提供されたが、彼らはそれを辞退し、故郷のカンザスに帰ることにきめた。

「ヘンリー大伯父さんの農場で手伝いが必要なんだって」

見送りに行った遠距離バスの発着所で、ジェフリーはわたしに説明した。髪をきちんと撫でつけ、パンク・バンドのTシャツからぱりっとした白いオープンカラーのシャツに着替えた彼は、なかなか清潔感があってすてきだった。ローラも毒々しい口紅と濃いファンデーションを落とし、ピンクのリップグロスを軽くつけただけで、ブルーのワンピースにストラップつきのぺたんこ靴をはき、別人のようにしあわせそうだった。

「大伯父さんももう九十二で、さすがにトラクターに乗るのに足腰が辛くなってきたし、スザンナ大伯母さんもこのごろ関節炎がひどいから、若いのが来て手を貸してくれるなら大歓迎なんだってさ」

「やっぱり、ニューヨークはあたしたちには合わないっていう結論になったの。あなたのおかげよ」恥ずかしそうにローラは言った。

「ここはエメラルドの都じゃなかったけど、でも魔法使いはいたわ。ほんものの。これからあの映画を見るたびに、きっと思い出すでしょうね」

「飛行機にすればよかったのに」わたしは魔法使いじゃなくて妖精よ、とは言わずにおいた。熱々の恋人たちにむかってその区別を説教するほどわたしはやぼではない。

「ディーフェンベイカーさんはきっと、それくらいのお金は出してくれたはずよ」

「ええ。でもね、わたしたち、バスで帰りたかったの。ゆっくりね。本当なら、一歩一歩、地面を踏みしめて歩いて帰りたいところだったんだけど」

二人は顔を見合わせ、共通の秘密を話題にしたようにくすくす笑った。

「でも、さすがにそんなことをするのは無理だから。バスで地面を走りながら、これまでにくっつけてきたいろんなものを落として、これからのことをきちんと考えたいの」

「二人で？」

「ええ、二人で」

恋人たちの指が互いを探り、しっかりと握りあう。彼らはきっとうまくやっていくだろう、とわたしは思った。そしてそれには、魔法は必要ない。愛が唯一にして最強の、彼らの魔法になるだろうから。

「道が黄色いレンガじゃないのは残念ね」

「けど、わたしたちは行くんじゃなくて、帰るんだもの。故郷に帰る。家に！」

ローラは顔を仰向け、出発の日にぴったりの、五月の青い空を見上げてほほえんだ。両腕を広げた彼女は、世界全体を抱きしめようとするかに思えた。

一瞬、わたしはたまらない羨望を覚えた。彼女をつかまえ、閉じ込めてしまった老人の気持ちがわかるような気がした。彼らはわたしにないものを持っている――家。故郷。家族と呼べる人々。自分が属するべき、ほんとうの場所。

どれもわたしにはほとんど与えられなかったものだ――取り替え子のわたしには。

「ニューヨークがいやな場所だったとは思わないわ。でも、ここはわたしのオズの国なの。虹のかなたの魔法の世界。不思議できれいでびっくりすることがたくさんあるけれど、わたしにとっては結局、カンザスの麦畑と牧草地が自分の世界なのよ」

「そうね」彼女のように、力を込めてそう言い切ることができればどんなにいいか。胸をちくりと刺す痛みをおさえて、そう答える。彼らは彼らの世界へ帰っていく。帰るべき家へ。妖精と人間、どっちつかずのわたしの、帰る家とはどこなのだろう。

「もしふるさとに帰りたいなら――」

「靴のかかとを三度打ちあわせて、こう唱えなさい――」

『やっぱり、おうちがいちばん！』

三人で口をそろえて靴を鳴らし、ベンチで退屈そうにしていたお客たちをぎょっとさせて笑い崩れる。バスが来て、ローラは少し泣き、かわるがわるに抱き合って、二人はカンザスへの長い帰路についた。青い排気ガスを、婚礼のヴェールのように後ろにひいて。

バロンにはかなりむくれられた。デインは電子の精霊を締めだすために、わたしを待ち受けていた場所の周囲に、電波を攪乱する装置をどっさり仕掛けていたようだ。おかげでバロンは事件のもっともおいしい場所を知りそこね、メイン・コースの肉の代わりにイワシ一匹でがまんさせられたとさんざん文句を言った。

でも、デインが何をしたとしてもわたしには知りようがなかったし、そもそもわたしの責任でないことは彼も認めざるを得なかった。クライマックスで自分以外のもの（ヴィンスとロデリック）が騎兵隊の栄誉を得たことも気に入らなかったようだけれど、さすがにそこまでわたしを責めることはできないとは理解してくれたようだ。まあ、今度は電波攪乱機が使われていてもネットワークを使用する方法を探ることに燃えているようだから、差し引きとんとん、というところだろう。

ヴィンスは久しぶりに全力疾走できたことがよほど楽しかったらしく、今後まる一年、わたし専属の個人タクシーをしてやろうと申し出てくれた。丁重に断った。安全バーもなければシートすらついていないローラーコースターで、ニューヨークの摩天楼を飛び回る経験は、できればこれきりにしたい。代わりに、速達郵便料金とメッセンジャー・サービスを、通常の半額にしてもらうことにした。このほうがずっと役にたつ。

ロデリックは大喜びだった。自分の子孫が改心して戻ってきて、劇場を立て直し、あらたに面倒を見るべきたくさんのスタッフとお客を呼ぶことにきめたのだ。久しぶりに陰の支配人として腕をふるう機会を与えられ、大張り切りで飛び回っている。

『確かに少々年は取っているが、なあに、芸術に仕える者に年齢など関係ない』

お礼を言いがてら様子を見に行ったわたしに、ロデリックは意気揚々と告げた。彼の劇場はみごとに改装され、磨き上げられて、今しも〈バーンズ・ファミリー・シアター〉というしゃれた看板が、表玄関に吊り上げられていくところだった。

『吾輩にしてももう二百は越えているはずだが、それでもこうして元気なのだからね。まあ、芸に関しては彼はまだまだ修練の余地があるが――』

作業を見守るディーフェンベイカー氏の手がぴくぴく動き、おぼつかないジャグリングの動作をなぞるのを見てちっちっと舌打ちをする。

『それもまあ人生だ、わが血族よ。芸術の殿堂にようこそ。吾輩はきみを歓迎するよ』


そんなふうにうまくいった部分もあれば、どうしようもない部分もあった。

わたしはオフィスでリンデルと向き合っていた。ものすごくいたたまれない思いで。

『うーむ』遠くアイスランドは竜の谷から再び幻影を送ってきたリンデルは、ため息をついた。

『弱ったのう』

彼の困惑の対象はわたしの頭の上で気楽そうにしていた。翼を広げ、ぺたりと腹をつけて首をのばしたお気に入りの姿勢で。

うすい皮膜は虹の七色に輝き、動くたびに小さな花火が散るようだ。ネックレスに使われていた金属とダイヤモンドに影響されたのか、細かな鱗はまぶしいくらいの銀色で、角度によっては内側から燃え上がるような光を放つ。

羽の関節の部分に小さな爪がついており、それでわたしの髪の毛をしっかりつかんでいる。首と尾はしなやかに長く優美な弧を描き、金色を帯びた角と嘴が小鳥めいて小さな頭を飾っている。まばゆい金と白銀と虹の中にふたつ、どこまでも深い黒の瞳が、無邪気な好奇心をたたえてまわりを見回す。

「すみません、リンデル」校長先生に呼び出された小学生のような気分だった。

「あの、こんなことになるとは思ってもみなかったんです。まさか、卵が孵ってしまうなんて。それも、雛がその、わたしに……」

『ああ、よい、よい。責めても仕方がないことはわかっておる』リンデルは言って、こめかみを揉んだ。

『それに、おぬしがデインに卵を渡して、あ奴が卵を孵しておればもっとやっかいなことになっておったであろうしの。……その種の竜が希少とされるのはな、ジャック、彼らはほかに類のない特性があるからなのだ』

リンデルは幻影越しに杖でわたしの頭の上をさした。

『彼らは孵化するときにいちばん近くにいた者の魔力に強く影響され、その者自身と深く結びつけられて、この世に誕生する。本来は母竜がその位置に相当することが多いがの。そしてふつう、竜を飼い慣らすことはできん。友人となることはできるが、はるかな古代の魔法使いならまだしも、竜の主となることは、通常、どのような魔法使いにも魔術師にも、むろん妖精にも不可能だ。だがその雛は――』

雛はリンデルの杖の先を見つめ、不思議そうに頭をかしげて喉を鳴らした。

『卵の状態でおぬしの肌に長く触れ、おぬしがほとばしらせた魔力を受けて孵化した。雛はいま、そなた自身と強力につながりあっておる。おそらくデインとやらは自らの手で竜を孵し、一気に図抜けた魔力を手に入れるつもりであったのだろうが、おぬしを怒らせたせいで、はからずもおぬしが竜とつながりを持つことになってしまったな』

「すみません……」わたしはひたすら小さくなるしかなかった。

『のう、小さきものよ』手をのばして、リンデルは優しく呼びかけた。

『こちらへ来る気はないか。この地には、おぬしの同族がたくさんおる。おぬしのきょうだいもな。そこは竜にとって、必ずしも安全な場所とは呼べんのだ。ジャックのそばを離れたくはなかろうが、そこはわしがなんとかする。どうだな。安らかな土地でおぬしの同族と、きょうだいたちと共に、静かに暮らす気はないか？』

呼ばれて、雛は長い首をもたげた。幻影のむこうで、彼のきょうだいらしい六頭の雛が集まってきて、リンデルの周囲に顔をそろえた。

こちらの雛よりずっと大きい。大きめのハトくらいのわたしの頭上の生き物にくらべて、すでに子牛くらいの大きさがある。全体も白銀というよりブロンズ色を帯びていて、翼の虹色もずっと落ちついている。竜の谷の古い魔力の中で孵った雛たちは、それでもきょうだいの末っ子を認めたようで、こちらにむかって口々に啼いた。湖底で遠く鳴る鐘の合唱のようだった。わたしの目に自然に涙が浮かんだ。

雛もきょうだいの声に応えようとしたようだった。少なくとも口を開け、頭をもたげ、目をみはって啼き返そうとするかのように息を吸い込んだ。

けれどもその声は発されることはなかった。彼は口を閉じ、まばたいて、再びわたしの髪に頭を埋めた。小さな爪がぎゅっと髪をつかむ。

『――じゃっくー……』

『駄目か』

リンデルは杖を持ち直して、また大きなため息をついた。

「リンデル、あの……」

『前例がない』首を振りながらリンデルは言った。

『先の大戦で喪われた知識の中になら、このような場合の対処法も含まれていたのかもしれんが。ジャック、わしにはな、その雛をおぬしからほどく方法がわからんのだ。無理におぬしと離した場合、雛にどんな影響が及ぶかもな』

「はい……」

『なおかつわしは、竜の谷の管理者として、すべての竜に関する責任を負う義務がある』

「……はい」

『すべての竜が幸福に、静かに、人に利用されることなく暮らすための責任だ』

「……はい……」

『おぬしを信用してよいか、ジャック？』

「はい？」思わず頓狂な声をたててしまった。

「あの、それってもしかして、この雛をわたしのところにおいておくってことですか？」

『そうするしかなかろう。雛を傷つけることなく、無事におぬしからほどく方法を見つけるまでは、とりあえず、それしかない』

リンデルは杖に両手をあずけてわたしを見据えた。

『わしの望みは竜たちの安寧と自由にある。人の世が竜にとって安全でなくなって久しいが、竜の谷にのみかれらの幸福があるとも思っておらぬ。大切なのは雛が平和に、幸福に生きることだ。正しい扱いと安全が保証されるのならば、場所などかまいはしない。おぬしを信じてよいかというのはそのことよ』

「もちろん、その、わたしも全力を尽くしますけど、でもこんな重大なこと」

『むろん、わしとてできるかぎりの協力はするが』量るようにリンデルは首をかたむける。

『自信がないかな。それとも責が重くて負えぬと、ふむ、――では万全を期して、おぬしごとこの竜の谷に連れてきて、寿命が尽きるまで閉じ込めるほうがよいか。どうだな』

背筋が凍った。リンデルは微笑していたが、苔色の瞳は少しも笑っていなかった。

もし彼が、そうするのが最善だと考えていれば、とっくの昔にわたしは雛ごと竜の谷に連れていかれ、有無をいわさず閉じ込められていたはずだ。リンデルは竜の守り人であり、番人だ。自在にして苛烈な心は竜に似ている。そして他者にも同じだけの勁（つよ）さと責任を求める。彼が竜の番人となったいきさつをわたしは知らないが、本質的に自由を求める魔法使いである彼が、地の果ての竜の谷にひきこもるにあたっては、想像もつかない葛藤と苦悩があったはずだ。そして彼はその苦役に耐え、その任をさえぎる者には、容赦ない審判を下す。人間であれ、腰の引けた気弱な妖精であれ。

『まあ、信頼することにしようかの。〈稲妻ジャック〉を』

アイスランドの斬りつけるような寒気は一瞬で失せ、リンデルは疲れたように後ろの岩にもたれかかった。

『雛の状態が常にこちらに伝わる呪物をいまこしらえておる。できあがったらすぐに送るゆえ、つけてやれ。何かあればすぐにこちらにわかるようにな。ああ、それに、今回のデインのような不心得者が手を出してきたときの対策も要るのう。人間の多い場所で、雛が人目にたたぬようにする工夫も』身体が縮んで見えるほどの深い吐息をついて、リンデルはまたこめかみを揉んだ。『まったく、頭が痛い』

「……すみません……」

なんだか鳴き声が〈スミマセン〉になってしまったような気がする。頭の上の生き物をちらりと見ると、澄んだ瞳で見返してくる。こんな大問題を背負い込むことはできれば辞退させてもらいたい、はっきりいって勘弁してもらいたいけれど、竜の守り人リンデルが一度そう決めた以上、わたしに拒否権などないのはわかっていた。

「ジャックってば！」

「はいはい」

ラリーはデリバリーの中華料理の前でじだんだ踏まんばかりだった。わたしは紅水晶をデスクに戻して窓を閉め、雛の温かいおなかをさすりながら、湯気をたてる夕食にむかって腰をおろした。雛は身をよじってぱたぱたと飛び上がり、またひとつごま団子を盗み取ろうと、天井近くを旋回しはじめた。

「だめだってば！」ラリーはごま団子を盛ったボックスを抱え込み、徹底抗戦の構えをみせた。雛が不満そうに尻尾を振る。『じゃーっく』

「けんかはやめなさい、ちびさんたち」

わたしまで頭が痛くなってきた。竜に食べさせちゃいけないものってあったかしら。玉ねぎ？　チョコレート？　それは犬や猫の話？　とりあえず、ごまともち米は食べて問題ないのだろう。問題があったらすぐにリンデルから指摘が来るはずだ。

「わかったわよ。あたしの杏仁豆腐はあげるわ。それから蛋達（エッグタルト）もね。ただし二つまでよ。三つはだめ」

「三つでいいじゃん。けち。ごま団子注文したのぼくなのに」

「お金を払うのはあたしよ」

ラリーは頬をふくらませてわたしをにらんだ。わたしもにらみ返した。無言の攻防がしばらく続いて、わたしはあきらめて力を抜いた。

「いいわ。三つね。でも鶏のカシューナッツ炒めと蟹の四川風はあたしのですからね」

「やったあ！」

ラリーは歓声をあげて箸をつかみ、料理を皿にてんこ盛りにしだした。この時とばかりに雛が舞いおり、ごま団子をひょいとくわえて舞いあがる。わたしの肩に降り、クルミをかじるリスのように爪で持ってちびちびかじりながら、ラリーがぱくついている海鮮焼きそばを興味深そうに盗み見ている。

ふさふさの狼耳が嬉しそうに左右に揺れている。甘辛いソースのからんだ鶏肉とナッツを噛みながら、わたしは焼きそばを食べるラリーと、団子を食べ終えて新しい獲物に狙いをつけはじめた雛の様子を見守った。

見ているうちに、なんだかおなかの底が温かくなり、くすぐったいような気がした。小さな泡が浮かびあがってきて、笑いになって唇ではじけた。箸をかざして雛から海老を守ろうとしていたラリーが、けげんな顔をした。

「どうしたのさ、ジャック」

「ううん」

わたしの家族。これが世界。

誰にもいるべき場所がある。わたしは人間世界に放りだされた妖精、妖精の国にも人間の世界にも、完全にはなじめない。

でも少なくとも、今ここ、この部屋、このやかましいおちびさんたちのいる場所は、わたしを安心させてくれる。ジャックと呼んでうるさがらせて、お菓子の取り合いをして、芙蓉蟹（フーヨーハイ）をどこで分けるかで、どうでもいいけんかをする。

わたしの居場所はここ。家族は彼ら。

彼らとともにこの場所で生きるために、わたしは明日も走る。

稲妻ジャックは電光石火。

とってもイカしてる。

〈了〉

魔法使いの嫁
The Ancient Magus Bride

羽ばたかぬ星
ヤマザキコレ

　掌にころりと転がされたのは、乾ききった五つの繭玉だった。

「どうしたんだよ、これ」

　繭玉を入れていた布袋を懐にしまい、同じベンチに座るガタイのいい男――ユージンがふふんと得意げに笑った。

　十月初頭のヘルシンキの街は、少しばかり冷える。しかし、海を見下ろす公園の緑はまだ紅葉を知らず、差し込む太陽の光は暖かい。掌に収まった大ぶりの繭玉をひとつつまんで陽の光にかざすと、やわらかく輝いた。

「蚕の繭だってよ」

「そりゃあ、見ればわかるよ。なんだってあんたがこんなのを持ってるかって訊いてるんだ」

　眼鏡を押し上げて、睨(にら)む。ユージンに比べて体の幅が半分ぐらいしかなさそうな自分なんかの視線では、このなじみの友人は怯(ひる)みもしない。

ユージンは笑いながらバックパックから財布を出し、手持ちの現金を数え始めた。この男はクレジットカードを持っていないから、いつも現金払いになる。できれば口座に振り込んでもらえたほうが楽だしレートもいいのだが、ユージンは自分より二倍は年上だし、おそらく書類の関係からカードを持てないのだ。非常に面倒くさい。

「そうかっかするなよ、ジョナサン。何か月か前に、一緒の宿になった……中国人か日本人か、くわしくは覚えてねえが、アジア人がくれたんだよ。紡げば銀色に輝く、珍しい繭なんだと」

「銀色ねえ」

彼がうなりながら財布とにらめっこを演じている間に、自分も背負ったバックパックから、数枚のツケの領収書と電卓とを見比べる。――払えない額ではないだろう。

「そんじょそこらの絹とは違う輝きらしいぞ」

「なんだってそんな貴重なものを、あんたなんかにくれたんだよ」

領収書をユージンの目の前に突き付けてやる。ううんと眉根を寄せ、糸のような目をさらに細くすると、ほっとしたように表情が緩んだ。足りるのだろう。

「それがよ、使い道がねえって。自分は紡ぎ方も知らねえし、たった五つだし、ってな。ジョナサンならこいつをどうにかできるかな、って思ってよ」

「まあ、くれるっていうならもらっておくけどさ」

空いた布袋を見つけて、五つの繭をそっと入れる。何故だか、ぽいぽいと乱暴に扱う気にはなれなかった。きっと、中にまだ蛹がそのまま入っているせいかもしれない。

袋をバックパックにしまい終えたタイミングで、そこそこ厚みのあるユーロ紙幣の束がユージンから差し出された。数枚を財布に忍ばせ、あとはすべてバックパックに収めてしまう。ユーロ紙幣は両替の手間がなくて、旅暮らしの身としては非常に助かる。

「そりゃあ、僕はその手のものが生業だけどね。僕は繭なんて紡いだことないよ」

——生業、そう、生業。

僕は魔法使いや魔術師相手に、特製の布を売りつけるのを仕事にしている。僕自身が作品を仕立てて魔法をかけることもあるが、多くはない。魔法や魔術を固定しやすい僕の布は、どちらかといえば素材として買われていくことが大半だからだ。

魔力を編み込みながら縫い上げたバックパックは、見た目の何十倍も荷物が入ると評判の主力商品だ。なにせ旅暮らしの連中が多い上に、研究対象だ、論文だ、呪いの品だ、と荷物も多い。僕自身とて愛用しているのだ——商売道具の、編み機や、編み棒、大中小の機織り機。様々な糸、毛糸、色とりどりのたくさんの布。いつも特定のものを取り出すのに苦労する以外は、自分でも悪くない出来だと思っている。

ユージンはまた得意げに、にやりと笑って両手で着ているジャケットをつまんだ。

「お前が折ったり編んだりする布は、魔法をかけるのによくなじむぜ。お前が縫ってくれたジャケットだって、買ってから十年も着たきりなのに、ほつれもやぶれもねえ。この間はちょいと刺されたってのに、きっちりナイフの刃をすべらせてかわしてくれたんだ。いい魔法使いだぜ、お前は」

「僕はそれ以外ができないんだけどね」

ナイフで刺されかけた話は無視をした。世界の路地裏が寝床の男には、よくあることだ。

「たかだか、五十もいってないガキが何を言ってやがるんだよ。これから、なんだって試せばいいじゃねえか」

「僕には向いてないんだよ。何十年もこんな若い姿で生きるのは」

自分の掌が視界に入った。

——十六か、一八の年か、成長が止まったのはそのあたりだ。

皺もなく、染みもない、骨ばったやせた手足。老眼や血圧の悩みもない。父は血圧が高かった。父に似た弟や妹は今頃ひいひい言っているかもしれない。——生まれた町でそのまま結婚をした弟に孫ができたのを知った時、数年おきに訪ねていた生家へ帰ることはすっかりやめてしまったから、確かめようもないが。

魔法の才能がある、と言って、何もかもに怯えていた僕を見つけて様々なことを教えてくれた師匠も、僕が一人で旅に出た四年後、便りも足取りも風化したように絶えてしまった。きっと、すでに生きてはいないのだろう。

――僕は、望んでもいないのに、取り残されるばかりだ。

隣から無言の視線をいただいたが、何秒か後には大きな手で背中をぱんぱんと叩かれた。じんわりとした熱が背中から滲んでくる。

「深く考えてもろくなことはねえよ。そういう運命なのさ、俺たちは」

返事はしなかったが、ユージンは気にしていないようだった。

――自分もユージンほど生きれば、いつかはそう考えることができるのだろうか。

知らず、ため息が漏れた。苦い顔をしたユージンが、また背中を叩いてくる。

「ほら、暗い顔してるなよ。坂を下りてよ、屋台でなにか食おうぜ。今日はちょうど祭りがやってるみてえだし！　ミートボールとか、あったけえサーモンクリームスープとか、ムイックのフライだとかよ、うまいもんでも食えば嫌なことなんて忘れるさ」

見え見えの盛り上げ方だな、と思いながら口の端を歪めたとたん、ぐうと腹が鳴った。

――落ち込んでも腹は減ってしまうらしい。

悲しいような笑えるような、奇妙な心地を抱えて、ユージンとふたり、坂を下りた。

ツケも支払われたし、懐が温まった今、屋根のない場所で眠る義理も道理もない。

しかしスプリングの利いたベッドでぬくぬくと眠るのは何故だかためらわれて、街中から少し離れた夜の森で、寝袋に横になった。

ふかふかの苔（こけ）のやわらかさを、背中や頭の裏に感じる。

わずかに夜の空気に響く、街の気配。ひんやりとしたフィンランド湾から流れてくるさざ波の歌。魔法をかけた寝袋に冷気は染みてこない。サウナ小屋に入るより穏やかな温かさが、ゆるゆると眠気を誘った。

——あまりに安らかな夜すぎて、明日の朝はもう目が覚めないのではないか、と思う。

眠い目をうっすらと開けると、星が青々と瞬いた。

よくよく見てみれば、硬質な青は昼に見た繭の色に少し似ている気がする。

繭など紡いだことはないし、ほとんど見たこともない。だからバックパックにしまったあの繭も、それが変わり種なのかどうかもわからない。

——五十年あまりを生きても、知らないことに限りはないのだ。

そんなことに、どうしてだかやたらと安堵（あんど）して、今度こそ目を閉じる。明日は、繭の紡ぎ方を調べてみるのもいいかもしれない。

〈——はやく〉

一瞬、星の声かと錯覚した。

どうにも放っておけない色を滲ませた、かすかだが、鮮やかな声だった。

声の出どころはどこかと立ち上がれば、それは存外近くにあった。

見上げた星に似た、古い青銅めいた輝きが、足元わずかにこぼれている。

——僕のバックパックだ。

慌ててしゃがみこんで、バックパックのサイドに取り付けたポケットから光の主をすくいとる。

光っていたのは、やはりというべきか、ユージンから渡されたあの繭たちだった。

〈はやく、はやく〉

〈はやく、はやく〉

繭から響く声と同じように、青い光がゆらゆらと揺れる。まるで紫煙だ。

「なにを、そんなに急いでるんだ？」

繭の中に届くよう、声に魔力を乗せながら語りかける。


——はやく、はやく、はやく、はやく！

繭の声はいよいよ悲鳴じみている。

「だから、お前さんたちは、いったい何を早くして欲しいんだ！」

〈はやく、はやく〉

〈はやく、はやく〉


〈私たちを、紡いでください〉


ひんやりとした、なめらかな指に顔を撫でられた気がした。

思わずのけぞって、後ろにどてんと尻もちをつく。繭は少し落ち着きを取り戻したのか、青い光のゆらめきを少しだけ和らげたようだった。

「紡ぐって言ったって、お前さん」

曲がりなりにも、布を織り、縫い、扱うものだ。蚕の繭の詳しい紡ぎ方を知らなくても、どうやって糸をとるかは知っている。

繭から糸をとる時は、乾燥させた繭を熱い湯で煮るのだ。――中に蛹を残したまま。

〈いいのです〉

音の一つにも悲壮さは聞き取れなかった。

〈私たちは、私たちがどうなるか、知っているのです〉

〈ああ、ああ、ようやく〉

〈私たちは、そうならなければならないのです〉

〈ようやく私たちを糸にしてくれるひとが〉

歌うように、笑うように、繭たちは光を揺らした。ともすれば、聞き分けのない子を寝かしつける子守唄のような声色だった。

「……少し、調べさせてくれないかい」

寝袋の横に転がっていた、アラームを鳴らすのを待っているスマートフォンに目をやる。

眠れるのも、夜明けも、まだ遠そうだ。


便利な世の中になったものだ、と検索サイトの検索結果を上から順に眺めながらため息をついてしまった。

蚕の糸――絹の生糸のレシピは存外早く見つかり、暗い中で作業するのは難しいからと繭たちをなだめ伏せ、じきに来る夜明けを待っていた。東の空の端が、ほんのり赤く染まってくる。そろそろ準備をしてもいい頃合だろう。

バックパックの中から携帯コンロと鍋を取り出し、ミネラルウォーターを一本注いで、コンロの火にかける。繭も少ないし、鍋も小さいから、すぐに沸くはずだ。

その間にも、空はじわりじわりと朝を引きずってくる。

〈私は、糸にはなりません〉

突然、脇に置いてあった繭のひとつが声を上げた。どれだ、と目を凝らすと、ひときわ大きい一つの繭だけが揺れていた。

〈私は、卵を産みます〉

——生きているのか、とは聞かなかった。繭はすべて死んでいるはずだが、こうして声を上げているものに、野暮ったいことを聞く気にはなれない。

「じゃあ、お前さんはこっち」

寝袋の上に近くの茂みからいただいた葉を敷き、その上に静かに置いてやる。繭がひときわ嬉(うれ)しそうに見えるのは、ただ自分がそう見たいからかもしれなかった。

そうしたところで、ぼこり、ぼこりと湯が沸く音が聞こえた。湯が暴れないようにコンロの火を弱めると、きりりと冷たい早朝の、まだ暗い森に、白い湯気がふわりと溶けていく。

〈ああ、嗚呼(ああ)、やっと〉

〈やっと糸になれる、ああ、嗚呼〉

繭たちの声は春に恋い焦がれる雪国の民のそれに似ている。

繭をつまむ手が震えて、何故だか、ひどく喉が渇くような心地だった。歯を食いしばり、声を頭から振り払って、煮えた湯に。

——ぽしゃり。

あっけない音だった。

四つの繭からは、すでに声が聞こえない。元からそうであるように黙りこくっていて、これがあの青い光をたたえた美しい繭であったのかはもう判別がつかなかった。

いくらか煮て、あたりに落ちていた枝を集めて作った小さな箒(ほうき)で、繭をこする。繭の粘着が解け、湯の中に少し繊維が見え隠れしてきたので、小枝を刺して糸を集める。漂っているはずの四本の糸の始点を見つけなければいけないが、薄暗いので、中々うまくいかない。

呻(うめ)きながら、ようやく四本を手繰り寄せた。四本の糸を纏(まと)めるように引き出して、お次は裸の糸巻きの出番だ。ここに、ひとまず巻き付けなければいけない。

繭は、長いもので千五百メートルにもなるという。

湯の熱と緊張で、顔も背中もひどく汗ばんでいた。

「……どうして、お前さんたちは糸になりたかったんだ」

その問いは、全くの無意識だった。

〈私たちは、そうあれと望まれたものですから〉

やわらかな声だった。

夜中に聞いた鮮烈な声ではない、ゆるやかでしなやかな音。

手元のことも忘れて声のほうを見やると、そこに──寝袋の上には、銀色の何かがいた。

強いて言うなら櫛（くし）のような──一対の触覚が飛び出した、白銀の髪、銀色のまつげ。綿花に似た白い肌。

瞳はひとのように見えるが、白目はなく全体が黒々と輝いている。口は見当たらない。

大きくやわらかそうな、少しざらついているような白い袖の服。服全体は、細かく長い毛でできているようだ。ちらちらと輝いて舞う銀色の粉は、鱗粉（りんぷん）だろうか。

せりだした大きな腹は──おそらくだが、妊娠をしているように見えた。

「……お前さん、その蚕か？」

〈どうか、そのまま続けてください〉

糸を巻いている途中だったと気が付き、慌てて鍋へ目を戻す。長く煮て失敗しては元も子もない。繭はたったの四つしかないのだ。

〈私たちの望みを聞いてくれて、ありがとう。遠く遠く西を旅する方〉

「僕はあんたの仲間を煮殺したんだぞ」

くすくす、と羽化した蚕であろうものは笑った。

〈私たちは、煮られる前にすでに虫としては死んでいます。ですが、彼らは、そうあるべきであったのです。私も、こうあるべきでした〉

「どうして」

糸を巻き取る手を止めず、僕は繭に問いかけた。——いや、違う。止めないのではなく、止められないのだ。誰かが僕の手だけを自動で動かしているように。

〈私たちは、人の手で生まれました〉

蚕は笑う。ずうっと笑っている。

〈私たちは、煮られ、糸を紡がれることで、数を増やして、祀(まつ)られて、大切にされました〉

くる、くる、くる、と糸巻きが回る

〈糸にならなければ、私たちは、私たちではいられない。子を残さねば、私たちは糸を残せない〉

潮のにおいのする風が手元を駆け抜けていき、巻き取り途中の糸がわずかに揺れた。

「たとえ、そうだとしてもさ」

耐え切れず、吐き捨てるような言葉が、喉の奥から漏れた。

「お前たちは、生きたいから、桑を食べて、繭の中で蛹になって、羽化するんじゃないのか。誰かに、糸になるんだと決められて、自分で決められないのは、怖くないのか」

――誰に決められて、こんな体になったのか。

魔法の才能など、体質など、欲しくはなかった。

僕はただ、生まれ故郷のちいさな町で、凡庸な男として根を張って、家族や仲間と生きて、老いたかっただけなのに。


〈かつては、そうだったのかもしれませんし、今も、そうでしょう〉

蚕は気を悪くした様子もなく、楽器を奏でるように言葉を紡ぐ。

〈私たちは、生きるために桑を食(は)み、生きるために繭を紡ぎ、生きるために羽化をし、死ぬ間際まで卵を産んで〉

身じろぎすることもなく、蚕はまぶたのない目で鍋をじいっと見ている。糸を紡ぐため、手元しか見ていないはずなのに、それがなんとなく理解できた。憐(あわ)れむでもなく、悲しむでもなく、怒るでもない――喜びの目だった。

〈人の手で変えられ、人の手によってでしか生きられなくても、私たちは最後の最後までただ生きている。そういうふうに全うするしかない命でも、最期まで生きている〉

糸巻きが、回る。回り、回り、ただ回る。時間の感覚は、すでにない。

〈私たちは知っているし、覚えています〉

――森の奥、その向こうに、見たことのない木々の群生が見えた気がした。

それが桑畑というものであることは、どうしてだか知っていて、目を凝らすと、木造の奇妙な家々も霞(かす)んで見えるようだった。桑畑の間を、たくさんの葉を抱えたり担いでいる者たちが行き交っている。汗を流しながら、苦しげに、楽しげに。

急に、そうか、と腑(ふ)に落ちた。

――この繭たちはきっと、あそこにいたのだ。

〈ひとの家はあたたかく、すずしくて、敵もいない〉

――木箱の中は暖かく、凍えることもなく、唯一の食事である桑の葉で身体を満たし。

〈おいしい桑の葉はたくさんあって、時々、おおきな猫が光る目でのぞきに来て〉

――おそろしいネズミは、猫が捕ってくれた。

〈傷つけないよう、やさしく触れる、節くれだった、ひとの指はね〉

――糸を紡ぐために、形を変えた、赤みを帯びた指。

〈とても、あたたかいんです〉


ひとつも動かなかった蚕が、ようやく、空を仰いだのを背中から感じた。

〈ああ、笛の、音が……聞こえて〉

遠く、隣の国へ渡っていく船の汽笛が朝の空を泳いできた。

〈あれは、祭りの歌だ〉

風が木の葉を揺らしている。

〈春が来た、あたたかい春――私たち、私のこどもたちが孵る〉

さらさらとした衣擦れの音が、背中越しに響く。踊っているのだろうか、それとも、笑うように、泣いているのだろうか。

〈ねむれ、ねむれ、あおい、あおい、やわらかい、葉……〉


気が付くと、糸を紡ぎ終わっていた。

このままではまた糸同士がくっつきあってしまうので、糸車でまた紡ぎ直さなければいけない。糸車は、バックパックのどのあたりにしまっていただろうか。ストックを作り終えてからしばらく動かしていないから、少しばかり不安になる。不安になって——背後を振り向いた。

ひとの形をした蚕は、すでに姿を消していた。

寝袋の上に残っていたのは、羽化が終わり、繭から這い出て羽を伸ばしたまま、事切れていた蚕だけだった。

輝く大きな腹からは、卵はひとつも出ていない。そも、交尾がなければ産まれたところで卵に命はない。交尾をしても、ここに彼らの食事である桑もない。

——蚕は、人の手と家がなければ生きられない。

呻きながら、鍋の底の沈んでいた蛹を、木の根元に少し穴を掘って、そのまま埋めた。煮る前にすでに死んでいた存在とはとても思えなかったが、それでも彼らはやはり、煮られて死んだのだろう。誰が何と言おうと、自分が彼らを煮て、彼らを糸にしたのだ。

寝袋の上で眠った蚕も一緒の穴に入れた。

掘った土を埋め直して、軽くならす。

埋め終えて、言葉にすることのできない声が、口の端から漏れた気がした。

そういうふうに全うするしかない命でも、最期まで生きている、と、微笑んだはずの蚕は、残したかった卵も残せず、ここで。

「……紡がなきゃ」

バックパックの中を探り、小さめの糸車を引き出す。本来きちんとしたもので紡ぐべきだろうが、手持ちにはこれしかない。急いで、紡ぎ直さなければ。

彼らが彼らであろうとした証を、完成させなければいけない。

糸がちぎれないよう、絡まないよう、ほんの少し魔力で慣らしながら、からからと糸車を回す。本来紡ぐべき繭の数にはとうてい足りていない糸は、只人(ただびと)がやればすぐにだめにしてしまうだろう。魔法の技術がなければ、自分にもきっとできてはいない。

——そういう運命なのさ、俺たちは。

昨日のユージンの言葉が、ぐちゃぐちゃの頭に唐突に染みこんできた。それから、ああ、そうなのかと、ひどく笑い出したい気持ちになった。

この三十年、根無し草を強いられたのは、きっと今朝のためにあったのだ。家族から離れ、友人から離れ、師にも先立たれ、暗示の魔法も、身を変える魔法も使えないがために、家も持てず、町から町、国から国へ転々と。

——役目を全うしたかった蚕を助けるための。

きっと、おそらく、そういうものなのだ。


「そうだな、ユージン」

独り言を差し油に、糸車は軽快に回転してゆく。

徐々にまとまってきた生糸は、なるほど確かに、星のように銀色に輝いていた。

採れる生糸の量はほんのわずかだが、何を作ろうか、と徹夜明けでぼんやりしてきた頭で考える。少しばかり絹を買い足して、小さな裂き織り機で、布でも織るか。それとも刺繡（ししゅう）か、編み込んでアクセサリーか。成り行きとはいえ紡ぎを任されたのだから、生半可な仕事はできやしないだろう。己の性格的にも。

「……そう思ってないと、いつまで続くかわからない人生、やってられないな」

はは、と歪んだ口からこぼれた笑い声は、自分でも驚くほどやけっぱちだった。

三十年をかけてひどい役目を押しつけられて、ひどい気分だ。それでも朝はどんどん美しい青を連れてくるし、徹夜明けには変わらず腹が減って、コーヒーにシナモンロールもかなり、とっても魅力的だ、と腹の虫は叫ぶ。

——作業が終わったら、港に戻ろう。

そして、宿代が足りずにバルト海の乙女の前でいびきを立てているかもしれないユージンの尻を蹴り上げて、朝からやっているカフェででもおごらせよう。ひどいものをよこしてくれた罰だ。拒否されても知るものか。

だんだん腹が立ってきて、魔力を使っているのをいいことに、糸車の回転をあげる。

――すっかり日の昇った朝の空気の中で、生糸は笑うようにきらきらと輝いた。

〈了〉

各作品は、本書のために書きおろされたものです。

執筆者紹介

東出祐一郎（ひがしで・ゆういちろう）シナリオライター、小説家。代表作：ゲーム「Fate/Grand Order」(シナリオ/FGO Project)、TYPE-MOON BOOKS「Fate/Apocrypha」シリーズ、ほか。
▽『魔法使いの嫁』の奥深い世界設定にちょっとだけ触れさせていただきました。血生臭い作品ですが、お読み頂ければ幸いです。

真園めぐみ（まその・—）小説家。代表作：創元推理文庫（F）「玉妖綺譚」シリーズ。
▽四季折々の豊かな自然。躍動する生命と、彼らの間に育まれる絆。『まほよめ』世界の美しさを感じつつ、楽しく自由に書かせていただきました。ありがとうございます。

吉田親司（よしだ・ちかし）小説家。代表作：ベストセラーズ「女皇の帝国 内親王那子様の聖戦」シリーズ、小学館ガガガ文庫「突撃彗少女マリア」、ほか。
▽今回『魔法使いの嫁』の世界に携わることができて光栄に思います。他の執筆陣の先生がたとはキャラも時代も毛色も違った物語ですが、ご一読くだされば幸いです。

相沢沙呼（あいざわ・さこ）小説家、漫画原作者。代表作：講談社タイガ「小説の神様」、創元推理文庫「酉乃初の事件簿」シリーズ、ほか。
▽英国、妖精、人外、魔法、どれも大好きです。そこへ更に推理と使用人という自分の好物を加えて仕上げました。楽しんでもらえますとさいわいです。

秋田禎信（あきた・よしのぶ）小説家。代表作：富士見ファンタジア文庫・TOブックス「魔術士オーフェンはぐれ旅」シリーズ、集英社 JUMP j-BOOKS「血界戦線 オンリー・ア・ペイパームーン」、ほか。
▽この頃は山奥で暮らしているんですが、生き物たちよく分からない技みんな結構持ってるんですね。どこから家に入ってるのか分からないテントウムシとか。魔法っぽいです。

大槻涼樹（おおつき・すずき）シナリオライター。代表作：ゲーム「黒の断章」（企画構成シナリオ／アボガドパワーズ）、ゲーム「蠅声の王」（シナリオ／Lost Script）、ほか。
▽という訳でまほよめ × クトゥルーでございました（とはいえ、原作にあってはきっちりと第一巻からクトネタが盛り込まれておるのですが……！）。現場からは以上です。

五代ゆう（ごだい・―）小説家。代表作：ハヤカワ文庫JA「グイン・サーガ」シリーズ（共同著）、MF文庫J「パラケルススの娘」シリーズ、ほか。
▽金糸篇に引き続いての登場となります。これまであまり書いたことのなかったタイプのお話になりましたが、楽しんでいただけましたら幸いです。ありがとうございました！

ヤマザキコレ　漫画家。代表作：BLADE COMICS「魔法使いの嫁」シリーズ、ほか。
▽お蚕さんの見た目もあり方も、昔から魅かれます。ほとんど人間な魔法使いが書けて楽しかったです。きっと彼らもこっそり街角でバイトやバックパッカーしてる。

マッグガーデン・ノベルズ

小説 魔法使いの嫁 ‖銀糸篇‖

The Ancient Magus Bride

東出祐一郎

真園めぐみ

吉田親司

相沢沙呼

秋田禎信

大槻涼樹

五代ゆう

ヤマザキコレ

監修：ヤマザキコレ

編集：戸堀賢治

新福恭平・佐藤裕士（マッグガーデン）

発行日　2017年10月25日　初版発行

発行人　保坂嘉弘

発行所　株式会社マッグガーデン
〒102-8019 東京都千代田区五番町6-2 ホーマットホライゾンビル5F
編集 TEL：03-3515-3872　FAX：03-3262-5557
営業 TEL：03-3515-3871　FAX：03-3262-3436

印刷所　共同印刷株式会社

装幀　伊波光司+ベイブリッジ・スタジオ

ISBN978-4-8000-0692-9　C0093